科幻星系丛书

忘忧草

阿 缺 著

中国科学技术出版社
·北 京·

图书在版编目（CIP）数据

忘忧草 / 阿缺著 . -- 北京：中国科学技术出版社，2021.10

（科幻星系丛书）

ISBN 978-7-5046-9136-1

Ⅰ. ①忘… Ⅱ. ①阿… Ⅲ. ①幻想小说—小说集—中国—当代 Ⅳ. ① I247.5

中国版本图书馆 CIP 数据核字（2021）第 156326 号

策划编辑	王卫英
责任编辑	刘 今
封面设计	北京中科星河文化传媒有限公司
正文设计	中文天地
责任校对	吕传新
责任印制	徐 飞

出 版	中国科学技术出版社
发 行	中国科学技术出版社有限公司发行部
地 址	北京市海淀区中关村南大街16号
邮 编	100081
发行电话	010-62173865
传 真	010-62173081
网 址	http://www.cspbooks.com.cn
开 本	720mm×1000mm 1/16
字 数	250千字
印 张	21
版 次	2021年10月第1版
印 次	2021年10月第1次印刷
印 刷	北京盛通印刷股份有限公司
书 号	ISBN 978-7-5046-9136-1 / I · 60
定 价	46.80元

（凡购买本社图书，如有缺页、倒页、脱页者，本社发行部负责调换）

培育，见证与传播

当21世纪进入20年代，以智能手机、智慧家电、高铁、5G等为代表的先进科技，渗透进社会的方方面面，融入日常生活，变得触手可及。大众的视野，随着科学家们开拓进取的脚步，或眺望150亿光年外的星辰，或探究纳米级尺度上材料的性质和应用，产生了无数关于未来的奇思妙想。曾有人说，农耕时代，武侠是成人的童话；那么在当今科技推动社会高速发展的时代，科幻就是成人的童话。每一个成年人都不由得会去幻想未来，想象科技高速发展可能带来的社会的变化，生活的变化，个人的变化，而将这些变化诉之笔端，将种种可能的未来用文字展现在我们眼前的，正是科幻作家。

这个时代，呼唤更多更好的科幻作家。

于是，由中国科学技术协会科普部支持，中国科学技术出版社有限公司、中国科普作家协会科幻创作研究基地承担的青年科幻作家创作和出版培育项目应运而生。这一项目的目的，就是为青年科幻作家提供更多更好的写作条件，从而促进他们创作出更多优秀作品，进而成长为像刘慈欣那样的科幻大家。

这些青年科幻作家散居于全国各地，有着文学梦想，关注科学前沿的每一点拓展，他们以科幻作品的形式表达对科技的思考，对人类未来命运的关注。他们的思维中闪耀着科幻的晶光，只需一个电子的触动，便生长出幻想的光波。

项目希望通过学术研讨会、经验交流活动、短期采风等多种形式，做那个触动的电子，召唤出作家心中的科幻光波，最终汇聚成宽广的光域，浸润每个触及者的心灵。

培育，是项目设立的初衷，通过线上线下结合的方式，搭建创作交流互鉴平台，鼓励青年科幻作家创作出更多更好体现中华文化精髓、传播当代中国价值观念、符合世界进步潮流的科幻精品，讲好人民群众的追梦故事，反映中国科学家精神，让大家的目光看到科技发展的最前沿，看到人类进步的最前沿，点燃他们的科学梦想。

通过培育，项目将见证一批青年科幻作家的成长，他们将拥有更多的机会出版自己的作品，拓展自己的创作领域和形式，树立个人的创作风格，最终成就自己，也为大众带来优秀的作品。

仅仅见证是不够的，项目还将充分利用中国科学技术协会和中国科学技术出版社有限公司的宣传渠道，将青年科幻作家的作品传播出去，让更多人接触到这些作品，触及作家的奇妙想象，从而受到思维的启迪，或者激发对科幻的兴趣。

为了更好地完成项目，项目第一期在全国范围内精心选拔出超过二十位青年科幻作家作为培育对象。这些作家年龄在四十五岁以内，写作或发表过三篇以上的科幻小说，至少有一篇作品获得过专业科幻奖项，如银河奖、星云奖等，似小荷才露尖尖角，只待伯乐发掘出他们的潜力。

目前，第一期项目的二十多位青年科幻作家也都创作出了精彩的作品。中国科学技术出版社有限公司首先出版了其中的四部，以便尽早将优秀作品呈现在大众面前。

这四部作品分别是阿缺的《忘忧草》，彭柳蓉的《发光的尘埃》，苏丹的《中间人》以及未末的《星际求职者》。这些作品的形式有长篇，有中短篇合集，内容涉及航天、生物、赛博朋克、宇宙文明等，题材丰富，构思巧妙，且有所创新。既有对当下社会现实的关怀，又有对人性在未知科幻情景中的剖析和检验。

小说的作者均为这些年来显示了一定实力，深具潜力的青年科幻作家。

阿缺是深度科幻迷，多次荣获全球华语科幻星云奖和中国科幻银河奖，目前发表出版字数过百万，著有《与机器人同行》《机器人间》《星海旅人》等作品。

彭柳蓉曾任科普和科幻杂志编辑，作品获得过全球华语科幻星云奖银奖，少儿星云奖金奖，"周庄杯"全国儿童文学短篇小说大赛二等奖。曾担任《科幻世界·少年版》与《科幻世界画刊·小牛顿》杂志执行副主编。少儿幻想小说《星愿大陆》系列畅销百万册，科幻小说《控虫师》已售出影视、游戏版权。

苏丹毕业于北京师范大学数学系，目前从事互联网技术工作。他的《中间人》和《十地》在豆瓣阅读征文大赛科幻组比赛中脱颖而出，令读者看到了程序员内心中刀光剑影的幻想天地。

未末毕业于广州美术学院美术教育专业，现为高中美术教师、平面设计师、青年科幻作家。未末热衷于符号学意象的推演，追求创作点子密集型和脑洞串烧型科幻作品。侧重世界观构建，对理念核心以及画面感、情节的准确把握，是未末在科幻创作中的优势。

项目还将继续推选青年科幻作家们的优秀作品，也欢迎有志于科幻作品创作的作家毛遂自荐，为中国原创科幻的繁荣兴旺贡献自己的力量。

凌晨

2021 年 9 月

目 录

植物与生还者·彼岸花 \ 001

植物与生还者·忘忧草 \ 075

云鲸记 \ 171

杀戮前夜 \ 213

再见至尊宝 \ 245

植物与生还者·彼岸花

1

不知怎么回事，春天刚到，我就感觉肩膀靠后的地方有些痒。我让老詹姆帮我看下。他叼着烟绕到我身后，看了半天，用手势说："没事啊。"

"可是痒痒的。"我转身，用手势回道。

老詹姆的脖子已经腐烂，因此只能用摆手代替摇头，说："不可能不可能，我们的神经都烂掉了，除了永恒的饥饿，没有任何知觉，怎么可能觉得痒呢？你是不是太久没有进食了？放心，我最近在风中嗅到了血肉的味道，这几天我就带你去觅食。"

我不信，让他找了两块镜子，一块在前，一块在后，对照着看。我看到我的右肩后侧有一道巴掌长的伤口，肉已经翻开，灰褐灰褐的，像一张微微咧着的嘴巴。这张嘴巴里，隐隐可见有一个黑色的小东西。

"你不是说没什么吗，怎么还有这个小东西？"

老詹姆又看了一会儿，说："不知道这是什么。"他伸出手指，往伤口里挖了挖。镜子里，我能看到我的腐肉黏在他的手指上。他太用力，伤口又撕开了些，新露出的肉依旧是灰色的。我无聊地打了个哈欠，哈欠打完的时候，想起来，这个伤口是上次在一座山坡上追逐活人时，被一根树枝划出来的。

"太紧了，挖不出来。"老詹姆颓然地站到我面前，打着手势，"可能是露出来的骨头吧。"

"哦。"我晃了晃手。

这时候已经是傍晚，但这座海滨城市的夏天，白昼很长，天空依然是一片幽寂的黛蓝色。海上波光粼粼，一条被拴住的人力船浮在海面，载沉载浮。很多僵硬的人影徘徊在岸边，漫无目的，走来走去。

"他们在干什么？"我问。

"最近海上会漂来一些尸体，"老詹姆吐出烟头，又点燃一支，叼在嘴里，"是有血肉的，刚死不久。跟我们不一样。"

正说着，海边的丧尸们一下子躁动起来，跑进海水里。我踮起脚，看到金黄色的波光里，一个人影正随波起伏，漂荡过来。

大家向那具尸体跑过去。丧尸手脚不协调，无法游泳，但幸好到海水齐腰深的地方，他们抓到了尸体。腐烂的脸上露出欣喜，喉咙里发出奇怪的咕噜声，他们一起伸手，撕扯着尸体。

那尸体是个中年男人，的确刚死不久，血液呈褐色，在海水里也不散开。

但依然有血液的气息。

我的鼻子一阵抽搐，肚子里的饥饿似乎瞬间被放大了无数倍。这饥饿驱使着我，也向海里跑去。但我和老詹姆来迟了，跑过去时，人们已经散开。海水里一片脏污，但用手一捧，水里什么也没有。

"他们下手真快。"我说。

"那当然，这么多丧尸，才一具尸体。你们不是有句古话吗？僧多……"他比画了半天，似乎在已经干枯的脑子里思索，但久久没有结果。

"粥少。"我替他比画出来。

"嗯嗯，粥少。"他满意地点点头，"真形象。"

索拉难病毒肆虐，在人类中间划分出僧和粥的区别，是多少年前的事情来着？

我苦苦回忆，发现已经记不清。

身为丧尸，其他都好，就这点坏处，能记得的事情越来越少。你也不能怪我，丧尸的大脑会慢慢枯萎，有时候晃脑袋，都能听到里面咯噔、咯噔地响，仿佛脑干正像乒乓球一样在头骨里撞来撞去。每撞一次，能记得的事情就少一件，等大脑完全空掉之后，唯一剩下的感觉，就是饥饿了吧。这种饥饿不会要我的命——因为已经死过一次，但它也永远不会消逝，只会驱使着我去追逐活人，去撕扯血肉。

但今天，我跟老詹姆往岸上走时，他的头颅依旧咯噔、咯噔，我的脑袋里却一片安静。我晃了晃，打手势问："你能听到我脑袋里的声音吗？"

老詹姆说："不能。"

我有些忧愁，"我是不是生病了呀？"

"我们是丧尸，丧尸一般不怎么感冒发烧。"老詹姆安慰我，"你放心，可能是你刚刚跑的时候，把脑干从耳朵里甩了出去，所以里面空了，就没声音了。"

我这才放下心来，又往身后看了看，波光依旧粼粼，只是暗淡了许多。夜色正降下来，海水在我们的腿间缓缓起伏。在一条条海浪间，我并不能找到我的脑干。

"可能被水冲走了吧。"老詹姆说，"也是好事，没了脑子，就没了烦恼。"

我们只得走上岸，打算继续在城市里游荡，就像此前的无数个夜晚一样。但作为我跟你诉说的这个故事的开头，它必然不能平淡如往日，它得出现一些不同寻常的地方。而这个异常，就是我突然站住了，脑袋里有电流蹿过的滋滋声，我说："我想起来我是谁了。"

"看来你真的生病了。"

"我没骗你！"我努力抓着脑袋里的那一丝电光，记忆由模糊变得真切，仿佛从浓雾中飞出来了一只鸟。起初，它只是雾中的一个阴影，现在，它落在了枝头。我打的手势有点颤抖，说，"我我我，我是一个，一个，一个……"但我始终看不清那只鸟的模样，说不出关于我身份的最终答案，"我是一个男人，是一个学生，一个音乐爱好者……但我是谁呢？"

在我纠结的时候，老詹姆一直叼着烟，安静地看着我，腐败的眼球里透着怜悯。因他不能呼吸，烟只能自然燃烧。火光缓缓后移，他的脸上越来越亮。

他慢慢举起手，在幽暗的空中打着手势，说："如果想不起来，就算了。"

我点点头，说："好吧，我想不起来我的身份，但我记起来我的家在哪里。"

老詹姆疑惑地问："在哪里？"

我带着他，走过满地狼藉的街头，穿过许许多多缓慢走动的丧尸。他们僵直地游荡着，看到我们，打手势问道："你们吃了吗？"

老詹姆回答说："没有。"

"我们刚才吃了。"

"羡慕你们。"

"但没有吃饱。"他们说，"永远也吃不饱，吃不饱呀吃不饱，饿呀饿。"他们的手整齐地挥舞着，诉说着肚子里的饥饿。如果他们的声带还在，我想，他们会齐声歌唱，唱一整夜。歌词只有一个字——饿。

我没有像往常一样成为这出默剧的群演之一，拉着老詹姆，继续穿街过巷。天开始黑的时候，我们走进了一栋大楼，尽量弯曲膝盖，爬了十几层，推开一扇门。我说："我以前住这里。"

夕阳的最后一抹光辉从阳台照进来，落在凌乱的地板上。这个房子不大，八九十平方米的样子，两室一厅。客厅里一片凌乱，弥漫着恶臭，主卧的床也皱巴巴的，次卧的门却关上了。我们推了推，没推开，也就放弃了进去的想法。

"这就是你以前住的地方？很普通嘛，看来你生前只是个一般人，装修品味也不怎么样。"

我没理他，在屋子里翻找，但没有找到任何跟我有关的东西。

正要怀疑是不是这突如其来的记忆欺骗了我,这时,老詹姆从卧室的桌子上拿起一本书,翻了翻,一张照片从书里掉出来。他捡起来,看看我,又看了看照片,比画说:"这男的是不是你?你现在脸上都僵硬了,长得有点变化,但照片上的人跟你很像。"

我凑过去,借着淡淡的斜晖,看到照片上的一对男女。他们站在海边,依偎在一起,很幸福的样子。我眯着眼睛,仔细看了半天,突然激动起来,说:"我我我……"

老詹姆把照片跟我对比着看,看了一会儿,点点头:"看不出来,你以前还挺帅。"又指着照片上的女孩,"这是谁?"

照片上,女孩比我矮半个头,靠在我的怀里。海边斜阳的光在她的笑容里摇曳,她的眼睛也在闪闪发光。我仔细看着,关于她的身份却想不起来半点儿。但她的美是毋庸置疑的。我摇了摇头,把照片收起来,对老詹姆说:"等我以后想起来了告诉你。"

老詹姆又露出那种怜悯的眼神,看着我比画:"你不要想起。不管我们曾经是谁,我们现在都是行尸走肉。记忆对我们来说,是另一种病毒,更加有害,比饥饿更让我们痛苦。我想,忘掉我们是谁,是我们的一种自保机制,你不要抗拒这种机制,你不要想起。"

老詹姆总是能说出这种有哲理的话。我佩服地回答:"你生前肯定是个很不一般的人。"

"那是,我应该是个教授,"他说,"或者作家。"

我深以为然,又补充说:"也有可能是个烟鬼,得了肺癌的那种。"

"你还要待在这里吗?"他打手势问。

"嗯，"我说，"我看看还能不能想起更多。"

老詹姆拍了拍我的肩膀，让我的那道伤口又是一阵酥痒，然后转身出了屋子。不管他生前有多么高贵尊崇的身份，现在，他只能依从本能，在城市的夜里晃来晃去，漫无目的。

我站在空荡荡的客厅里，闭上眼睛回想。但那只穿过浓雾而来的鸟已经振翅而去，想了半个多小时，除了我曾住过这间房子，回忆不出更多。我晃了晃脑袋，轻微的咯噔声和吱呀声响起了。原来我的脑干还在，我欣喜地想着，正要离开，突然愣住了——咯噔声是脑干在头骨里晃动，那吱呀声是什么呢？

我慢慢转过身子，看向次卧的门。

斜阳沉入海平面，黑暗铺天盖地。在黑暗笼罩这间屋子之前，我看到次卧的门轻轻移开，门后面探出一张女孩的脸，警惕地张望着。

这张脸很熟悉。

半个小时前，我在一张照片上看见过。

2

"哐当"一声巨响，超市的玻璃门被我和老詹姆砸开。

这间超市曾经的主人是个胖子。城市沦陷之前，他每天坐在收银台后面，只露出一个肥胖的脑袋。我从没见他出来过，仿佛他的身体跟收银台长在了一起。后来丧尸袭击这座城市，胖子老板被咬中了手臂，很快，他的身体开始僵化。但他还是每天站在收银台后面，一旦谁靠近，就露出尖锐的牙齿。直到有一天清晨，我看到他在超市门口徘徊了很久，我晃晃悠悠地走过去，他问我，他为什么要守着这里。我说这是你的家。他摇了摇头，用手势说："活着的时候我忘了，死了我才记起来，我的家在北方。"然后他便一路向北边走去，再也没有回来过。

这间超市就空了下来。

现在，我们踩着碎玻璃走进去，里面空空荡荡的。冷风从货架的另一边吹过来，凉飕飕的。老詹姆打开冰箱，一股腐臭传出，他深吸一口，露出很享受的表情。他从冰箱里捞出一条猪肉，咬了咬，又一口吐出来，说："硬邦邦的，不好吃。"他把臭肉扔下，转身从收银台前拿了几包烟，拆出一根，在嘴里点燃。

我则找了辆推车，穿过一排排货架，来到食品区，边走边把货架上的食物和水扫进推车里。

"我说，你怎么有心情来打劫超市了？"老詹姆走到我面前，边后退边打手势，"这种事，只有人类才会做啊。"

我一手推车，一手扫货，没空与他交流。走过一排货架，推车里都堆满了，我才停下来，说："我想试试别的口味。"

老詹姆摇摇头，"这不符合我们的设定。你是不是昏了头，还是说，你身上的索拉难病毒又变异了？"

"我只是想试一试。"

"如果发现好吃的，记得告诉我。"老詹姆表示理解，顿了顿又补充说，"最近空气里的人味加重了，恐怕是人类幸存者又想来袭击，你要注意，最近很多丧尸被他们抓过去了。"

我一愣，"人类抓我们干什么？"

"谁知道？人类的想法太多，我们猜不透的。还是当丧尸好，这么单纯，脑袋里只想一件事，就是咬人。"说完，他把烟揣进兜里，迈着僵直的步伐，走出超市。

等他走后，我推着装满食物和水的小推车，走出超市，穿街上楼，回到了家里。我腿脚的肌腱也硬化了，上楼的时候，只能边爬楼边拉着推车。每上一阶，推车就颠一下，等回到家里，推车里的东西散落了一大半。

但即使只剩下这么少，当吴璜看到它们时，还是露出了惊喜的笑容。

吴璜就是那个藏在我房间里的女孩，也是照片上的女孩。

我第一眼看到她时，肚子里的饥饿感轰然一声，放大了无数倍，席卷全身。我能听到她的心脏在怦怦怦地跳动，像强力的泵，每跳一次，就将新鲜的血液压进身体各处。我也能看到她细瘦的脖子，虽然蒙上了尘污，但隐约可见微微凸起的血管，散发着芬芳。

于是，我低吼着扑向她。她惊叫了一声，想挣脱，但别说她了，就算成年男子也无法对抗丧尸的力气，她最终只能挥舞双手，徒劳地拍打我的肩膀。

就在我将牙齿刺进她脖子的前一瞬间，她打中了我的右肩。那股麻痒的感觉再次出现，脑袋里电流滋滋，鸟从浓雾中振翅而出，照片上依偎的男女历历在目，背景里的海浪缓缓起伏。然后，饥饿感如海水退潮，缩回胃中。

我放开女孩，捂着肩膀后退。她蜷缩进墙角。

一个丧尸，一个女孩，就这么在幽暗的房间里对视。

"别害怕。"我打着手势，但她的眼中依旧布满惊恐，我这才意识到她不懂我们丧尸之间的交流方式。我想了想，从破旧的口袋里掏出照片，举到脸旁边，然后指了指照片上的我，又指向照片旁边我这张僵硬的脸。

"阿辉？"女孩迟疑着说。

原来我叫这个名字。我有些无奈地想，老詹姆说得没错，我生前的确是个普通人。我把照片给了女孩，在她手心慢慢写字："你认识我？我们是什么关系？"

女孩攥着照片，长久地看着我。屋子里慢慢暗下来，但她的眼睛闪着幽光，像海面上将逝的点点波纹。过了一会儿，她说："你是阿辉？"

我点点头。

"你都忘了吗？"

我写道："只记得在这间屋子里住过。"

她盯着我的脸，说："我叫吴璜，你叫阿辉，我们是一对恋人。你说你要保护我，但你去外面打探消息，就再没回来过。我在这里已经等了半年。"

在她的诉说里，我们的故事非常平淡，是这场末世浩劫里随处可见的生离死别——丧尸潮袭来时，我和她已经囤积好了食物和水，打算躲在屋子里，等军队解救。但过了一周，外面毫无动静，于是我跟她说："我去外面看一下，说不定军队已经把丧尸赶走了。"她拉着我的手，不让我出去，我笑了笑，拍拍她的头说："我会回到你身边。我会保护你的。"然后我出门离开,留她像小鹿一样待在黑暗里,就再也没有回来过。这期间,她省吃省喝,但也即将粮尽水竭。就在她陷入绝望之际,我重新出现了,却是以丧尸的身份。

"你放心,我说了会保护你,"我在她的手心里慢慢写着,"就会保护你的。"

吴璜拧开矿泉水瓶盖,咕咚灌进嘴里,喝得太急,呛了好几口。

我想拍拍她的后背,但刚一动,她就往后缩了缩。我理解,毕竟人尸有别,便坐回原地,又给她递了一瓶水。

她吃饱喝足后,抹了抹嘴,长舒口气,对我说:"谢谢你。"

我拿起笔,在纸上歪歪斜斜地写道:"没关系,反正我不吃这些东西。"

"那你吃什么?"她下意识地问。

我没有回答。她从沉默中读出了我的答案,于是,沉默加倍了。风吹进来,纸屑在地板上来回移动,沙沙声格外响。

"但我不会伤害你。"我把这几个字写得很大。

她点点头,说:"你跟他们好像不一样。其他丧尸不会思考,如果是他们,一见到我就会把我吃掉。你还会帮我。"

其实丧尸不但有一套专用的交流手势,还都会思考,而且比人类探索得更深。试想,当一个人有着无尽的欲望,却只能每天无所事事地游荡,那他注定了会成为一个哲学家。只是记忆太短,而饥饿感又太强烈,一闻到人类的气息,饥饿就会驱使我们向着血肉追逐,无暇将思考所得付诸笔端——再说了,就算写出来,又有谁会看呢？

但要跟她解释这些，要写好多字，太过麻烦，所以最终我只是点了点头，然后写："我也不太清楚，可能我是一个特立独行的丧尸吧。"

"你真的什么都不记得了吗？"她又问了一遍。

"嗯，我的脑子都萎缩了。"我说，"不过你可以告诉我。我想听以前的事情。"

吴璜的脸上露出追忆的神色，有点惘然，说："我们是在大学里认识的。我们都学医，但你比我高一级。在学院的迎新晚会上，你第一次见到我。我在舞台上跳了一支舞。我不是主角，主角是一个高个子、腿很长的学姐。但你看到了我，鼓起勇气到后台找我要联系方式。然后整个大学阶段，我们经常见面，但一直没有在一起。后来我读研究生，你辞了大医院的工作，在我学校旁边的小诊所里上班，我才知道你的心意……春天的时候，我们会出去郊游，你不会开车，就骑自行车载我，可以骑很久很久……"

她的声音在小小的房间里回荡，每一个字都像是蜂鸟一样，在我已经僵化的耳膜上回荡。我边听边遐想，她述说的内容格外陌生，仿佛是另一个人。我有些悲伤——的确，在被咬中的那一刻，我就死去，成了另一个人。我现在徘徊在死亡之河的另一岸，听着河流彼端的往事。那些往事已经不再真切了。

但我喜欢听。

接下来的很多日子，我都没有在城市里晃荡，而是待在屋子里，听吴璜说从前的事情。她的声音逐渐将"阿辉"这个形象勾勒得清晰，让我得以看到我在彼岸的模样。有时听着听着，我会扯动嘴角僵硬的肌肉，露出微笑的表情。

当然，偶尔我也会下楼，去帮吴璜收集新的食物。城里超市很多，不费什么工夫就能找到，只是碰到其他丧尸，难免要撒个谎，尤其是对老詹姆。

"你怎么还在吃这些垃圾食品？"有一次，老詹姆拦在我面前，两手划动，"垃圾食品对身体不好，你要少吃一点。"

"抽烟也有害身体健康，你少吸点。"

"我又不过肺，不会得肺癌的，"他说，"我的肺早就烂掉了嘛。"

我们对视一眼，都笑了。不同的是，他摆摆手，用手势表达微笑，我却下意识扬起嘴角。

"咦，你还会笑，我们脸上的肌肉不是坏死了吗？"他惊异地看着我，手指连划，"别说，你的脸色看起来也比我们亮一些，垃圾食品真的这么好？"

他从推车里抓起几包薯片，放进嘴里干嚼，碎屑从他脸颊的破洞里漏出来，撒落一地。"不好吃嘛。"他比画着，抬起头，天边雷声隐隐，一场大雨即将落下，"快下雨了，是春雨呀。"说完他就拖着步子走开了。

其他丧尸就好应付多了，只是打个招呼。他们永远在用手势诉说着自己的饥饿。说起来也奇怪，认识吴璜之后，长期以来折磨我的饥饿感，这一阵都蛰伏着，如拔了牙的毒蛇。"看来你在哪里吃饱了。"他们说着，表示羡慕。我发现，他们的动作比以前慢得多，可能大雨将至，空气里潮气很重，犹如凝胶。当然也可能是因为太久没有狩猎了，身体变得更加僵硬。

不过这不关我的事，雨天令人不安，我更担心独自留在家里的吴璜。

刚进楼，滂沱大雨就唰唰落下，闪电不时撕扯夜空。电光亮起时，一栋栋高楼露出巨大而沉默的身影，如同远古兽类，很快又躲进黑暗里。丧尸们不再游荡，纷纷躲在屋檐下，呆呆地看着雨幕。我们当然不怕淋雨感冒，但雨水会冲刷掉我们身上的泥土和血迹，还有伤口里复杂的菌群。这就有点儿难受了。就像老詹姆说的，这不符合我们的设定，试想，谁会接受一个干干净净、眉清目秀的丧尸？

今晚的吴璜有些反常，食物和水都没怎么吃，一直盯着外面发呆。

"怎么了？"

她一直盯着窗外的雨，突然说："我身上很脏，我想洗澡。"

吴璜已经在房间里待了半年，吃喝拉撒都在狭小的空间，身上满是脏污，充斥着异味。虽然我并不介意，但她始终是个女孩子。我想了想，说："我去给你多找点矿泉水来，你可以洗。"

她却指了指窗外大雨，"我想出去，在雨中洗。"

"那太危险了！"我着急地说。难以想象，要是其他丧尸看到她，会怎样疯狂地朝她蜂拥咬来。

"你会保护我的，不是吗？"她看着我，闪电落下，她的眼睛里光辉熠熠。

在这样目光的注视下，我有些不自然，幸亏脸上血管干枯，否则看起来一定脸红了。我想起我的确说过要保护她，但食言了半年。我无法再拒绝。

"那就去天台吧。"我想了想，写道。大雨滂沱，会掩盖人类气息，而丧尸们又不愿意爬楼，应该看不到天台。

我们爬到楼顶，推开天台的门，走进雨里。雨水在我的身上流淌，流进右肩的伤口里，麻痒感更加剧烈了，像是有什么东西正在伤口里挣扎、撑开。但我顾不得这道伤口，睁大眼睛，看着雨幕中的吴璜。

她仰着头，一头黑发如瀑，脸庞在雨水的冲刷下变得白皙。她似乎仍不满足，解开了衣服，半年来积累的污迹融化，原本雪白的肤色显露出来。她有着这样美好的身体，骨骼微微凸显，皮肤下血肉充盈，水流滑过的，是一道道美丽的曲线。

成为丧尸以后，我就对人类失去了审美，肉体只分为能吃的和不能吃的。但现在，我知道了自己是多么的丑陋。一股不同于饥饿的欲望在我的身体里蓬勃着，我微微颤抖，牙齿龇出——这不是我的错，谁叫她如此鲜活而我又如此干涸，谁让她如此饱满而我又如此饥饿？但我刚要迈步，肩上疼痒复发，压住了这股欲望。

一道闪电照下，她的身体被照亮。那一瞬间，她也发出了光，照进我枯萎的视网膜中。接下来的日子里，这道光再未被抹去。

洗干净后，她哆哆嗦嗦地跑过来，回到家里。我给她找出干衣服换上，她的头发湿漉漉地垂在颊边。"谢谢你，"她一边用衣服擦着头发，一边说，"现在舒服多了。"

我正要写字回复，房门突然被敲响。

吴璜脸上的笑容凝固了。

"你先进卧室，"我慢慢地在纸上写，"关好门。"

她拿起自己的衣服，轻手轻脚地走进卧室，把门合上。我先把窗子打开，让风雨透进，再过去开门，门外露出老詹姆的脸。

"你来做什么？"我问。

他刚抬起手，鼻子突然抽动了一下。丧尸虽然不需要呼吸，但嗅觉依旧灵敏，尤其是对生人的气息。他走进屋子里，左右四顾，脸上逐渐癫狂。我拦在他面前，再次问："怎么了？"

"你屋子里，好像有……"他比画到这里，窗外突然火光一亮，随之而来的还有轰鸣巨响。我开始以为是闪电，但屋子的震动否定了这个猜想。这声响也让老詹姆清醒过来，拉着我说，"人类又来进攻了！"

3

我在丧尸群里冲锋时，虽然表情狰狞，龇牙怒目，但心里其实很木然，甚至有点无聊。饥饿感驱使着我追逐那些血肉之躯，理智却是抗拒的。不过理智在欲望面前，往往不堪一击，所以只能用来思考一些其他的事情。

比如，这是人类的第几次进攻？

城市沦陷之后，丧尸布满大街小巷，每隔一阵，人类都会来进攻。当然，结局往往是丢下更多的尸体，有些成了我们的食物，有些成了我们的同类。

但今天有点意外。

人类出动了重型武器。战机如枭鸟一样掠过雨幕,丢下一枚枚炮弹,火焰如花般绽开,而被气浪掀起的丧尸,组成了燃烧的花瓣;坦克布成一排战线,轰隆隆前行,炮口不断吐出火光,把冲锋的丧尸撕扯成残肢碎体;士兵们持枪拿盾,喷吐的火舌几乎串成了一条线,照亮了街道……总而言之,今夜的人类,有点儿猛。

"他们今天怎么了?"老詹姆在旁边跑着,嘴里咆哮,表情狰狞,眼睛里却满是困惑,冲我打手势问道。

"不知道啊,"我边跑边回复,"可能是孤注一掷,绝地反击吧。"

"真让人感动,像是好莱坞大片结局的时候,就是不知道主角是谁,我想过去跟他打个招呼。"

"可惜我们不是观众,也没有站在布拉德·皮特[①]那一边。"

老詹姆一把撞开警盾,从人堆里抓出一个瘦弱的男子,咬住他的喉咙,然后扔到一边。"说起来,好久没看电影了,"他继续撞着警盾,回头冲我说,"你说我长得这么帅,生前会不会是个演员?"

"不是教授或者作家吗?"

"还是演员好,教书能挣几个钱?写书就更别说了。"

就在我们一边凭本能冲杀,一边凭本性聊着无聊话题的时候,那个被咬的瘦弱男子从地上爬了起来,身体略有些僵硬,也冲向了人堆。他的眼睛一片血红,龇着牙齿,喉咙伤口处流出的血已经变黑,很快就凝固了。

---

① 布拉德·皮特,好莱坞著名演员,主演过科幻电影《僵尸世界大战》,在影片中作为主角,带领人类绝境求生。

"你们好,我是新来的,"他打着手势,友好地向我问道,"这边有什么规矩吗?"

"不要去撞枪——"我提醒道,但"口"的手势还没打完,一架加特林机枪的炮口就扫中了他,大口径子弹以及携带的巨大势能,将他撕成两片。

正杀得难解难分时,人类阵营里站出一个魁梧的中年军官,浑身被雨水淋透,脸上却满是坚毅。他挥了挥手,军队中立刻扔出一些拳头大的气罐,落地后喷出大量紫色气体。

我正疑惑,周围的丧尸们闻到气体,动作突然变得缓慢。仿佛空气密度一瞬间增大,挡住了他们。

"罗博士的研究果然起作用了!"人类阵营里爆发出振奋的声音,"杀了这群魔鬼!"

魔鬼?也许他们忘了,我们曾经也是他们的朋友、邻居或亲人。病毒把我们拉到了黄泉之河的另一岸,但病毒并不是我们研发的。

当然,丧尸没办法跟他们解释这些。我们能做的事情,就是继续往人堆里冲,但周围很多丧尸的动作变慢了,使得人类炮火的命中率大大提高。

丧尸潮一下子被遏制住。

"希望就在今夜,就在这正义的雨幕之中!"军官拿着喇叭高声喊道,"我们研究的药剂奏效了,从此以后,人类在这场战争里将不再处于弱势!杀吧,把你们的愤怒和炮火向丧尸们倾泻过去,今晚,我们要收复这座城市,让文明重新降临世界!"说完,喇叭里播放出雄壮激昂的音乐，如同战鼓，引导着人类向我们开火。

老詹姆点点头，冲我打手势道："看来这一位就是人类的主角了。"

"是啊，连背景音乐都有。"我说，"在电影里，出现这种背景音乐的话，一般都到了大结局，主角要赢了的时候。"

"赢了也好。我们这种群演，也该收工了。"

话没说完，军官脚底打滑，从战车上摔了下来。一个丧尸正好扑过去，咬中了他的手臂。很快，军官再爬起来，红着眼，扑过去咬他的副官，被副官一下子轰开脑袋。

我和老詹姆面面相觑，彼此都有些尴尬。

"布拉德·皮特"一死，人类就乱了阵脚。加上丧尸实在太多，哪怕动作变得迟缓，也如潮如浪，一波接一波。天快亮的时候，雨也停了，人类开始整齐地撤退，丧尸们追了过去，撕咬一阵，距离就又拉开了。

"人类真是善良的物种，"老詹姆看着满地狼藉的战场，脸上有种丰收的喜悦，"定期给我们送粮食过来。"

人类撤退后，新鲜血液的气息散开，我的饥饿感顿时蔫了，对满地血肉也失去了兴趣。取而代之的，是来自肩膀的麻痒，仿佛有小虫子在那道伤口里噬咬着。"怎么回事？"我挠了挠，麻痒的感觉更加强烈。

"对了，"老詹姆没有留意到我的困惑，想起了另外一件事，"为什么人类释放了那种紫色气体，丧尸们的动作就变慢了呢？"

"可能是……一种新型武器吧。"

"但咱们俩为什么没有影响？"

我想了想，说："不知道，说不定人类在谋划什么，可能是大招。"

老詹姆点点头，说："希望吧。每次人类撤退的时候，都留下这么多尸体，人类越来越少，万一哪天我们真的赢了怎么办？万一这颗星球上布满丧尸，没有活人了，那——"

"你放心，"我安慰道，"那样就违反了影视剧创作规律，是不会发生的。"

"也是，在所有的故事里，我们都会被消灭，只是早和晚的区别。"

回到家，吴璜好奇地问我发生了什么。

此前人类进攻的规模都不大，她又一直胆战心惊地躲在房间里，所以从不知道人类会试图收复城市。甚至，在她的想象中，整个世界已经全部沦陷，她是唯一没被感染的人类。而她没有被绝望杀死，活下去的动力，就是我离开之前对她说的话——

"我会回到你身边。我会保护你的。"

原来我生前能说出这么厉害的话，试想，哪个女孩听到这句话不感动？连我自己听到了，心里都微微发颤。

吴璜见我发呆，又问了一遍。

我回过神，连忙跟她讲了人类进攻的事情。

听完之后，她若有所思地点点头。晨曦中，她的眉头微微皱起，像是春天里长满绿草的山丘。这种情绪一直影响着她,后来她跟我讲以前的事情时,也有些心不在焉。我想她整夜担惊受怕,应该是累了,就让她休息,自己下楼回到了街上。

经过一夜的战斗,城市里更加狼藉,但对丧尸来说,一切都没有区别。血液干涸后,我们不再受饥饿驱使,继续无所事事地在街上闲逛。

太阳从高楼间探出头,微红的光斜照而来,像洒下了脂粉,将大街小巷都染得晕红。我们仰着脑袋,看向朝阳。

"真美啊。"我说,"让我想起了一首诗,日出江花红胜火,日照香炉生紫烟。"

"是啊,像是一张天边的山水画,有一种毕加索印象派的风格,让我想起了著名的绘画作品《日出·印象》。"老詹姆跟着打手势说。

旁边一个少了一只手的丧尸艰难地比画道:"我记得,毕加索好像是画油画的吧?"

"而且《日出·印象》,应该是莫奈的作品。"另一个脑袋被炸飞半边的丧尸想了想,慢慢挥舞手臂,说,"毕加索是现代派,我记得以前上艺术史的时候学过。"

就在他们讨论艺术的时候,我沐浴在朝霞里,肩上的异物感又出现了,而且比之前更加强烈。我正要伸手去摸,老詹姆从我身后绕过来,惊讶地打着手势:"你看你肩膀后面,长了一朵花!"

半脑丧尸找来镜子,和独臂丧尸一前一后,对照给我看——我右肩的伤口依然裂开着,灰白脏污,但在腐烂的肉缝间,居然颤巍巍地长出了三片绿叶,以及一朵花苞。

叶子只有指甲盖大小，簇拥着淡蓝色的花苞。花苞还未开放，像沉睡的婴儿。但可以看到最外面的花苞上，隐隐有几丝血色的脉络。它们都连在一根细茎上，而细茎扎进伤口裂缝，可以想见，它的根须正在我肩上的腐肉里缠绕缩紧。

"哇，丧尸的身体居然还能孕育生命？"独臂丧尸非常兴奋，"这是大自然的奇迹！"

半脑丧尸也说道："看样子，应该是你的肩膀被划伤时，种子恰好落到了你的肉里。我们是丧尸，伤口不会愈合，腐肉正好提供了营养，而昨晚下雨又落进了水分，让它生根发芽，并且开花了。种子的生命力很强，我记得以前上生物课的时候学过。"

独臂丧尸说："你怎么懂这么多？"

半脑丧尸说："因为我以前是写科幻小说的，要查很多资料，所以都会涉猎一点。我的笔名叫阿……阿什么来着？"

独臂丧尸说："阿西莫夫？"

半脑丧尸刚要高兴，又觉得哪里不对，犹豫着比画："我记得好像是两个字……"

老詹姆见他们越扯越远，连忙打住，问："你们认得出来这是什么花吗？"

两个丧尸看了半天，摇摇头，认不出来。他们携手离开，边走边继续讨论艺术和文学。

老詹姆说："这些天你的肩上不舒服，多半就是因为这个，要我给你拔下来吗？"

我连忙拒绝，"既然这是生命的奇迹，又是生物学的胜利，那我应该珍惜。我要养着这朵花,等它开放,看它结出什么果。"说着,我继续站在街上,让肩膀冲着太阳。

绿叶在微风中招展,蓝色花苞在阳光里轻轻晃荡。

晒到了晚上,我又去屋檐下给它滴了几滴水,这才小心翼翼地往家里走。我迫不及待地想跟吴璜分享这件事。在死得不能再死的丧尸身上,能长出花来,这是生命和死亡的较量,有一种残酷腐败又坚韧的美感。

但我还没来得及写,她就一把抓住我,满脸兴奋。

"我要离开这里,"她急切地说,"我要回到人类那边去!"

4

我和老詹姆在海边徘徊,不远处,空荡荡的小船起伏。

一颗石子被我踢起来,骨碌碌滚动着,跳进海里。粼粼海面上冒起一个水泡,随即被波浪淹没。我看了一会儿,又踢了一块小石头下去。老詹姆见状,也踢了一脚,他的石子落海比我远。我不服气,下一脚加大了力气。他的好胜心也起来了,一脚大力踢出,却踢到了台阶,咔嚓一声,应该是脚趾骨折了。

他皱了皱眉头,掏出烟点着,烟头火光明灭。

"你说,爱情是什么东西?"我突然问。

老詹姆显然愣住了,说:"你今天这个话题有点生猛啊,果然是春天到了。"

"那你说,丧尸会有爱情吗?"

"应该没有吧，"老詹姆指了指不远处一个来回走动的女性丧尸，"你会对那个女丧尸有兴趣吗？"

我瞧过去，那个女丧尸身段玲珑，腰细腿长，生前肯定是无数人追逐的对象。但她现在浑身灰暗，左眼眼珠脱眶垂下，下巴掉了一半，长腿上满是伤痕。我摇了摇头，说："没有兴趣。"想了想，又补充道，"不是说我，我是帮我一个朋友问的，他最近有爱情方面的困扰。"

"咦，'我有一个朋友'，这个开头好熟悉……这好像是一个什么梗……"老詹姆使劲想了想，却回忆不起来，摆摆手说，"总之爱情通常需要两个人。那你看，你这个朋友对女丧尸都没有兴趣，爱情从何而来？"

"要是我这个朋友喜欢的不是丧尸，而是人类呢？"我小心翼翼地问。

他长久地注视着我，烟头闪闪发光，眼睛幽幽发亮。在这三点光亮之间，我看到了答案。我做出叹息的手势，无奈道："那我跟我这个朋友转达一下，劝他放弃。"

"是啊，连丧尸都瞧不上丧尸，更别说人类了。"老詹姆点头，"而且人类和丧尸之间，不仅仅是物种隔离的问题，是一碰到就要互相杀死的矛盾。"

我的脑子里灵光一现，说："即使那个女孩不喜欢我这个朋友，但只要他们能在一起，不分开，是不是也是一种幸福？"

老詹姆摇头，"你错了，爱是成全，不是囚禁。幸福是自由，不是一厢情愿。如果你的朋友不能使女孩爱上他，那他只有一个办法。"

"什么办法？"

"吃掉她呀。"老詹姆摆摆手，一副理所当然的样子。

"有没有不那么丧尸风格的解决办法？"

老詹姆沉默了一会儿，说："那就送她离开，让她去追寻自己的幸福，因为爱是成全，不是囚禁，幸福是……"

我打断他的话，独自站在晚风中沉思。面前的大海逐渐隐入黑暗，风变冷了，潮水起伏，小船逐渐与海浪融为一体。

是夜，雨后天晴，明月悬空。

走出楼道口的时候，我抬头看了一眼，月亮悬垂在两栋高楼之间，洒下清辉。我转头看着身边的吴璜，她被月光照着，有些发抖。因此，她脸上那些粘上去的腐烂皮肤、坏死眼球和枯萎头发，也跟着在抖动。

"没关系的，"我抓着她，在她手心里写着，"不要害怕，学着我的步伐走，呼吸尽量放慢。"

她仍旧紧张，说："我——"又连忙闭嘴，改成在我手上写字，"我们能成功吗？"

"放心吧，一定可以的。"

她深吸一口气，然后皱着眉缓缓吐出。我知道，她的身上涂满了气味浓烈的中药药剂，直接吸进鼻子里，肯定也不好受。但事已至此，没有转圜余地了，我往前迈一步，她也跟上来，学着我僵硬的步调，拖着腿走上街道。

街上站满了丧尸，正呆滞地走动着。我们一出现，就引起了一阵无声的骚动——尽管中药遍体，但也不能完全压制住吴璜的气息。但好在刺激浓烈的药味在街上弥漫，丧尸们一时也分辨不出人的气息从何而来。他们伸着鼻子，缓缓转动，我和吴璜小心地从他们中间走过去。

"哎，你闻到什么了吗？"一个丧尸冲我比画，"似乎有人类的味道……"

我回道："应该是昨晚人类进攻留下来的吧。"

"不至于呀，该死的都死了，不该死的都成丧尸了。哪里会有活人呢？"他挠着头，满脸迷茫。

我不再理他，继续往街道尽头走。吴璜亦步亦趋地跟着。我们从一个个疑虑重重的丧尸间穿过，缓慢，但很顺利。走了快一个小时后，空气里腥咸味加重，我顿时振奋起来——只要走到海滨大道，沿着路往前，就会很快进入一大片湿地红树林，那里丧尸就会少很多。而穿过红树林，就是人类的营地，也是吴璜这一趟冒险的终点。

我悄悄瞥向她，满面血污和腐肉的掩盖下，她的表情也不再那么紧张。

这时，一只手拍了拍我的肩膀。

我回过身，先是看到一个点燃的烟头，红光后面，是老詹姆的脸。

"你去哪里？"他问道。

他拍的正是我的右肩，我灵光一现，说："我去晒一晒这朵花。"

"晒花不是在白天吗？而且晒什么月光，这又不是夜来香。不过它长得好快啊,恐怕这几天就要开了。"

我扭过头,从这个角度已经可以看到小花苞颤颤巍巍地探了出来,快到我耳朵的高度了。这朵花确实比一般植物的生长速度快许多,不过也可能是因为我身上营养丰富。这么想着,我不知道是该得意还是该无奈。

见我不答,老詹姆接着问道:"对了,我想起来,你那位朋友的爱情怎么样了?"

我突然有些伤感,说:"他听了你的建议,也认为爱是成全,不是囚禁,幸福是自由,不是一厢情愿。所以他决定放手,让那个女孩去追求爱和幸福。"

老詹姆摆了摆手,说:"嗨,我其实都是瞎说的,真正爱她,那就追求她,一不要脸,二不要命。我们丧尸既没有脸皮,也没有生命,简直是为这句话而生的。"

我慢慢打着手势,"那你怎么不早说?"

"哲理嘛,都是因人而异的。"

事已至此,我也无法回头,三言两语打发了老詹姆,继续向海滨大道走去。沙滩上的丧尸并不多,远处的红树林如一片荫翳,这见鬼的一夜终于快到头了。见我摆脱了老詹姆,吴璜悬着的心也放了下来,长舒了一口气。

我眼皮一跳,想要阻止,却已经来不及了。

她的嘴唇微微嘟起,吐出漫长的气息。

老詹姆鼻子抽动,在浓浓的中药气息中,嗅到了她的呼吸。他的喉咙发出咕咕怪声,脸上僵硬的肉抽动起来,变得狰狞。这副模样我太熟悉了,一步跨过去,把吴璜推开——下一瞬,老詹姆就扑到了我的身上。

快跑!我无法写字,但眼睛狠狠地看过去,吴璜也瞬间明白了我的意思,大步往红树林跑去。她一动,所有的丧尸都闻到了活人的气息,仿佛一场瘟疫在传染,他们躁动着,手脚并用,向吴璜包围过来。

去往红树林的路上堵满了丧尸。吴璜停下来,绝望地回首看我。

我把老詹姆推开,左右四顾,一下子看到了海滩上那条载沉载浮的人力船。丧尸不会游泳,我想着,立刻拉住吴璜的手,向海边跑去。

四周响起的脚步声汇聚在一起,盖过了海潮。那些刚才还木讷闲散的脸上,此时都换成了疯狂,如果吴璜被他们抓到,恐怕只一瞬间就会成为碎片。这样想着,我加快了脚步,吴璜几乎是被拉着跑了。踏上台阶时,她打了个趔趄,摔倒了,小腿在台阶上磕出了血。

血腥味被海风裹挟,四下吹散,丧尸们如同被注射了兴奋剂。他们前赴后继,不断有人摔倒,后面立刻有丧尸踩踏上来,再摔倒,又被更后面的丧尸踩住……很快,他们组成了两米高的尸潮,向我们滚涌而来。

老实说,在闻到血腥味的一瞬间,我也产生了动摇。但肩上的花在招展,牵着的手格外温润,饥饿感只涌上了一瞬间,旋即被压制住。

在被尸潮淹没前,我一把扯开了拴着人力船的细绳,带着吴璜跳了上去。小船只能容两三人,一跳而下,差点侧翻。身后,尸潮滚落，溅起水浪，正好推动小船向海里荡去。我抓起船桨，对准靠得最近的一个丧尸狠狠砸下，借力再把船撑动。砸了之后我才看清，这个倒霉的丧尸正是老詹姆，他手里比画了一下："你就不能砸别人吗？"又继续狰狞着冲上来，但立刻被后面的丧尸压进水里。

我知道他心里是不愿意来阻止我的，其他丧尸也如此，但他们的身体被饥饿攥住了，不由自己。我看到老詹姆从尸潮里重新钻出，张开黑牙，奋力来咬我，但他的手势却是："哎呀，我就知道你那个朋友就是你自己。"

另一个冲到最前面的丧尸咬住了船板，被我一桨砸开，沉进水里之前，他用手势说道："你要离开我们了吗？"

"快划，划深一些，我们就抓不到你了。"一个丧尸张牙舞爪扑过来，手指却比画出这样的意思。

"你是为了这个女孩离开我们吗？"

"希望你幸福。"

"啊，好险，刚刚差点抓到船板了。"

"水里好凉呀。"

……

我和吴璜把船划到离岸二十几米外的地方，尸潮才逐渐被海水吞噬，势头减缓，后续冲过来的丧尸都沉到了海里。我们再划了十几米，回头去看，只见海面上立着一片密密麻麻的丧尸脑袋，凶狠地看着我们，但他们努力将手抬出水面，手指由内而外甩动着。

吴璜筋疲力竭，气喘吁吁地靠在船板上。我继续划桨，确定丧尸们彻底追不上来之后，才转身抬着手，手指甩动。

"你们在干什么？"

我拉过她的手，在她掌心里慢慢写道："在道别。"

5

经过了担惊受怕和亡命奔逃，吴璜很快就感觉到体力不支，蜷缩在狭小的船舱里，沉沉睡去。我怕她着凉，脱下了衣服，小心地盖在她身上。她已经洗净了丧尸的伪装，这样睡去的模样，像是某种小动物。小船微微晃动，仿佛摇篮，她在睡梦中露出了一抹浅笑。这是我认识她这么久以来，第一次见到她笑。

我看了许久，抬起头，猛然见到一轮巨大的圆月垂在海面上。

我从没见过这么大的月亮，快要占据了我视野的一半，而且它垂得这么低，仿佛伸手就能摸到。月光亮得出奇，落在海面，被波浪揉成星星点点；另一部分月光落在我身上，我上身赤裸，月辉如同水流，在僵硬腐烂的身体上流淌。我看看吴璜的侧脸，再低头看看自己的身体，美好与丑恶的区别如此明晰地被月亮照出来。我不禁沮丧，但好在我身上还有一朵花，可以勉强扳回一局。我看向肩膀，不知是不是错觉，肩上的肉竟然隐约有一丝鲜红的血色。

正要细看时，船旁的水面哗啦一声，一个脑袋挣扎着冒了出来。

"老詹姆？"我大惊，向他打着手势。

老詹姆在水里扑腾着，有气无力的样子。我警惕地往四周看，见跟上来的只有他一个，才放下心来。水花声把吴璜吵醒，看到老詹姆，她又惊又害怕，但看了一会儿，突然说："他好像被绳子给缠住了。"

我这才看清，原来是我划船逃离时，船尾的绳子正好缠上了老詹姆的双臂，将他拖进海水里。他的手臂被捆，无法拉扯绳子上浮，加上血肉僵化，很快就沉进水里去了。但丧尸的生存并不依赖于呼吸，所以他一直没死，刚刚凭借最后的力气转动身体，让绳子一圈一圈地缠在腰上，这才浮出水面。

但老詹姆也等于将自己捆成了粽子，只有头能动，恶狠狠地盯着吴璜。

吴璜现在不再害怕，哼了一声，伸手去解船尾的绳扣。

我犹豫了一下，伸手拦住她。

"你解开绳子，他就会沉下去，"我在她手中写字，"海底辨不清方向，他可能成为鱼食，会死的。"

"他是丧尸，已经死了。"她顿了顿，声音变低，"对不起，我不是说你……你跟他们不一样……"

我沉默了一会儿，说："他是我的朋友。"

"那怎么办呢？总不能把他拉到船上来吧，船这么小，而且他肯定要咬我。"

我一拍脑门，"既然这样……"

几分钟以后，老詹姆身上的绳子被打了死结，捆在船侧，身体与船平行。他被绳子吊着，没有沉进海里，刚好能仰面漂浮。他的鼻子浮出来时，能闻到吴璜的气息，所以他的表情依旧凶恶。

"丧尸的生命真是神奇，这样都能维持生命，要是人类，早被淹死了。"

我在她手里写下了"病毒"两个字。

她点点头,"是病毒改造了你们的身体,让你们的细胞产生变异,不再需要氧气,就像厌氧菌一样。"随即,她又陷入了思索,"但奇怪的是,既然不需要有氧环境,为什么病毒会对血肉产生亲和性,让丧尸见人就咬呢?还有,既然不能有氧供能,你们行动的能量从哪里来呢……难道是光合作用?可是你们的身上没有叶绿体呀。"

她说的话我大多都听不懂,但听到最后一句,我高兴地耸了耸肩膀,写道:"叶绿体,我有叶绿体。"

她凑过来,看着我肩上长出来的花苞,脸上表情变换。看了许久,她问起这朵花的来历,我想起那个半脑丧尸的话,回答道:"有一次在追活人时,肩膀被树枝划开了,可能种子就落进去了吧。"

"我不认识这种花,"借着月光,她再次端详,摇摇头道,"但我学的是中医,又在这座城里长大,可以肯定,这不是本地的物种。"

我顿时高兴起来,说:"那我要好好养着它,等它开花结果,到时候就知道这是什么花了。"

吴璜看着我,"阿辉,你真是个与众不同的……丧尸。"

正说着,船侧传来一阵水花声,我凑下去一看,是老詹姆在挣扎。他瞪着吴璜,十分狰狞,但他被捆在腰间的手,慢慢划动,用别扭的手势说道:"是啊,他一直是个与众不同的丧尸,所以才会喜欢你。"

吴璜已经知道了丧尸之间有独特的手语,见状问道:"他在说什么?"

我连忙写:"他夸你很漂亮。"

"他不是要吃我吗？"

我解释道："是病毒要吃你，我们的身体虽然每次都去咬人，但心里其实还是不愿意的。不过也没有办法，病毒太强大了，所以我们只能一边咬人，一边用手势交流。"

"那谢谢你的夸奖。"吴璜冲老詹姆说，后者以低声的咆哮回应。她又看向我，说，"你们的手势跟人类手语不一样，吃饭怎么表达？"

我用右手拍拍左胸。

"那走路呢？"

我双掌合十，拍了三下。

"撒谎呢？"

我用右手中指按着太阳穴，揉了一圈，又在她手心上解释道："如果一直说谎，手就不放下来。"

吴璜皱起眉头，"奇怪，这种语言既不是基于哪种已知语系，也不是出自生活经验……这么说起来，虽然你们变成丧尸，声带僵化了，但并没有忘记文字和语言，甚至还有自己的交流方式，还不用呼吸，体力也大了很多。要不是丧尸喜欢咬人，简直就是人类进化的高阶版。"

我还没有想过这个问题，闻言沉思一阵，慢慢写道："但我还是想当回人类，继续跟你在一起，真正保护你。"

吴璜的脸上泛起红晕，一副欲言又止的模样，但最终还是保持沉默，别过头。

月轮垂得更低，像一个巨大的橙黄玉盘，盘底边缘已经插入了海面。小船随浪起伏，驶入明月当中。吴璜侧身坐着，从我的角度看，她逆隐在光晕里，样貌模糊而轮廓清晰。这个晚上，她只是一张被月光裁出来的剪影，轻轻地贴在月亮上。

天快亮的时候，我四下环顾，周围一片幽暗，都是茫茫海水。

糟糕，迷路了。我着急起来，拉起吴瑾的手臂，想给她写字。但一拉过来，就觉察到她体温高得异常，再看她的脸，脸颊通红，嘴唇颤抖，眼睛紧紧闭上。

昨晚连续惊吓，加上海水湿衫，她瘦弱的身子终于熬不住，发起了高烧。

怎么办怎么办？茫茫大海，无着无落，没有任何人可以帮忙。我站起来，转来转去，一没留神，跌进海里。

老詹姆在海水里漂浮着，一些小鱼群正在围着他啄食，我跌下来，把鱼群惊散了。下沉之前，我一把抓住老詹姆，爬上了船，再回头，发现老詹姆已经泡得发白，身上腐烂的地方都被啄干净了，只留下巨大的创口。

"你再不把我拉上去，"他的手指慢慢划动，"我就只剩下骨架了。"

我连忙把他拉上船，绳子却没有解开。他躺在船尾，贪婪地看着船头的吴瑾，手上却比画道："她好像发烧了。"

"我知道。"

"如果不及时治疗，她会死的。"

"现在没有药也没有医生，你知道怎么救吗？"

"我知道啊，不需要药物也不需要大夫，有一个很好的救她的办法。"

我大喜过望,连忙比画:"什么办法?"

老詹姆缓缓道:"趁她还没死,咬破她的血管,让她感染成丧尸。这样她就不会死了。"

"也不会活着了。"我一屁股坐在船舱,缓缓道。

"但至少跟我们是同类了,你们可以天长地久地在一起。"

"你说过,爱是成全,不是——"

"你就当我的嘴巴是肛门,说的都是屁,你怎么就当真了呢!"

我看着吴璜,她的面孔隐在黎明前最深沉的黑暗里,但我依旧能记起她的姣好。不,她不能变成丧尸,而且我对她有承诺,保护尚且没有做到,更不能伤害了。

老詹姆看出我的犹豫,顿了顿,再次移动手指,"既然这个上上之选你不用,那就只能用下下之策了。"

我木然地看着他。

"往岸边划去吧,带她去人类阵营,那边会有药物。"

我摇头比画:"别讽刺了,现在海岸在哪个方向都不知道,怎么划过去?"

老詹姆努力伸着脖子,他下巴所指的方向,有一颗星星正一闪一闪,那是黑暗里唯一的光亮。"这是启明星,这个季节出现,是在南方。我们要划到的岸边,是在西边,你对照着它划就行。"

我大喜,"你怎么不早说!"

"因为我还不想死在人类手里,"他慢吞吞地说,"真正的死。"

的确,如果送吴璜回人类营地,人类要做的第一件事并不是救她，而是杀了我和老詹姆。这个结果我想过，但依旧决定送她离开。我沉默了一会儿，对老詹姆说："死亡，是我们最终的结局。而她还有很长的路要走。"

他的手指动了动，却没表达任何含义，又收拢起来。

我向西边划桨，小船逐渐向岸靠近。天光微亮，远处能看到一大片郁郁葱葱的黑影，应该是红树林。我担心岸边还有丧尸，没有直接上岸，而是加劲再划，绕开红树林，向海滨大道的尽头驶去。朝阳从我们背后升起来。

"再往前，就是人类的势力范围了。"老詹姆说，"你还记得上次人类又来进攻，我们越过那座山坡，一路追过去，冲向人类吗？"

我划着桨，没空回他。

他接着说："你肩上的伤口就是那时候留下的。我们那么多丧尸一起冲，都被人类挡回来了，现在只有我们俩——哦不，我被绑住了，只有你一个，你觉得你能把她送到人类手里吗？"

这个问题也是我所困扰的。人类害怕被咬，一看到我，隔老远就会乱枪齐发，将我打成筛子。但也没有更好的办法了，只能走一步看一步。

小船绕过红树林，靠在岸边。这里曾是个公园，但早已破败，炮弹留下的焦坑随处可见。岸上就是一个斜坡，老詹姆说得没错，上次丧尸追击人类，我就是在这里被一根树枝划中肩膀，留下了伤口。但我环顾四周，一棵树也没有，地上只有烧焦了的树干。初春时节不应该是这样的景象，但战争毁了一切。

"你留在这里，"我冲老詹姆说道，"我送她过去后，再来跟你一起回城里。"

"别想太多，能把她送回去，就已经是极限了。"

我低着头，把昏迷中的吴璜抱起来，走上山坡顶。但刚走没几步，一声枪响便震碎了黎明。我一惊，抬头看到一队人类士兵从山坡的另一边出现，一共六人，挎枪携弹，警惕地看着我们。我站在坡顶，朝阳从我身后照过来，他们逆着光，一时看不清我的样子，只是开枪示警。

看到他们的一瞬间，我的腹中又涌起了饥饿感，几乎是下意识地想冲过去。但我右肩的酥麻感前所未有地强烈起来，传遍全身，连喉咙都痒了起来。我侧过头，看到了肩上的花，它被清晨的光照着，海风掠过，微微招展。才经过一夜，花苞已经长大了不少，色泽更加湛蓝，一些花蕊伸出头来。看着它的一瞬间，那股永远折磨我的饥饿感，消失得无影无踪。

士兵们慢慢包围过来。

这么近的距离，逃肯定逃不掉，那么这座被战火焚烧的山坡，就是旅程的终点了。我想着，把吴璜放到山坡上。她依旧昏迷着，脸上红晕，像是也升起了朝霞。我留恋地看一眼，往旁边走了几米，举起手，示意没有威胁。

士兵们怀疑地走近，看清我的样子后，大惊失色，齐刷刷地举起枪。

我闭上眼睛。下一秒，他们的枪声会响起，但接着他们会发现吴璜还有呼吸，会救起她。

"等等，"有人说，"这个丧尸好像有点不一样。"

"对啊,他为什么没有冲过来?"

"他投降了?"

"第一次看到这么厌的丧尸……"

他们拿枪指着我,疑虑重重。这时,有人看到了岸边的小船,叫道:"那里还有一个丧尸……但好像被捆住了。"

一个队长模样的人沉吟道:"最近罗博士在征集活体丧尸,正好遇到这两个,一个被捆,一个没有攻击性,白捡的一样……那就都带回去吧。"

他们把我捆得结结实实,又将老詹姆扛了过来。一个士兵打算去捆吴瑢,刚碰到她,一愣,手指在她的鼻子前探了探,报告说:"队长,这个女孩还有呼吸!"

"她不是丧尸吗?"

"应该不是。"

我悬着的心终于落了下来。

然而,队长听到吴瑢是人类时,脸上露出失望的神色,似乎救助人类远不如俘获丧尸的功劳大。他端详了一会儿吴瑢,摇摇头:"那她怎么会跟丧尸混在一起呢,恐怕是丧尸的间谍吧。"

士兵说:"可能也被咬了,正在发烧。"

"营地里的药物也不够……那就把她留在这里吧。是死是活,就看她的造化。"

说完,他们扛起我和老詹姆,大步往西边走。我愣了一下,随即挣扎起来,士兵们合力把我按住。队长走过来,狠狠地用枪托砸我的脑袋,皱眉道:"刚刚还老实的,现在怎么闹起来了?"

我被砸得一阵眩晕，但梗着脖子，努力看向身后。吴瑱躺在山坡上，藏在阴影里，我看不清她的样子。我再挣扎，但被皮带捆着，抵抗不了这几个强壮的士兵，被抬了起来。吴瑱的身影被挡住，再也看不见。

我喉咙里的痒变得剧烈，像是种子突破泥土，我张开嘴，大声喊道："等一等！"

士兵们呆住，队长诧异地看着我。连老詹姆也转头四顾，视线最后落在了我的身上，他残缺的嘴张开着，久久不能合上。

"求求你们，救救她！"我继续喊着。

然后，自己也愣住了。

6

"你给我闭嘴！"队长冲我吼道。

我说："你不懂的，当一个人失去了一件东西太久，再失而复得时，会格外珍惜，比如爱情和健康，还比如声音。想当年我变成丧尸的时候，身上第一个永久硬化的器官，就是——你的眼睛不要睁这么大，不是别的，是发声器官。我的声带僵化了，从此只能用手语说话。但其实声音是上帝赐给这个世界的礼物啊，鹿鸣鸟语，风声海潮，都是音乐。还有，如果我想跟一个人在一起，我就告诉她，我爱她。哎对了，队长啊，你有没有对人说过我爱你。噢噢，看你的表情，那就是没有了，没关系没关系，还来得及，在你变成丧尸之前……你别打我呀，我只是抒发重新能够说话的快乐，不信你问问这个又老又丑的丧尸——老詹姆,如果你能够重新说话,会不会也和我一样喋喋不休?"

老詹姆打着手势:"你闭嘴!"

我说:"看来你也不能感同身受。虽然我们有一套手语,但最好的交流方式,还是说话。人长出手臂,是为了拥抱的,不是打手势的。以前每次我们交流,都只能面对面地站着,说实话你可别生气啊,每次看着你我都很难受的,你本来就长得不好看,变成丧尸更丑了,脸上还有个破洞。这些都可以忍,但你说你干吗没事叼根烟呢,你又不能抽。现在好了,我可以不用看你,就直接说话了。你也别生气,如果你长得有吴璜一半好看,我肯定每天跟你说话。吴璜,你说是不是?"

吴璜刚刚苏醒,有气无力地说:"求求你,你不要说话了,听着头疼。"

我"哦"了一声,闭上嘴。

一个小时前,我突然张口说话,不但让他们震惊,我自己也百思不解。但这也使得我成了最特殊的丧尸,队长立即跟人类营地的长官请示,听称呼,好像是一个叫罗博士的人。罗博士的声音听起来很兴奋,命令队长把我们都带回去。

因为担心遭到丧尸群袭击,人类的营地往西退缩了很远。士兵们配有两辆汽车,但要回到营地,还需要一阵子。我有些担忧,但也没办法,我和老詹姆都被捆住了手脚,绑在汽车后排,动弹不得。

我抗议道:"这样不太好吧,很不人道啊。"

队长想了想,点头说:"也是,你提醒我了。"说完,他让手下士兵把我们关进了后备厢。我跟老詹姆手脚折叠，挤在一起，在黑暗中彼此瞪着。

开了大半天，车子停下。听士兵们的交谈声，是路过了一个荒废小镇，他们打算下车收集物资，顺便吃点东西。

"别忘了去药店，找找退烧药！"我在后备厢里大喊。

队长把后备厢打开，对我说："你为什么会这么关心她，你不是个丧尸吗？"

"我被咬之前，是她的男朋友，"我说，"我要一直保护她的。"

队长沉吟一下，说："那你跟我们一起来。"

士兵解开我腿上的皮带，让我走在他们前面。这也是为了让我去测试危险吧，如果有丧尸出没，我会第一个发现。

我们在破败的街道上穿行。看得出来，这里原来是一个旅游小镇，街道和店面都参考了西式风格。路旁栽种着花木，远处，一座教堂的尖顶在暮色中露出来。这本是一个极具风情的小镇，但街上一个人都没有，石板路面上布满了褐色的痕迹，一看就是血液沉积。商铺橱窗和店门都被砸破，玻璃碎片散落一地。

可以想见，丧尸蔓延时，这里爆发了多么残酷的厮杀。

一个士兵目眦欲裂，恶狠狠地看着我。他的眼神很熟悉，跟丧尸看着人类时的眼神一样。

我有点害怕，缩了缩脖子。

天快黑了，我们在便利店翻找，总算运气不坏，找到了一些食物和水。在我的坚持之下，又在药店里找到了一盒退烧药。我赶紧回到车旁，看了看退烧药的保质期，然后灌进了吴瑱的嘴里。

吃了药，加上休息足够，她的气色很快恢复了些。士兵们把食物分给她，一起吃着。我被绑在一旁，看着他们大口嚼食饼干，肚子不争气地咕隆了一声。

士兵们大惊失色，举枪四顾。

我惭愧地说："不要紧张，是我发出来的，我饿了……"

"那你要吃我们吗？"一个士兵紧张道，"你终于要露出你的真面目了，我就知道！"

"哦，我想吃饼干。"

士兵们面面相觑，其中一个解开我身上的皮带，递给我一块饼干。我一口口地吞咽掉。久违的饱足感在胃里弥漫。"真好吃啊。"我满足地说。

"你究竟是不是丧尸？"队长怀疑道，"你身上的这些伤口，会不会单纯只是溃烂？"

我的心里也满是困惑。似乎我的身体里也正有一条船，将我缓缓渡回彼岸，脑子里的记忆也时隐时现，浓雾中鸟翅扑振。我正想回答，眼角抽动，见到街对面的店铺里，摆着一架钢琴。

我脑袋里咯噔一声，不自觉地站起来，向对面走去。

士兵们警戒地看着我。

我来到钢琴前，按下一个键。这是一架机械钢琴，不需要通电，但有些受潮，声音有点涩。我又按了几个键，琴声连续响起，如同溪水流动。脑袋里的浓雾被冲散了，记忆的某个角落里，冻土化开，我将琴键一个个按下去，一首钢琴曲流淌出来。

吴璜的脸色依旧苍白，但布满了惊讶。士兵和队长都张大了嘴巴。在我弹琴的时候，他们都没有来打断我。

我弹完后，走回车旁。一个士兵提着皮带，想来绑住我，但队长摆了摆手。我坐在车后排，跟吴璜坐在一起。

"嗨，你之前都没有说，"我很高兴，"原来我生前还会弹钢琴。"

"我……我也是第一次看到你弹钢琴。"

我问："那我是凭什么追到你的？"

士兵们回头看了我们一眼，又转过头去。其中一个喃喃道："这年头，又会弹钢琴又会追姑娘，肩上还长了朵花，丧尸都这么风骚吗？"

"其实……"吴璜刚要回答，听到他们的嘀咕，就没有再说话了。

汽车在夜色中行驶，道路破破烂烂，所以车速很慢。下半夜的时候才到了营地。一排军人站在门口，面色严肃，武器森然。领头的白发军官旁站着一个瘦削的中年男人，头发乱糟糟的，像是几个月没有洗过——或是从出生以来就没有洗过，他戴着眼镜，厚镜片下的眼神却精光四射，灼灼地看着我们。

士兵们对军官敬完礼后，也对中年男人点了点头，低声说："罗博士。"

罗博士却没搭理，径自穿过士兵们，站在我的身前。他看了我良久，久到露出癫狂神色，久到我都有点不自然了，才听到他喃喃道："果然有些异常！我要研究！"

白发军官却拦住了他，警惕地看着我。

"先关起来。"军官说。

7

我被关在一个房间里，一面墙是镜子，另外三面都刷得雪白。房间里除了一套桌椅，空无一物，我大部分时间都对着镜子，龇牙咧嘴。有一次我张开嘴，看到我的牙龈居然鼓起来了，上面还有几条充盈的血管，不再像过去那样干瘪成一层枯灰色的皮。

"怎么回事，"我有点不解，"难道我又变成人了？"

这几天，一些零碎的记忆也在恢复。房间的布置很熟悉，我想起来，在很多电影里，审讯房就是这样的，我在镜子里只能照见自己，门外的人却像看透明玻璃一样能看见我。

我冲镜子摆摆手，说："对面有人吗？你们好……"

可以想象，对面的人一定吓得往后退了好几步。

果然，我这么说之后，门就被推开了。罗博士走进来，他身后有四个士兵，两人用枪指着我，另两人把我绑在椅子上。

我没有丝毫反抗。

"你真的跟其他丧尸不一样。"他搓了搓手，看着我，"你身上发生了什么，是索拉难病毒又变异了吗？"

我说："吴璜呢？"

罗博士继续看着我，兴奋地说："但是索拉难病毒的机理我们已经研究透彻！一旦被血液接触，百分百被感染，百分百致死。你的心肺功能、语言功能、消化系统……全部崩溃了，而且照道理是不可逆的。"他对着我上下打量，"你的身上到底发生了什么？"

他的话如此急促,像是连珠炮一样,眼神也很渴切,仿佛我在他眼中是一件珍宝,而不是致命的丧尸。真是典型的科研人员,我心里想,但还是问:"吴瑾呢,她在哪里?"

"噢噢,那个女孩,她很好……"

罗博士说完后,吩咐士兵把针管插进我的动脉里。我说:"别费力气了,我身上没有……"说着,我也愣住了——随着芯杆的上升,一股褐色的液体在针管里出现,虽然很黏稠,但确实是血液。

罗博士的表情也是一片惊喜,迫不及待地拿起注射器,装进冷藏箱,匆匆出门。

看守的士兵们知道我吃过饼干,因此每天送常规食物进来。他们对我很好奇,会在我埋头吃东西的时候问东问西。回答之后,我也问道:"对了,这个罗博士是什么人啊?"

士兵们立刻露出敬意。原来,别看罗博士不修边幅,在病毒肆虐前,他就是病理学博士了,好几篇论文都登上了顶尖期刊。病毒爆发后,他一心研究丧尸,寻找解决这场末世浩劫的办法,研制出了许多对付丧尸的药。之前丧尸行动缓慢,就是因为罗博士把僵化药藏在尸体里,漂到岸边让丧尸啃食,再辅以药剂喷雾,才让他们集体迟缓,战斗力大减。

"原来这个书呆子这么厉害啊。"我也不由得佩服起来。

接下来几天,罗博士每天都会来抽一管我身上的血,每次来脸上的惊异之色都会加深。有时候他围着我转,嘴里念念有词,说:"到底是怎么回事……长得也一般啊,怎么会如此不同?难道是身上长了一朵花的原因?"

我一听，连忙说："怎么会！虽然你厉害，但这朵花可不是为你长的。"

"那是为谁？"

"是为了吴璜。"我慢慢地说，"我生前的女朋友。"

罗博士听完，若有所思。

也许是这句话起了作用，第二天，吴璜就来看我了。墙面镜被调成透明，隔着玻璃，我与吴璜对视。她看起来很高兴的样子，但嘴里说的话完全被玻璃挡住了，我听不到，不过能看到她脸上的笑容，我也很开心。我肩上的花随着她的笑容招摇。

那天过后，我就很长时间没有看到吴璜了。玻璃外看守我的人，看我的眼神也出现了变化，不再是一味地嫌弃和恐惧，目光中掺杂了一些别的东西。

外面肯定正在发生什么事情，我想，而且直觉告诉我，肯定跟吴璜有关。

这一天，玻璃外看守的人换了班，但下一班人迟迟不来。我有点好奇，推了推门，不料合金门竟应手而开。

我叫了一声，但门外空荡荡的，无人回答。我只得疑惑地前行。廊道里空无一人，直到我走出看守区，都没有见到一个士兵。

我高兴起来，想着去找吴璜，便嗅了嗅空气中的味道，朝生人气息密集的西边走去。

傍晚夕阳惨淡，一群鸟在树林间扑腾着。这片营地藏在一片树林中，伐出了空地，空地上布置了许多帐篷和板房。我走到一处板房前，耳边都能听到人声喧哗了，迈步进去前又停下了——我这副相貌，要是进了人群里，恐怕会吓坏不少人。于是我绕开帐篷、板房，沿着周围的树木转悠，希望听到吴璜的声音。

走了一会儿，直到夜幕降临，吴璜的说话声没听到，却撞到了一个人。

"是谁呀……"对面的人疑惑地问。

借着远处帐篷透过来的灯光，我隐约看到，站在我面前的是一个小女孩，十岁左右，穿着破旧的裙子，正好奇地看着我。

她想必是出来捡拾柴草的，光线太暗，她看不清我灰败的脸色和腐烂的伤口。我只是一个模糊的轮廓。但她好奇地盯着我，说："你也迷路了吗？"

我说："你迷路了？那我带你回去吧？"

我牵着她的手，朝树木缝隙透出的光亮走去。

"你的手好冷。"她抱怨道。

我有些不好意思，挪了挪，隔着衣服握住她的手臂。"这样好些了吗？"

"好多了……其实冷一点也没关系的。"

夜深了，身后的树丛里传来窸窸窣窣的声音。我低头看了下，小女孩走得很认真，不禁问道："你不害怕吗？附近可能有丧尸呀。"

"我听妈妈说，丧尸已经不可怕了。"她说，"最近营地里还来了一个丧尸，身上长着花儿，蓝色的，可好看啦，而且还不咬人。要是每个丧尸都这样，我很快就能回家了！"

我不禁一阵暗喜，又问："你家在哪里？"

小女孩挠挠头，说："我忘了……"

正走着，草丛里一声轻响，小女孩"呀"了一声。

"怎么了？"

"我的手被划破了……"

其实不用她说，我也知道她流血了，因为我的鼻子本能地起了抽动，牙齿一阵战栗。久违的饥饿冲上脑袋，让我一阵眩晕。

"是我被划伤，你怎么呻吟起来了？"她奇怪地说。

这一声稚嫩的话语将我从饥饿中惊醒。我蹲下来，撕开布条，替她包好。幸好伤口不深，可能是被锋利的叶子划过，包好就没事了。

我们牵着手走到帐篷区，聚集起来的人们看到我们，都惊呆了。一个女人冲过来，拉开小女孩，退后两步，警惕地看着我。

"她迷路了，所以我带她回来。"我解释道。

女人看了看小女孩，后者点头，她犹豫了一下，低声道谢。

人们看我的目光有些软化，一个人鼓起勇气走到我跟前，又转头冲其余人笑道："他真的不咬人……"更多人走过来，好奇地捏捏我身上的肉，还有人看到我肩上的花了，赞叹道："这朵花真漂亮，这个丧尸真风骚。"在这些赞扬中，我真的红了脸庞。

吴璜就站在人群中，视线越过许多人，也看着我。这时候夜色浓重，帐篷里灯光透出，仿佛一个个昏黄的月亮，落在了地上，簇拥着她。

在与她的对视中，我肩上的花苞微微颤抖，仿佛风吹，又仿佛在蠕动。所有人都睁大了眼睛。我一愣，也转过头，看到花苞以肉眼可见的速度绽开，蓝色花叶虽然小，但层层叠叠，芳香四溢。

"花开了？"吴璜走近说。

"是啊，看到你，"我说，"花就开了。"

她伸手想去触碰，又缩了回来。我连忙摘下一片花瓣，居然还有点微微痛楚，皱了皱眉。

"怎么了？"她问。

"没事，这片花瓣送给你。"

吴璜刚刚接到手里，想说什么。这时，一群士兵就挤开人群，把我重新押了回去。

不久后，罗博士又来见了我。他还是一副脏兮兮、乱糟糟的模样，眼睛里血丝密布，似乎好几天都没睡着了。他靠近我的时候，我嫌弃地退了一步："你手上有油，别碰我……"

"那你跟我走。"

"去哪里？"

他说："去见你的朋友啊，跟你一起来的丧尸。你现在身体已经跟丧尸不一样了，我得看看丧尸对你有什么反应。"

他领着我来到关押老詹姆和其他丧尸的看守室，门一打开，丧尸们立刻呜呜嘶叫，罗博士连忙退出去，把我留在房间里。

丧尸们围过来。

我有点害怕，毕竟我身体里也开始有血液流淌，对他们而言，这些足以引发可怕的饥饿。

但老詹姆看了我很久，才抬起头，打着手势："你好像变胖了。"

我说："你好像变丑了。"

其余丧尸也跟我打招呼，我问他们："你们一直在这里吗？"

"是啊，"他们说，"原先有很多丧尸，一个个被拖出去，说是做实验，结果都没有回来。现在就剩下我们几个了。"

见丧尸跟我一直闲聊，没有丝毫攻击的意图，罗博士和士兵们走进来。丧尸们立刻扑过去，士兵们喷出网兜，罩住他们，罗博士拉着我走出去。

"我还没跟他们聊完呢……"我抱怨说。

走到门外，我眼睛一亮，因为面前站着吴璜。她脸上笑意盈盈，看着我说："阿辉，我要找你借一样东西。"

"要借什么，都可以的！"我连忙拍胸膛说。

她指着我的肩膀，"你的一片花瓣。"

原来我被关在看守室的几天，吴璜也没有闲着。她回到营地以后，仔细地琢磨我身上的变化——我既然能够由丧尸向人类转变，从死亡之河的另一岸横渡而回，那其余丧尸也应该有生还的可能。

她向幸存者临时委员会汇报了我的情况，委员们有赞成的，有反对的，两边争执不下。直到我牵着小女孩的手出现在帐篷区，他们才最终确认我跟其他丧尸不一样。

而吴璜思索许久，发现我身上唯一的不同之处，就是肩上伤口长出来的花儿。想通之后，她连忙去找我，听士兵说我被带到了老詹姆这边，又跑了过来。

我看着她的眼睛，说："这朵花本来就是为你长的，你要摘掉，当然可以啊。"

这句话一出口，周围的士兵们面面相觑，连罗博士也抽动了下眉头，嘀咕道："没想到世界末日了，还被丧尸喂一口狗粮……"

我说："我们本来就是情侣嘛。"

吴璜也脸红了，忙说："不要一整朵，花瓣就可以了。"她让我站住，用镊子小心地夹下花瓣，放在冷藏盒里，递给罗博士，"您可以分析一下成分，制成药剂。"

罗博士如获至宝，连连点头。

三天后，根据花瓣研制出来的第一管药剂出现了。整个营地的人都很兴奋，在实验室围观，要看药剂打进丧尸体内的效果。我也被带到了关押老詹姆的看守室外面，跟人群一起观看。

罗博士显然三天都没有休息，眼睛里的血丝密密麻麻，但他脸上的表情是兴奋的，手也在微微颤抖。

"这就是世界的希望，"他说，"如果每个丧尸都能回转成生人，那我们就可以跟那些逝去的亲人再度拥抱了。"

这番话在人群里引起一阵涟漪，有些人的眼角都闪出了泪光。

在所有人的注视下，他将注射器扎入老詹姆的一条胳膊，然后迅速退出看守室。

老詹姆被捆在座椅上。罗博士离开之后按下了某个按钮。单向镜的里面，我看到几个丧尸身上的皮带"啪"的一下解开，丧尸们都站了起来，在房间里走动。只有老詹姆还坐着，脑袋微晃，似乎有些彷徨。

看到他不同于其他丧尸的模样，我心里一喜。站在一旁的吴璜也露出了笑容。

"看来我猜得没错，你肩上的花，确实是解……"

话还没说完，看守室里就发生了变故，老詹姆一下子站起，脸上的腐肉疯狂地痉挛，龇出乌黑牙齿，狂躁地走来走去。他一边走，喉咙里一边发出低哑的嘶嘶声。

丧尸们有些困惑，冲老詹姆打着手势，但他没有丝毫反应。

我和吴瑾对视一眼，都非常不解。

这时，老詹姆仰头嘶吼，却只发出低沉的呜咽。吼完后，他忽地转身，朝一个丧尸过去，咬住了丧尸的手臂，然后猛一甩头，将整条手臂撕了下来。

一道黑血从丧尸肩上喷出，溅在单向镜上，缓缓流下，将我们的视野染成一片黑红。

8

药剂失败之后，我又回到了看守室。这次，一连好些天都没人来看我，墙面玻璃又恢复成单向镜，士兵们也只把食物放进来就走，不多与我交谈。

我更担心的是吴瑾，她极力争取的机会，希望靠我身上这朵花研制解救丧尸的药，却不料药剂让丧尸极度疯狂，这一次连同类都咬。这种挫败肯定会让吴瑾不太好受。"都怪你啊，"我扭头看着肩上兀自摇摇晃晃的花朵，"一点都不争气。"

正当我百无聊赖的时候，门被推开，罗博士带着士兵们走进来，说："跟我来。"

我跟在他身后，走出了看守区，穿过幸存者聚集生活的地方。很多人都以异样的眼光看着我，但他们都没有上前跟我说话。我有些诧异，小声问罗博士："他们怎么了，好像有点怕我？"

罗博士转过头，厚厚的镜片下，眼神有些灰暗。他也小声说："他们不是怕你，是尊敬你。"

"啊？为什么？"

"因为你马上就要当大英雄了。"

我一愣，"怎么回事？"

罗博士却叹了口气，摇摇头说："进去再说吧。"

很快，我就知道我要帮什么忙了。我们走进了军队的指挥室，几个戎装的军人一脸严肃地围着我，为首的正是之前在营地前迎接我的白发军官。

"从这朵花上提取的药剂失败，证明你只是个例，我们不能把希望放在丧尸变回人类上。"军官眯眼看着我，眼神锐利如鹰隼，"现在，我们决定组织一次反攻。"

"但你们之前不是试过很多次吗，都被丧尸打回来了？"我说。

军官不自然地咳嗽了一声，说："也不能叫被打回来，是战略性撤退……总之，这次我们有了制胜法宝，就是罗博士最新研发的FZⅢ型病毒。"

罗博士站在一旁，小声插嘴道："FZⅢ型病毒还没有研制成熟，Ⅳ型也只是理论，需要复核实验……"

"战争就是最好的实验。"军官打断他的抱怨，"FZⅢ型病毒是你一手研究出来的，你来解释一下。"

说起病毒，罗博士振奋起来，从旁边的金属箱里拿出一个试管，举到我眼前。冰蓝色的液体在里面晃荡，在灯光的照射下，这半管试剂显得美丽又诡异。

"FZ，意思就是冰冻丧尸，当然，这是一种修辞手法，它不会真的将丧尸冻住，但可以让他们行动迟缓，最终彻底成为不能动的僵硬尸体，真正死去。你放心，FZⅢ型对人无害，它能识别丧尸体内的索拉难病毒，并以之为养料，两种病毒进行结合，在丧尸体内蜕化成Ⅳ型。Ⅲ型只能拖慢丧尸的速度，Ⅳ型就能将丧尸彻底杀死，而且还有传染性，可以一劳永逸地解决大量丧尸。"罗博士用看着恋人般的眼神注视着试管，喃喃道，"它是丧尸的毒，却是人类的解药。"

我听得不是太懂，就问："既然这么厉害，你们用就是了，把我叫过来做什么呢？"

军官说道："咳咳，这个……FZⅢ型的研制还不是很成熟。我们把它放在尸体上，进入丧尸内部，用气罐洒进丧尸群，洒在丧尸的皮肤上。这样内外结合，的确能让丧尸的行动变得缓慢，但也仅此而已。FZⅢ型病毒在丧尸体内并没有进化成Ⅳ型病毒，也就没有形成传染性，杀伤力不大。"

罗博士接着解释道："我想了很久，原因可能是丧尸体内的索拉难病毒太过密集，有自身的防御机制。所以FZⅢ型病毒需要在某种温和的环境下，进行过渡性培养，这种环境既要有血肉，又要有索拉难病毒……"

我一拍脑门，说："这说的就是我的身体里嘛。你们是不是想用我的身体当作培养皿，培育Ⅳ型病毒？"

人类互看一眼,似乎没料到他们的想法被这么直接地说了出来,彼此都有些尴尬。

罗博士挠挠头,"这个也只是理论,我觉得还需要大量时间来验证。"

军官挥了下手,似乎斩断了空气中的某种东西,说:"可我们没有那么多时间了,丧尸越来越多,再迟一会儿,说不定人类的火种会彻底熄灭。"

罗博士小声地嘟囔着什么,却也没有再争辩了。

我看了看罗博士涨红的脸,又看着军官刚毅强势的表情,最后,视线落在了幽蓝幽蓝的FZⅢ型病毒试剂上。良久,我叹口气说:"我答应你们。"

罗博士说:"你要想好,Ⅳ型病毒现在还只是推测,如果它真的在你体内出现了,我不知道会发生什么……但很大可能,你也会死。"

这一刻,我并没有感觉到死的可怕,或许是因为已经死过一次了。不过想想,在死亡之河上来回横渡,也是件挺酷的事情。而且,如果真的能阻止丧尸,那吴璚就能活在没有危险的世界里。这么想着,我的心里涌起一阵悲壮,还有点不易察觉的喜悦——没想到我成了拯救人类的关键,如果这是好莱坞电影,那么我就是主角,我就是布拉德·皮特。

我点点头。

军官露出喜色。罗博士欲言又止,但还是用注射器抽出试剂,再缓缓打入我的血管。一股冰凉的感觉在血液里蔓延。

"接下来呢？"我捂着手臂，问。

军官说："接下来你要回到丧尸中间，等FZⅢ型病毒慢慢进化成Ⅳ型，让病毒在所有丧尸中传播，结束这场灾难。"

"丧尸……真的不能救，只能毁灭吗？"

"嗯，你只是个例。我们做过尝试，你也看到了，只会让丧尸变得更疯狂。"

我点点头。我想起老詹姆说过的话，在所有的故事里，丧尸都会被消灭，只是早和晚的区别。尽管早已料到这样的结局，想想还是让人觉得悲哀。

"但我有个条件，"我说，"我要见吴璜。"

军人们对视一眼，目光里交换了许多我看不懂的信息。最后白发军官还是点了点头，说："我带你去见她。"

因体内注射了FZⅢ型病毒，为保险起见，我被装进隔离车。

车上还有绑着的其他几个丧尸——这是军官的安排，如果FZⅢ型病毒在我体内进化成Ⅳ型，那在车厢里我们就会互相传染，到时候直接放出去，传染效率会提高。他们中还包括上次发了疯的老詹姆，但奇怪的是，现在他手脚被捆，眼神却格外平静，似乎那次疯狂咬人耗费了他所有的力气。

但我没有理会他，只是透过玻璃看着赶来的吴璜。她身后还有几个士兵，拿着枪，离她很近。

几天不见，她瘦了许多，脸色憔悴，几缕发丝垂在耳边。

隔着厚厚的玻璃，我们对视着。

"我要走了，"我说，"要回到丧尸中去了。"

"嗯。"

"如果这场灾难解决了，你要好好活下去。"

她点头，"嗯。"

"你还有什么要对我说的吗？"我不好意思地摸摸鼻子，"虽然有点矫情，也俗，但离别的时候，总要说点什么吧？电视剧里都是这样的套路。"

吴瑾看了看旁边的白发军官，军官点了点下巴，她才上前一步。她的脸离得很近，气息将一小块玻璃染得氤氲，也模糊了我的视线。

"我这几天没怎么休息，"她说着，用右手中指轻轻按着太阳穴，似乎累极了，揉了一圈也没放下来，"你肩上的这朵花，不是丧尸的解药，丧尸不能转化成生人。你去吧，我在这里很安全。"

我点点头，挥了挥手。

隔离车启动，载着我往来路驶去，吴瑾的身影更加模糊。

突然，我捂着手臂，倒在车厢里，浑身抽搐。

罗博士透过玻璃看到了我的异状，先是一愣，继而快跑两步，使劲拍着车门，大喊道："停一下，停一下！"驾驶的人应声刹车，罗博士隔着玻璃问我，"你怎么了，是不是FZⅢ型病毒起作用了？"

我抽搐不止，艰难地回答："我不……身上好冷……"

"快，钥匙在哪里！"罗博士叫道，"把门打开！药效提前发作了，我要带回去研究！"

拿钥匙的士兵走过来，还在犹豫："博士，万一……"

话没说完，钥匙就被罗博士抢走。他打开车门，跳进车厢，凑到我面前问："现在是什么感觉？"

我张开眼，映入眼帘的是罗博士关切的神色，不由暗自惭愧。我小声道："对不起了……"

"什么？"

我陡然翻身，一只手从车厢前的士兵腰间抽出手枪，另一只手扣住罗博士肩膀，将他朝外抵着。人们还没有反应过来，枪管已经顶住了他的脑袋。

"都别动！"我大声道，"谁敢动，我就杀了他！"

丧尸的声带和舌头都坏死了，除了嘶吼，无法发出复杂的声音。但我们有一套自己的交流方式，就是打手势。在海上漂流的时候，吴璜问过我，吃饭、走路和撒谎怎么表达。

而用右手中指按着太阳穴，轻揉一圈，正是撒谎的意思。我还告诉过她，如果表示一直撒谎，手指就不要放下来。

刚刚，她跟我道别的时候，手指便是按在太阳穴上的。

她是在告诉我：她说的是谎话。

那也就是说，我肩上的花是丧尸的解药，丧尸能够转化成生人。最关键的是，她并不安全。

联想到带着武器的士兵与她寸步不离，她说话还要经过白发军官同意，她的消瘦憔悴，我几乎可以断定——她正在被软禁。

尽管不知道原因，但我曾经对吴璜说过，我会保护她的。说了这句话之后，我出门就没有再回来。我不能食言第二次。

在所有人惊恐的注视下，我挟持着罗博士，与军官对视着。军官不愧是沙场老手，几乎没有迟疑，第一反应就是举枪对准了吴璜的脑袋。

"我们各有一个人质，"军官盯着我，冷声说，"但我的人比你多。你要想好。"

吴璜却不管不顾，大声叫道："你别管我，快跑！你肩上那朵花是解药，之前的药剂被人掉了包，丧尸才狂性大发！你要保护好它！"

我顿时明白，怒气冲冲地看着军官，说："你怎么这么卑鄙！难道治好丧尸会影响你的地位？"

军官说："一派胡言！快放下枪，放了罗博士！"

我往身后看看，慢慢拉着罗博士后退，说："你有士兵，但我也并不是一个人……"说着，我一挥手，拉开最近的一个丧尸身上的绳扣，他得了自由，低吼着要来咬罗博士，被我一脚踢到车厢口。他还没爬起来，就闻到了更为浓烈的生人气息，更加癫狂，朝士兵们扑过去。

我如法炮制，将丧尸们全部放出去，只留下了老詹姆。车厢外一片混乱，只要有人被咬，很快就会加入丧尸的阵营。士兵们仓皇后撤，吴璜趁机摆脱了挟持，向我跑过来。她经过一个丧尸身边时，丧尸张嘴要去咬她，我连忙喊道："右边！躲开！"她听话地跳了一步，丧尸便去追逐其他人了。

她跑到车前，我也丢下罗博士，跳下了车厢。

"现在呢？"我问她。

"快走！"

我反手合上门，将老詹姆和罗博士关在车厢里，然后绕到驾驶室。司机早就跑掉了，车门都是敞开的。我和吴璜坐上去，启动车子，在喷出的烟气中迅速离开。

我瞟了一眼后视镜，身后依然是一片混乱，但士兵们已经站稳了阵脚，正在逐步包围丧尸们。一个丧尸从泥地里跃起，扑向军官，立刻被弹雨打成筛子。

吴璜显然也看到了。她轻声叹息。

9

车在林间行驶，原本的道路因无人休整，杂草从两旁蔓延。车轮一路向前，轧过草茎花藤，发出吱吱声。

"我们去哪里？"我开着车，问道。

吴璜摇摇头："我不知道……"她看到我用手扶着方向盘，又道，"你开车很熟练啊。"

我看看自己的手，笑了笑："这几天我记起了一些事情。"

"那你记得自己的身份了吗？"

"还没有……不过我的身份你早就告诉过我，总会慢慢想起来的。"

前方的路变得熟悉，我一愣：这不就是我们在山坡上被抓后，士兵把我们押回营地的路吗？这仿佛是某种循环——之前我冒险把吴璜从丧尸之城里带出来，送到人类营地，现在，我们又拼死从营地逃出来，回到了原路上。

透过车窗，可以看到那座隆起的山坡，像是绿草地伸出了舌苔，等着迎接天空的滋润。

"对了，这几天到底发生了什么？"我转头，看着吴瑾消瘦的侧脸，"你怎么会被他们软禁呢？"

她说："那天给丧尸注射试剂，丧尸更疯狂，但我越想越不对，就用你送我的那片花瓣再萃取了一小管试剂，悄悄给老詹姆注射了。不到半个小时，我就看到他体内的索拉难病毒浓度开始降低，血小板也渐渐恢复活性。我想，上次之所以让丧尸疯狂，是有人把试剂掉了包，不希望丧尸变成人类。但我还没把数据保存，那个白头发的军官就察觉到了，他说我跟丧尸为伍，就把我关了起来。如果不是你提出要见我，可能我现在还被关押着。"

我愤愤地拍了下方向盘，"我一看那家伙就不是好人！我看，他是怕丧尸再变成人类，会影响他的地位。哼，一把年纪了，还抓着权力不放！为了维持现状，宁愿把几十亿人拖下水。"

吴瑾说："但现在你肩上这朵花还在，我们找一个安静的地方，把解药研究出来。"又皱皱眉，"不过我虽然学医，但也只是研究生水平，不知道能不能成……"

我安慰道："没关系的，有时间和工具，慢慢来，一定能成。"我一拍脑门，"对了，我不是把罗博士也抓过来了吗？你们一起合作，一定可以！"

我想起罗博士和老詹姆还关在后车厢里，便停下了车，打开车厢。

罗博士犹自惊魂未定，好在老詹姆被牢牢捆着，没有伤害到他。我向他解释了一切，他边听眼睛边发光，连连点头："好好好！"他看看我，又看看吴璜，再看了一眼老詹姆，"我们四个正好可以成为拯救世界的组合！"

"是啊，一个女人，一个男人，一个丧尸，和一个……"我看看我自己，"半丧尸半人。这样的组合很符合好莱坞电影群戏的人物设置。"

吴璜也露出了笑容，下午的阳光在她的笑纹里流淌。她说："我们一定能拯救世界！"

这个午后格外美丽，阳光和煦，草长莺飞，春风拂过大地，空气清新得像是水流过肺部。这一切都像是一个故事的尾声，一出舞台剧的落幕，没想到我能活到结局，心里格外高兴。

"那走吧！"我手一挥，"我们驶向希望之地。"

我正要开车，手臂上突然蹿过一阵寒流，仿佛有冰块被塞进了血管里。一阵战栗袭击了我的全身，我打着寒战，从座椅上摔了下来，枪掉在地上。

吴璜连忙扶住我，脸色惶恐，一旁的罗博士却后退了一步，疑惑地看着我："又来？"

我抖得像是筛糠似的，声音碎成一缕一缕的，"不是，真的很冷……"

"那就是FZⅢ型病毒真的发作了，要进化成Ⅳ型了？"

我也不太清楚，但身体里的异状越来越强烈，咬牙道："应该是……有什么办法……可以救我吗？"

"那我就放心了。"

听到罗博士这句话,我一愣,吴璜反应慢了半拍,也扭过头去,问:"啊?"

"看来我的研究成功了。"罗博士走上前,捡起我掉在地上的手枪,忽地露齿一笑,"这场丧尸浩劫,因我而起,也会在我手里终结。"

他笑的时候,牙齿森白,仿佛映上了匕首的寒光。这一刻,他眼睛里的木讷和呆滞不见了,一心埋头科研的"宅男"气质也烟消云散,取而代之的,是狂热和残忍。

他吐口唾沫,又舔了舔嘴唇,说道:"你要是不病发,我还得找个机会制服你们三个,但现在,上天也在帮我。"吴璜刚想过来拉我,立刻被他用枪指着,"你最好别动,我的手是用来做科研的,握着武器很不习惯,一不留神就会走火。"

吴璜立在原地,看着他,好半天才说:"那么,之前那管试剂,是你掉的包?"

"当然。"罗博士低头看我,"你能从看守室跑出去,也是我安排的。"说着,他拍了拍脑袋,笑道,"但我就不多说了,我也看过不少好莱坞电影,反派总是死于话多。现在,让我们来进行毁灭所有丧尸的最后一步。"

他拖着我,来到后车厢,将我推了上去。

"如果我的研究没错,你身上的Ⅳ型病毒会很快传染给这个丧尸。你们都会死。"他持枪站在车厢前,目光灼灼,似乎在欣赏期待已久的表演,"然后我把培养好的病毒带回去,我依然是人类的救星。"

体内的寒冷越来越剧烈,我想向他扑去,但只能蜷缩着身体。FZⅣ型病毒似乎通过空气传播,我看到老詹姆原来龇牙咧嘴的表情都出现了细微的变化。FZⅣ型病毒在他身上已经开始起作用了。

罗博士脸上的笑意更浓，说："哎呀，我终于明白反派为什么要说那么多话了，因为此时此景，实在让人得意啊——你知道吗，那天晚上我们一直跟在你的身后，如果你咬了那个小女孩，我们就会毫不犹豫地杀死你，人类也会知道丧尸不可拯救。但你居然没有，我们暗中把她划伤，流出血来，你都没有下口。我把你带到看守室，这个丧尸居然也不咬你……但没关系，最终还是我赢了。"

"为……为什么一定要杀死丧尸……"我抖着声音问，"我们都是人啊……"

他挠挠头，说："人？人跟病毒有什么不一样呢？都是爆发性增殖，都在疯狂掠夺资源。这颗星球上的人太多啦，得清理掉一些，把空间和资源省出来。你放心，剩下的人会活得很好的，我们会走上新的进化之路。"

相比于体内的病毒，罗博士的话让我更加冰冷。

他转头，看到了我肩上的蓝色小花，"对了，还有这朵花。真是奇怪，其他博士花了那么多精力也研究不出索拉难病毒的解药，怎么这朵花就行？难道是自然的自我调节，就像你们中国人说的，毒蛇出没处，七步内必有解药？"

他凑近了，凝视着花，突然一把将它连叶带茎地扯了下来。

一股剧痛从我的肩上蹿过。

"就算是大自然，也战胜不了我！"他说着，从兜里掏出一个试管，里面是透明的液体。他把花塞进试管后，透明的液体迅速鼓出气泡，在密集的气泡中，整朵花都被溶解了。

罗博士把试管扔掉，溅出的液体在车厢壁滋滋作响，说："丧尸就是丧尸，就应该被杀死，不要妄想着重回人类之身了。"

我满心绝望，却只能缩在地上，听着他得意的声音，看着老詹姆逐渐僵硬的表情，想着吴璜……对了，吴璜呢？

"叫你话多！"一声娇叱响起，吴璜从车厢一侧跳出，手里举着一块石头，向罗博士砸来。

我顿时大喜，看来戏剧规律还是起了作用，反派只要话多，就能被打败。

但下一秒，罗博士敏捷地跳开，手扣扳机，一颗子弹划过吴璜的手臂，血流了出来。

老詹姆明显躁动了，耸动肩膀，但被捆得结实，无法起身。

"好险，"罗博士夸张地拍着胸膛，"差点就被你们得手了。"

吴璜捂着受伤的手臂，悲愤地盯着我。我刚刚升起的希望破灭了，绝望地看着吴璜。

然后，我们俩的目光同时变得明亮。

我朝她点点头，她也颔首。她突然伸出手，将手上的血抹在罗博士的脖子和脸上，然后连忙跑开。

"咦，你这是……"罗博士惊慌地摸了摸脸，见只是鲜血，放下心来，"这是垂死挣扎吗？"

"或者，绝地反击。"

这六个字是我说的。话音刚落，我已经凑到了老詹姆身前，手指努力抠动，解开了他身上的皮带。

下一秒，这个丧尸从座椅上扑出来，扑向了罗博士。

罗博士惊惶后退，但车厢离地半米，他一脚踩空，仰面摔倒在草地上。他跌下去的时候，手指连扣，枪管响起一连串的砰砰声，子弹在车厢壁上撞来撞去。

我连忙蜷缩起身子。

老詹姆的身体被好几颗子弹击穿，但他浑然不惧。他的眼神格外扭曲，仿佛驱使他去攻击罗博士的，不再是饥饿，而是真正的愤怒。

他踉跄着走到车厢口，低声嘶吼。

罗博士还没爬起来，就见一个黑影朝自己压了过来。老詹姆紧紧地抱着他，张嘴向他的脖子上咬去。

罗博士的手被箍着，但他疯狂地朝老詹姆的肚子开枪。子弹穿透了老詹姆的身体，带出腐肉和隐隐见红的血液，在空气中散成血雾，仿佛一蓬蓬红色蒲公英从他的背后长了出来。但他没有停顿，一点点凑近了罗博士的脖子，张开牙齿，又一点点地咬了进去。

罗博士的眼睛里布满了绝望，像是两潭沼泽。

血先是从老詹姆的嘴角溢出，接着，罗博士的颈动脉处涌出一道鲜红的喷泉。这对丧尸是无比强大的诱惑，但老詹姆没有丝毫动摇，依旧死死地咬着。直到罗博士没有丝毫声息，双眼被阴影完全笼罩，他才松开了牙齿。

我挣扎着爬过去，看到他躺在罗博士旁边，周围一片血污。吴璜站在几米外，想要靠近，又不敢。

"你怎么样？"我问道。

他艰难地比着手势："我的腰椎被子弹打断了，脑袋也中了一枪。"

我想对他说他会没事的，但又不愿骗他，只是道："哦。"

"你看到没有，我的血也是红的了。"他说，"你的花真是有用，我原本也可以重新变回真正的活人。"顿了顿，又补充道，"但现在只能是真正的死人了。"

是啊，虽然他有了重新转回人类的迹象，但现在还是丧尸，受了这么重的伤，还感染了FZⅣ型病毒，很快就会彻底僵化，不再动弹。

"你别用这种怜悯的眼神看着我，"老詹姆道，"你的情况，比我好不到哪里去。"

"但你先死。"

他做出一个"哈哈哈"的手势，表情却没有丝毫喜悦。过了一会儿，他又比画道："真遗憾你也要死，"他指着不远处不知所措的吴璜，"你原本可以拥有幸福的。"

我趴在车厢边，俯视着他。他的面孔虽然被血污遮住，但五官一下子清晰起来，浓雾中的飞鸟扑腾而出。雾气散尽，我终于看清了记忆迷雾里的一切。

"我想起你是谁了，"我说，"你不是演员，也不是教师。"

"那我是……"他问道。

但这个手势没比画完，他的手就彻底僵在了空中。

我躺在山坡上，茂盛的草叶遮蔽了我。吴璜坐在一旁。

"你现在好些了吗？"

"我快死了。"

吴璜哀戚地看着我，"我带你回去，一定能治好你的。"

"不用了……也来不及……"寒冷的潮意在我的身体里一波波涌动，我要集中精神才不会睡着，"我的身体里是FZⅣ型病毒，如果回去，一定会被他们提取出来，用在丧尸身上。但索拉难病毒是有解药的，你要找到那朵花，救……救我们……"

"但花……被罗博士毁掉了……"

我努力侧过头，一片草叶在我的鼻子上搔动，有些痒。我说："肯定不止这一朵，大自然有它自己的平衡机制，既然出现了索拉难病毒，就一定会出现解药。我不小心让解药的种子落在了肩上，长出了这朵花。花虽然毁了，但一定还有其他种子，你要找到它……"

有液体落在我的脸上。真好，是温热的感觉。

她离我近了些，把手放在我的额头上，"你的身上很冷。"

"嗯。"我说。

"对了，我有一件事情骗了你。"

我的声音越来越轻，"我知道。"

"嗯？"

"我不是阿辉，我不是照片上的人。我跟他只是长得像，但我们其实不是情侣。我们甚至都不认识。"

"是啊，我和阿辉只是逃跑的时候，跑到了你的房子。"吴璜看着我，好半天又说，"你全都记起来了吗？"

"是啊，或许是回光返照吧，我记起来了一切。我是另一个人，我有别的故事，我不是阿辉。"天黑了吗？我的视野有些模糊，但还是努力地睁着眼睛。

"对不起，当时你说你是阿辉，我没有解释，我想着你会保护我。"

我点点头,"但我还是很高兴,我保护了你。"

吴璜抱着我的头,过了一会儿,问道:"那你到底是谁呢?"

我想发出声音,但喉咙干涩无力。

她把耳朵凑到我的嘴边。

"我叫……"我吞口唾沫,"叫……"

"什么?"

"布拉德·皮特。"

尾声

那场争斗过后,平静持续了很久。

在人类和丧尸对峙的日子里,我经常会跟姐姐一起,在树林里寻找。我问她,我们在找什么。她说,找一种花,一种能将亡者从死亡河流的彼岸渡回来的花儿。她给它取名为彼岸花。

现在,彼岸花是人类和丧尸共同的希望。

那天姐姐一个人回到营地,告诉我们,罗博士死了。军人们警惕地围着她,要杀了她为罗博士报仇,但她让士兵先搜查罗博士的住处,查阅他电脑里的信息。于是,我们知道了罗博士才是这场浩劫的罪魁祸首,而逆转丧尸的关键,就是丧尸叔叔肩上那朵招摇风骚的花儿。

说起来,我还见过丧尸叔叔。

那次我在树林里迷路,是他拉着我的手,带着我从夜幕里走出来。我记得他的手掌很硬，一片冰凉，握起来却很有力量。但现在，他被埋在山坡下，已经过了很久很久，他的尸骨冰凉依旧，力量应该早已消散在泥土里了吧。

他肩上盛开的彼岸花，也再没有出现过。

但姐姐一直没有放弃寻找。她带着我，翻遍了附近树林所有的枝叶，连泥土里刚刚冒芽的草茎也不放过。有时候她的胳膊被荆棘划伤，有时候她从树干上跳下来崴了脚，更多的时候，她累得靠在树干上，轻轻喘气。

整个春天和夏天，我们都在寻觅，却一无所获。人们对彼岸花的期待开始变淡。等到了秋天，叶子开始泛黄落下，一切都显得萧索，姐姐却还没有停下。有人劝她说，这个季节不会有花开，可能彼岸花只有一株，恰巧长在丧尸叔叔的肩上。还有人说，往者已矣，世界充满危险，但活着的人还要继续活下去。在人们的劝说中，姐姐始终抿着嘴，不发一言，第二天又到树林荒坡上寻找彼岸花的踪迹。

直到冬天来临，这个沿海地带罕见地下起了雪，她才仰着头，看着天空，停下了脚步。她仰头的时候，我看不到她的表情，但我想，她的眼眶里一定盛满了泪水吧。雪会落到她的脸上，落在眼睛里，在泪水中融化。

这个冬天，丧尸来进犯过两次。不知为什么，人们没有像以前一样认真地跟他们厮杀了，且战且退，退到安全区域就停下了。我想，他们知道丧尸都有生还的可能，哪怕彼岸花迟迟没有找到，也不再单纯地将他们视为魔鬼了吧。

冬天还发生了一件事情，就是姐姐遇见了她的男朋友。一小队幸存者通过电台找到了我们，其中一个，正是在丧尸肆虐时跟姐姐分开的阿辉。阿辉哥哥说，他外出查探，被人群裹挟着越走越远，没想到在这里又团聚了。这种末世浩劫中的爱情重逢，格外温暖，是我们都乐于见到的戏码。只是我看到，当阿辉哥哥拥抱姐姐的时候，她有些不自觉地退缩了一步。

就像人们说的，活着的人还要继续活下去。尽管整个世界都布满了丧尸，但我们在冬雪里互相取暖，彼此保护，有惊无险地挨过了这个寒冷的季节。

春天来的时候，我们打算再往后退，找一个更安全的地方修建营地。

离开前，姐姐想去那座山坡一趟。

去那里干什么？阿辉哥哥说，很危险的，有很多丧尸。

"我有一个朋友，埋在那里。这一走，可能再也不会回来了，我去看一下。"姐姐说。

阿辉哥哥肯定也听说了丧尸叔叔的事情，沉思一下，点头说："那我跟你一起去吧，我也要谢谢他。对了，他叫什么名字来着？"

姐姐说："布拉德·皮特。"

他们去山坡的时候，我也跟了过去。我们穿过很荒芜的道路，在茂盛生长的树林里艰难行走，虽然困难，但好在一路上都没有碰到丧尸。我们从下午走到黑夜，又从黑夜走到黎明，才走出树林，一大片生机勃勃的原野立刻扑面而来。

天气非常明媚，阳光穿破云层洒下，植物钻出泥土，仿佛厚厚的绿毯在地面铺开。春风低拂，钻出草毯的花朵在风中摇曳，姹紫嫣红。偶尔风大，原野上便涌起了斑斓的波浪。我们涉草而行，一些花瓣粘在裤腿上，走着走着，姐姐的神情突然有些变化。

这时，我能看到不远处的山坡，它的颜色并不是斑斓驳杂，而是一整块亮蓝色，仿佛嵌在绿毯上的蓝宝石。"那是什么？"阿辉哥哥问道。

姐姐愣愣地看着，突然迈步跑去。原野上布满了绿草与鲜花，她跑过的地方，涉出了一道浅浅的痕迹。微风吹过，草痕消弭。她跑得那样快，像是一只掠过草尖的雨燕，一头冲进了春天里。

我和阿辉哥哥也连忙跟了上去。

走得近了，我们才看清，山坡上竟然长满了奇异的小花，花瓣呈蓝色，上面蔓延着暗红的脉络。我见过这朵花，在许多资料里，在无数人的传说里。

彼岸花。

这是丧尸叔叔被埋葬的地方。他的身体在泥土里腐烂，但他肩上的种子经过了一年的孕育，再度萌发，彼岸花迎风盛放，开满了整座山坡。

姐姐蹲下，喘着气，但将头凑近花丛中，深深呼吸。当她抬起头时，我看到她的眼角沁出了泪珠，沿着脸颊滑下。泪水滑过的地方，被阳光映得隐隐发光。我不明白姐姐为何哭泣，但我知道，这是整个春天最美的痕迹。

植物与生还者·忘忧草

上

1

一进办公室,金宁就看到桌上多了个橙子——饱满,金灿灿,颜色跟窗外升起的晨曦一样。它静静地摆在电脑、笔和一堆设计图纸间。晨光照在上面,格外亮,有那么一瞬间,她错以为是谁把尚未成熟的朝阳摘了下来。

"谁给的橙子啊?"她过去坐下,看到邻座的美工赵平也有一个。

赵平把那个同样饱满的橙子扔进垃圾桶,朝办公室西北角落撒撒嘴,说:"喏,新来的家伙给的,每人一个。"

顺着他的目光看去,金宁看到了那个套在西装里的新同事——只能看到背影,又瘦又高,撑不起西装,看起来松松垮垮的。头顶有些开裂,一丛扁长的草叶从他脑袋的裂口里伸出,看起来像是旧世界曾流行过的嚣张发型。

绿叶间还有一朵微黄的花朵,但隔得远,加上草叶遮蔽,一时看不清是什么花。

"咦,"金宁一愣,"新来的怎么是个丧——是个半尸?"后半句话，她是压低了声音说的。

赵平摇头，"可能是搜救队又从哪里找到的吧，据说恢复得不错，是四级治愈者，就派来办公室了。"

"四级？"金宁咋舌，"那很难得啊。"

"呵，"赵平冷笑了声，"评级再高，也还是丧尸，不知道以前咬死过多少人。"说着，他看了眼金宁桌上的橙子，"丧尸给的，你也敢吃？"

金宁当然不敢，把橙子扔掉，又看了眼远处的背影。

新同事正提着一袋橙子，弯腰给其他人发。即使隔得远，金宁都能看到同事们不情愿地接过，转手也都扔了。有些脾气直的，甚至直接打开他的手，橙子在地板上滚动。他却像感受不到这些厌恶似的，把掉了的橙子捡起来，又从袋里拿出新的发给其他人。

整个办公室有二十来人，他发完后，就回到自己的工位。高高的电脑屏幕遮住他，只能看到一丛绿草伸出来。

这一整天，办公室的氛围都怪怪的。平常还有窸窣的闲聊声从各处传出，但今天除了敲键盘，一片安静。所有人都默默干活，生怕打扰了角落里的某个人——或者说，某具尸体。

因此，当那阵笑声响起时，就格外刺耳。

金宁有些错愕，抬起头，发现笑声是从西北边最角落的那个工位传来的，每次响起，屏幕后那丛草叶就抖一抖。

金宁在电脑上给赵平发消息："那家伙在干吗？"

赵平回道："我问问。"

"好的。"

对话框沉默了，信息正在局域网的线路间流通，流向离西北角最近的同事眼前。过了几分钟，赵平发来了结果："他在看搞笑电影，好像是周星驰的！"

"这么过分？第一天来就摸鱼？"

"还反了天了！我要投诉他。"

"不用吧，说不定他是还没适应人类的工作环境。"

"等他适应了还得了？"

赵平没再回复，但敲字的声音骤然加重，显然正在愤怒地写投诉报告。

金宁理解他的愤怒：他的儿子就是在几年前的丧尸潮中被咬死的，虽然那是受索拉难病毒的驱使，但他一直耿耿于怀。哪怕现在"彼岸花"试剂消灭了病毒，让丧尸们得以从死亡的那一岸回渡，重复生机，他也没有原谅。

有好几次，赵平在街上走得好好的，一旦有半尸经过，他就猛踹一脚。被踹倒的半尸往往会抬起萎缩的脸，头顶植物晃动，迷茫地看着他。

但这一次，赵平的愤怒并没有效果。

下午时，主管专门来到这层楼，先问过工作进度，得知大多数设计图都还没完成后，发了一通脾气，再给大家介绍了新同事。原来这个半尸是救援队从三百千米外的河边发现的，身上已经没有病毒了，很擅长城市建筑设计，以后就在设计部这边上班。

刚介绍完，这个头顶一丛绿草的半尸就挤开人群，站到中间，冲大家鞠躬说："大家好，我叫阿川，以后请多多指教！"

没人回他，他也不以为意，又跟主管问好。

主管说:"嗯,你好好在这里干,等着病养好。听说医疗部那边已经快把'彼岸花2.0'研究出来了,到时候你就能完全恢复成人。"顿了顿,主管声音又大了些,"但你即使是半尸,也比某些人有用多了,不到半天就画完了音乐厅主剧场的座位和灯光重建图初稿,工程部那边核算过了,很符合要求——这要给某些人啊,至少得半个月才能弄完,严重影响进度!"

赵平的脸霎时变红,又有些发白。

主管没说错。市长很早就定下了城市重建任务,但设计部的图纸画得太慢,被点名批评过好几次。所以主管才这么着急,还专门去找有天赋的半尸来扩充人员。

赵平向主管投诉,却没想到半尸是完成了任务后才看喜剧电影的,现在反被主管敲打——但这也不怪赵平,要完成那两张重建图,难度不低,从阅读资料到分析数据再到绘图,至少要一周,这个叫阿川的半尸却只用了半天。

主管说完后,转身离开。大家都怀着疑惑回到工位。整个下午,所有人都安静干活,只有角落的阿川在看老式喜剧,不时发出笑声。

打这以后,金宁就留意上了这个新同事。她越来越觉得阿川很不一样——这个"不一样",并不仅是与人类相比,因为就算在半尸中,他也是个异类。

他每天来得格外早。

负责打扫这层办公室的,是个姓张的大姐,也是半尸。张大姐是二级治愈者,虽然病毒被清理掉了,但脑子里一片糨糊,浑浑噩噩的。她每天五点被叫醒，来到办公室打扫，结束后就坐在楼梯口，垂着头，不知道在咕哝着什么，有时候还会抹眼泪。

一次，金宁发现很多人围在保安室里，进去一瞧，原来是在围观办公室的监控。画面中，阿川五点刚过就来到办公室，先是往每张办公桌上放一个橙子，再跟张大姐一起搞卫生。他们一边打扫，还一边聊天。但监控的精度不够，听不清内容，只能听到不时传来的笑声。

"奇了怪了，"赵平死死地盯着屏幕，皱眉道，"这张大姐还会笑？"

打扫完后，张大姐也没像往常一样去楼梯口坐着，而是蹲在阿川的工位旁，继续絮叨。直到办公室的人渐渐来齐，她才不舍地离开，去打扫别的楼层。

阿川的工作完成得特别快。

设计部负责城市的修复设计，在废墟基础上重建，比新修要复杂很多，因此金宁他们的工作都是细致活儿，图纸上的每根线条都得慎重。但阿川似乎天生有对建筑的敏感，知道数据后，打开软件，鼠标和键盘咔咔作响，半天就能完成他们一两周的工作量。做完后，他就会看喜剧电影，并毫无顾忌地发出笑声。每次他这么做，赵平就恨得牙痒痒，但偏偏阿川画的图都能在工程部那里过审，他也无可奈何。

还有，阿川即使不看喜剧，也每天都很开心的样子。

这是最奇怪的——一个半尸，比人类都开心？

十四年前，索拉难病毒暴发，感染者皆成丧尸。人类几千年来建立的辉煌文明，不到七年，就完全崩毁，人群越密集的地方，被病毒吞噬得越快。幸存者们艰难地聚团求生，生存空间越来越窄。

要不是一个丧尸身上突然长出了能战胜病毒的彼岸花，恐怕最后的幸存者们也会被尸潮吞没。

人们从彼岸花里提炼出了解毒剂，用无人机播撒，不久后就遏制了病毒。丧尸们逐渐清醒，不再逐血肉而食，身体也从腐烂状态中恢复，有了血色。

索拉难病毒感染人类，将他们变成死者，而彼岸花仿佛一条船，穿过迷雾重重的河面，搭载死者，向着生之彼岸回渡。所有人都以为丧尸之疫会完全解除，世界即将重回正轨，但这时，回渡的船停在了河中心。

像是上帝开的玩笑——彼岸花对丧尸有治疗作用，但无法治愈。

新的丧尸身上没有了病毒，不再攻击人类，体内隐隐有血管新生，还会长出各种各样的植物。他们能同时从食物和阳光里获得能量，维持机体运转，但血肉依旧萎缩，思维迟钝。这一类人，官方称作生还者，人们私底下叫半尸。

金宁所见的绝大多数半尸，都呆滞木讷，机械地做着人类吩咐的事情，做完后就浑浑噩噩地待着。她所见的绝大多数人类，也都沉默沮丧，谨慎地做着其他人交代的工作，完成后就醉生梦死地度日。这场浩劫不仅摧毁了文明，也带走了所有人的喜悦。

而这个叫阿川的丧尸，看老式喜剧能当众发笑，跟张大姐的闲聊也透着欢乐，每天早上乐呵呵地给所有人发橙子，被拒绝了也不以为意。

"肯定是脑子被病毒啃坏了。"赵平如此评价阿川的乐观。

2

这个半尸的脑袋有没有坏，金宁不知道；她知道的是，赵平真的很恨他。

一个周末，金宁接到赵平的电话，说是带她去隔壁市的废墟找唱片。金宁有些犹豫，她知道赵平一直喜欢自己，而她还没想好要不要接受这种喜欢。要是一起出去玩，会很尴尬。但唱片的诱惑对她而言，实在太大了。

好在赵平也察觉到了金宁的顾虑，补充说："还有安娜和右手哥一起。"

安娜和右手哥都是她的同事，前者有严重的抑郁症，后者在尸潮中失去了左手。有他们在，气氛能缓和一些。

于是周六的时候，他们共乘一车，驶出了福音城。

天气很好，金宁坐在副驾驶上，透过玻璃，看到了街上正在忙碌的半尸们。这些都是一级治愈者，麻木地清理废墟，从不休息。

"哼，"赵平扶着方向盘，"累死这群鬼。"

汽车出城后，拐上了高速路。

说是高速，其实也开不快。早先丧尸肆虐时，这里就荒废了。生锈的汽车挤在路旁，爬满了植物，锈迹与绿色混杂着，向远处延伸，像是一条锈病缠身的蛇。好在为了福音城的重建，市长曾派半尸们把挡路的车辆清理了一些，他们才能磕磕绊绊地行进，一路去往邻市。

由于车开得很慢，金宁睡意昏沉，贴在车窗上迷迷糊糊地睡着了，又因后排的安娜和右手哥一直在争论"半尸算不算人"，经常被吵醒。等到了邻市，她已经头疼欲裂，下车蹲在路边，想呕又吐不出东西来。

她身后，安娜还在和右手哥争执："说到底，半尸还是人，只是没活过来而已。"

右手哥用他仅剩的手臂拍了拍裤腿，说："没活过来，那就是死人。死人不是人，只是一团聚合的有机质而已。"

"你见过哪团有机质会跑会走，还能帮你干活的？"

"干活有什么了不起的？你知道机器人吧，要是没丧尸这档子事，现在机器人早满大街跑了。你说，机器人算人吗？"说完，他咋咋舌，"可惜现在这门技术被搞丢了，要重现的话，不知得多少年。"

"机器人跟半尸，还是不能比的……"安娜说，但明显有些底气不足，用手轻抚着她自己在手臂上划出的伤疤。

看到那一条条排列整齐的疤，右手哥便不再说话了。

赵平没理会他们，过来拍了拍金宁的背，低声问："没事吧？"

金宁到底也没呕出来，呼吸了些田野的新鲜空气，站起来道："好很多了，我们走吧。"

来这里的原因，是赵平从数据部那边搞到了地图数据，发现邻市曾有一家全国知名的唱片行。虽然这里毁于尸疫，但丧尸对唱片不感兴趣，说不定还能找到保存完好的唱片——而他知道，金宁尤其喜欢听音乐，曾用几个月的贡献点换了一台黑胶唱片机。

他们顺着导航图，慢慢蜿蜒曲行。沿路上，导航标注着密麻的商店和景点，一派繁荣，而车外全是蔓藤和残破的砖墙，荒凉如墓。偶尔有动物在草丛间掠过，一闪即没，除此之外，四周没有任何声音。

这里离福音城不到百里，却是两个世界。

他们很快到了唱片行的遗址。金宁运气不错，一番翻找后，翻出了好几张包装完好的唱片。她欣喜地打开，看到是贾尼斯·乔普林和迪克兰，都是她喜欢的乐手。

"不早了，"赵平看着她的笑容，也笑了，又看看天色，"该回去了。晚上这里不安全。"

夜晚的废墟里，有野兽，还可能有仍未被治疗的丧尸，都很危险——尤其是后者。

于是，斜阳铺洒的时候，他们就踏上了回去的路。车上，安娜和右手哥又开始讨论半尸的问题，金宁抱着唱片，再次睡意昏沉。

所以当车突然刹住时，三人都没反应过来。

"怎么了？"安娜有些不满，但顺着赵平的目光，也愣住了。

高速路旁，一个人影正走走停停。斜阳剪出他的侧影，虽然看不清脸，但那消瘦的背影，还有身上宽大到松垮的西装，都分外眼熟，再配上头顶那一丛标志性的绿草，让他们一下子认出——阿川。

赵平扶着方向盘，冷冷地远眺，好半天才憋出几个字，"他来这里干什么？"

085

安娜也盯了好一会儿,说:"好像是……在拍照?"

是的,阿川每次停下时,都会举起手中的相机,以一个固定的姿势站立好几秒。有时会更久。金宁的目光向远处移动,看到旷野正逐渐被暮色浸染,而夕阳斜斜地垂着,染红了低压的云层。一行飞鸟扑腾着宽大的羽翼,在天际间掠过。

真的很美。金宁想,怎么自己一路上都没发现呢?

"妈的,还是长焦,"右手哥往车外吐了口唾沫,"这家伙还挺有钱!"

赵平突然冷笑,下了车,从后备厢拿出一根棒球棒,朝远处的阿川走去。

金宁眼角一跳,看赵平杀气腾腾的样子,连忙也推开车门,拦在赵平前面。

"你要干什么?"她抱紧怀中的唱片,声音发颤,"你别冲动!"

"你放心,我没有冲动,"赵平握紧球棒,青筋都暴了出来,"这附近没人,不会有事的。"

金宁听出了他话语里的残忍:"他好歹也是咱们的同事……"

"他是个丧尸。"赵平简短说完,回头朝右手哥使了个眼色。

右手哥一言不发地下车,粗壮的右手抱住金宁,把她拖回车里。金宁拼命挣扎,唱片都掉了也挣不开。

"你放开我,他是去杀人啊!"她尖叫道。

右手哥在她的耳边说:"他要杀的,不是人。"顿了顿,他语气加重,"你知道我的左手是怎么断的吗?被丧尸咬了一口,我自己砍断的。今天要是赵平不动手,我也会去。"

金宁求助地看着安娜，但安娜转头看着窗外的斜阳风景，面无表情。

车外，赵平慢慢地走向阿川。他走得很轻，球棒掠过草尖，连沙沙声都没发出。

而阿川正在拍落日景象，太过专注。他举着相机，镜头贪婪地吸收光线，天色到了最美的一刻，他按下快门。

"咔嚓。"

也就是同时，赵平挥动球棒，狠狠地砸在阿川的脑侧。

隔得远，金宁听不到金属棍与腐朽脑袋的撞击声。但阿川被打得斜飞出一米多，随后倒地不起，连个痉挛都没有，可以看出这一击的力大势沉。斜晖里有液体和固体飞溅出来，看样子是连头骨都打裂了。

相机也从他的手中掉落，沿着斜坡滚下。

赵平可能也没想到半尸的头骨这么脆弱，愣了一秒，把球棒扔掉，跑回车里说："走，回去！"

说了之后，他才意识到坐在驾驶座上的是自己，连忙启动挂挡。车子立刻蹿出，背离斜阳，驶向福音城。金宁终于挣脱右手哥的控制，努力向后看。

她看不到那具尸体，只能看到一轮暗淡的夕阳正飞速地沉入地平线。

金宁没有报警。这一天的旅程，本来让她对赵平有了一丝好感，毛茸茸的暧昧在彼此间萌芽。只是赵平那残忍的一击，让这份暧昧过早夭折。但有这个基础，她亦无法狠心去举报。

而且就像右手哥说的，杀半尸，真的算杀人吗？

新政府成立不过三年，基建尚未完成，律法更无明文。市长讲话时倒是提到了"人和半尸要和谐相处，一起建设新家园"，但杀了半尸会不会受到惩罚，他没说。

于是，她心思烦乱地熬到了周一，一进办公室，又愣住了。

办公桌上稳稳地放着一个橙子，金灿灿，格外饱满，流淌着朝阳斜射进来的光。

赵平的桌上也有橙子，所有人的桌上都有。

她和后脚进来的赵平对视一眼，都很疑惑。随后，两人的目光一齐移动，看向西北角落——屏幕后方，探出了一丛格外精神的绿草，正是阿川。

赵平手脚冰凉，瘫在椅子上，念道："完了，完了……"

但他担心的事情并未发生。

这一天跟此前一个多月的每一天都相同，办公室里只有键盘敲响，除了心怀鬼胎的四个人，其余人都在埋头干活。而到了下午，角落里再次响起被喜剧逗乐的笑声，一如此前。

金宁和赵平面面相觑。

3

当金宁听到主管说，要让自己和阿川一同负责城市音乐厅重建的监督工作时，她产生了困惑：为什么老天这么爱给自己"惊喜"？

多年前，父母丢下自己逃走，再无音讯，她以为他们已经丧身在尸疫中，而福音城重建时，他们再次出现，但她已无法原谅；她从小爱好音乐，也有天赋，却在重建分工时，被分配到了设计部；她目睹了阿川被谋杀，虽然不知为什么又活了下来，但她本能地想跟阿川保持距离，却又必须一起工作。

主管看到她为难的样子，面色不悦，问："有问题吗？"

上一个跟主管说有问题的设计师，没过一周就被开掉了。那个才四十岁就已经头发花白的前同事，不能再住设计部公寓，搬到了废弃房屋中，跟半尸一起扛砖砌瓦，用低微的贡献点来换取食物，勉强度日。

金宁连忙摇头，"没有问题。"

一旁的阿川也点点头。

"那就好。"主管离开前，又叮嘱道，"在外面也别受欺负。你们是设计部的，要是施工部那边不配合，就不给他们验收——不过施工部的那个胖子是有名的难缠，你们还是要小心。"

这番话，明显是说给阿川听的。他却心不在焉，主管一说完，就连忙回去接着看喜剧了。看着他的背影，和一走动起来就簌簌抖动的枝叶，主管叹了口气，转而对金宁说："你也看着点，别让别人欺负他。"

主管能当上主管，还是有几把刷子的。没过几天，金宁就不得不佩服他的预见力——阿川果然遭到了施工部的刁难。

最开始，是在欢迎宴上。设计部在重建工程中负责技术验收，要是不签字，施工部就从市长那里拿不到贡献点，因此在每个项目上，设计部的人都很受重视，欢迎宴也搞得比较隆重。

但这次，施工部的几个领导，显然没有料到会有半尸在席。

"这……"一个领导愣了愣，"设计部这是什么意思？"说着，他犹豫地看向对面主座上的中年男人。

那个男人白白胖胖，脸上本应该一团和气，但现在阴沉沉的，眼缝里划过的几缕微光不可捉摸。

金宁听说过他——音乐厅重建的施工总监，叫罗伯特。

罗伯特是白人血统，本是颇为成功的跨国企业高管，来中国旅游，适逢尸疫暴发，再也无法回到美国。在最黑暗的七年里，无数人死去，他却活了下来。他原来是个典型的白人胖子，活活饿到不足百斤，皮包骨头。有个传闻，说是在最饥饿的时候，他吃过尸肉。熬到尸疫解除，他又迅速吃成了比原来还大一圈的体型，现在坐着，肥肉几乎要把椅子淹没。

金宁见气氛不对，忙说："阿川是我们新来的同事，很厉害，这次就是因为他把音乐厅的重修方案提前完成，我们才能这么快开工。"

罗伯特依旧眯着眼，仿佛用眼皮把世界挤压得狭窄和扭曲，过了许久，他才点了点下巴。

金宁松了口气，但她还是能察觉到，对于半尸，罗伯特有着奇怪的愤恨。这一点，欢迎宴上的人也几乎都感觉得到。

除了阿川。

他依旧穿着那身格外宽大的西装，非常兴奋，不停地向旁座的中年女人问这问那。虽然声音低，但因气氛凝重，所有人都听得到。

"这条鱼怎么做成这个样子，"他问，"看起来好恶心，好吃吗？"

中年女人耐着性子说："你吃一下就知道了。"

阿川摇摇头，"我没有味觉，哦，也没有嗅觉。真遗憾。"

罗伯特突然笑了，对手下使了个眼色。手下心领神会，大声道："那既然吃不出味道，就喝酒吧。来，今晚不醉不归！"

金宁见势不妙，想要阻止，但她也没工作几年，怎是这些老江湖的对手，没让自己被灌酒就已经拼尽全力了，根本护不住阿川。

施工部的人擅长劝酒，隔两句就逼阿川灌一口。没几分钟，阿川就喝下了一斤多，已经有些摇晃了。

金宁一咬牙，推开几个围着自己的同事，抓住阿川的手，说："别喝了。"

他的手很冰凉，让金宁心里一惊。

阿川却挣脱开她的手，又拿起酒杯，大着舌头说："没……没事！现在下班了，酒好喝……没事，不误事……事的……"

这时，对面的罗伯特慢悠悠地说："对啊，他自己想喝，金女士你就不要阻拦了。难道，你们还有别的关系？"

后半句话已经有些恶毒了。金宁的脸一下子红透，再看阿川依旧抓着酒杯，一副不识好歹的模样，顿时怒气冲冲，索性说自己不舒服，先回去休息。

罗伯特连客套性的挽留都没说一句，就让金宁走了。出门前，她还能听到里面此起彼伏的劝酒声。喝，喝死算了！她愤愤地想，反正义务我尽到了，你不停，能怪谁！

金宁回到住处，但终究放心不下，又打车回到音乐厅旁。这时已经很晚了，除了路灯，其余建筑都黑沉沉的。尤其是垮塌了一半的音乐厅，像是负了伤后蹲伏在黑暗里的野兽。她战战兢兢地走进开欢迎宴的房间，一进门，只看到杯盘狼藉，秽物满地，而阿川就趴在桌子上，不知是睡了还是死了。

他当然不会死。罗伯特再浑，也不敢这么得罪设计部。而阿川毕竟是早就死过一次的人，再死也没那么容易，他被赵平一棒子打破了头，不也还好好地活着？

她把阿川扶起来。别看他瘦，分量可不轻，金宁得使出吃奶的劲儿才能往外走。刚到街上，他像是突然醒了，趴在栏杆上干呕。

"呕什么呕，"她啐骂道，"还不是你喝进去的，呕出来多浪费！"

但阿川"哇"了半天，最终也没呕出来，倒是恢复了些微神智，扶着栏杆，勉强站定。

金宁不用扶他，也松口气。此时她离他很近，才看到他的脑侧的确被赵平打出了一道裂缝，只是裂缝里又钻出了三片扁平的长叶，翠绿如翡。叶子拂过她的脸颊，有些痒。

看到这道裂缝，她的气突然消了。她叹息一声，上前扶他，右手抓住他的西装，这时，一张照片从西装口袋里掉了出来。

"咦？"金宁又放开他，捡起照片。照片已经泛黄，上面是一个在夕阳下吃冰糖葫芦的女孩，很漂亮，但因照片的泛黄而显得有些憔悴。空白处歪歪斜斜地写着三个字：秦艺弦。

她还要细看，阿川突然伸手抢过照片，放回口袋里。

金宁皱眉，一扭头，却看到阿川的眼角流下了泪。

她愣住了——他在哭？

首先，半尸不会哭。即使会，也跟阿川联系不起来：他来这一个多月，一直是带着近乎智障的乐观，每天下午看喜剧，遭人辱骂也只当无事发生。实在无法想象他的双眼会淌泪，在昏黄的路灯下，被照成了两条闪闪发光的湿痕。

"不会是酒吧，"金宁暗忖，"可能半尸的生理机制不一样，不是从嘴里呕吐，而是通过眼睛流出来……咦，好恶心。"

当晚，她花了很久才把阿川送回他的住处。开门后，她把阿川推进去，便准备离开。但阿川像是清醒了不少，结结巴巴地说："等……等一下……"他又摇晃着进了卧室，像是去翻找什么。

金宁犹豫了一下，还是站在门口等。她不敢进去，却好奇地向里打量，灯光昏暗，照着客厅墙壁上的大幅照片——一轮斜阳垂在山影背后，鸟群扑腾，晚霞凄艳如天空淌出的血。她觉得很眼熟，想起来，那正是阿川被赵平袭击时，拍下的那一轮夕阳。

还没回神，阿川就抱着一小摞黑色方块物走了出来，递到她怀里："一直忘了，这是你的东西……很好听……"说完，他后退两步，躺到沙发上。这个沉默又快乐的半尸很快进入沉睡，连胸膛都不起伏。他的手捂着口袋，口袋里是一个女孩的照片。

金宁低头，诧异地看着怀中之物。

这是一叠唱片，有些有包装，有些只是碟片，最上面的几张印着歌手的名字：贾尼斯·乔普林、迪克兰……她很熟悉，因为这些都是她亲手从邻市的废墟里找到的唱片，后来又遗失在荒野里。

她的胸膛闷闷的——原来，他早就知道是谁袭击了他……

4

金宁原以为阿川醉成这样，至少得休息两天。结果次日一早，她刚到音乐厅，就发现阿川已经到了楼下，跟一群半尸混在一起。

这群半尸都是一级治愈者，被教会了怎么砌砖垒瓦后，就只会重复地做这件事，如果没人阻止，累死也不会停止。所以，金宁从来只看到他们在废墟间劳作，或呆坐在广场上，展开头顶的绿植，无声地晒太阳。

但现在，他们围着阿川，紧得几乎没有空隙。花草也挨在一起，像是废墟里铺展开了一片草原。而由于每个半尸头顶的植物都不太一样，这片草原也颇为驳杂，有花有草，有树有藤，颜色也是姹紫嫣红。

她走过去，老远就听到了阿川的声音。

"啊哈哈老李，别看你都烂透了，你头顶的曼陀罗倒是长得很好！如果我们是孔雀的话，你一定是最受雌孔雀欢迎的那只……哎小朵你别急呀，你的牵牛花也好看，就是有点枯萎，你最近多晒点太阳，多喝水。咦，费尔南多，你头上的植物我怎么不认识？哦，原来是五色梅啊，那可能有点臭，不过没关系，哈哈哈，反正我们没有嗅觉……"

他逐个跟半尸们打招呼，语气轻松，昨夜的醉态荡然无存。

太阳渐渐偏升，光辉在整个福音城的表面流淌，而眼前这片紧凑的绿植，花叶几乎被照得透明。

"干啥呢？"身后传来罗伯特的声音，"还不干活？！"

好几个半尸被他拉扯得摔倒，依旧不舍散开，罗伯特又掏出电棍。滋滋声中，一大片花草都剧烈地抖动起来。

半尸们终于散开，去往音乐厅废墟的各个角落，机械地干活。等他们走了，金宁才走到阿川旁边，问："你……你没事吧？"

"啊？"阿川的语气有些迷糊，"我能有什么事？"

"你昨晚……唉，算了。"

设计部的人下派到施工项目上，都很轻松，只需在验收时签个字就好。所以接下来，金宁就找了个安静的地方，戴着耳机听歌，一天很快就过了。阿川却闲不住，整天都在施工现场跑来跑去，跟各个半尸打招呼。

这就让施工部的人有意见了。罗伯特的一个手下跑来找金宁抱怨："你管管你那个同事，别老往现场跑，他一来，就对我们指手画脚，影响进度啊！"

金宁听出了他话里的意思，冷冷地说道："你们要是按规程办事，不偷工减料，他肯定不会说什么。"

"这……"手下赔着笑，"做工程就是这样的，要真一板一眼来，就干不动。以前是这样，现在也没变。"

这倒也是事实。金宁冷言冷语把他轰走，等到下午，还是去现场找了阿川，让他以后就跟自己待在一起。阿川刚开始不肯，金宁只得加重语气，威胁要跟主管告状，他才吐吐舌头，蹲在角落里。

"喂，"金宁看他一副可怜的样子，犹豫一下，主动打破僵局，

"你头上的是什么花啊？"

阿川抬起头，一下子得意起来，"这啊，不是花，是草。你摸摸，长得多好！"

金宁有些犹豫。植物是半尸的一部分，她要是触碰，多少有些不便。但阿川说得这么自然，不像有邪念。他的瞳孔虽然已经暗淡，眼神却很清澈。

这么近地看着他，金宁才突然发现：他长得还挺好看，五官立体，脸型如削。要是没变成半尸，还算俊俏。咦，自己在想什么……

"这是什么草？"她后退一步，用问题掩饰心里的一丝慌乱。

"噢，我查过，跟它最接近的，是萱草。"阿川兴致勃勃地介绍，"这是学名，你可能没听过。它还有别的名字，比如金针菜、鹿葱和忘忧草。"

忘忧草……金宁看着他脸上的欢喜和得意，觉得的确找不出比这更适合的名字了。

"对了，为什么每个半……每个生还者头上都会长一株植物？这些根须在身体里，会疼吗？"

"不疼，我们没有知觉嘛。"说着，阿川抓了抓头顶的叶条，"但为什么长植物，我不知道。不过我想，跟'彼岸花'试剂有关吧。"

金宁点头。能治疗丧尸的试剂提取自彼岸花，而最早的彼岸花，就是从一个丧尸身体里长出来的。这种特性想必也随着丧尸被治疗，而留在了生还者体内。这让她又想起了安娜与右手哥的争论，问道："那你们到底……"

"嗯？"

金宁小心斟酌，发现没有合适的措辞，索性问："算不算人呢？"

"算……吧。生和死之间，隔着一条河，本来我们已经到了对岸，算是死人。"他的手在身前一画，仿佛一道无形的线将他和金宁隔开，"而彼岸花让我们回渡，如果能回到这一岸，我们就是人，毫无疑问。但现在，我们停在了河中心，不生不死，离两岸都很远。"

他的声音里，有罕见的迷茫和低沉，让金宁有些不忍，说："别担心，主管不是说了吗，医疗部正在研制'彼岸花2.0'，到时候你们就能彻底回渡，离船上岸，重新变成人了。"

"希望如此。"

说话间，已到傍晚，斜照进来的光都昏暗了不少。金宁站起来，说："走吧，可以下班了。"

走到外面，阿川看见音乐厅附近的半尸还在艰苦地干活，问："为什么他们不下班？"

"他们……"金宁犹豫了一下，"这不是我们设计部的事情。"

"但这是我们生还者的事情。"说着，阿川走向那群半尸。他没说几句，就见到所有半尸都停止了劳作，依次回到地面。

金宁突然想到，当初由于沟通困难，训练这些一级治愈者干活，花了政府大量的时间，要是早点由阿川来沟通，会省不少事吧。

念头还未消失，身后传来了嚷嚷声。

"都给我回去！"罗伯特满脸通红，显然又喝了酒——据说他在上一个工程里挖到了酒窖，没有上交，够喝好些年了，"现在才几点，太阳还——哦，太阳落了，但太阳落了你们也不能停工！工期紧着呢！"

说着，他又掏出电棍，滋滋，可怕的电光在暗淡黄昏里格外刺眼。

半尸浑噩无知，但有着畏惧的本能，电光一亮，又向后退缩。阿川逆着尸潮走上前，对罗伯特说："他们累了，需要休息。"

"他们没累。"罗伯特喷着酒气，"他们是丧尸，怎么会累。"

"我们是生还者，马上就会痊愈成人。你听不到他们的声音，但我听得到，他们的确累了。"

罗伯特转过头，朝着金宁走来，说："怎么说，设计部现在要接管我们施工部了吗？"他的鼻子里喷出笑声，"那可太好了，我就一身轻松了。行吧，你们来管，市长那边也由你们去汇报吧。"

金宁一言不发，绕过他，走到阿川面前，低声道："你发什么神经！"

"没有呀。"他说，"这不是正常的休息时间吗？"

"这是我们的休息时间，不是他们的。"

"他们，也是我们。"

"你不要胡搅蛮缠，走！"金宁拉起他的手。她再次握到了一片冰凉。这片冰凉想挣开，但她握得很紧，白皙皮肤下青筋都暴起来了，将他往外拉。

"可是……"他还想说什么，但被金宁拉得远离了半尸们。

金宁刚松口气，又远远地听到了罗伯特暴跳如雷的声音："你们干什么！造反吗？还不回去干活！"

但任凭他怎么吼，甚至用电棍击打，也只有半尸倒地，而无人返工。这群半尸站在暮色里，像是面对伐木机的森林，既不躲避也不愤怒，唯有永恒的沉默。

罗伯特推嚷了半天，累得气喘吁吁，也没一个半尸肯干活。"我以后再收拾你们！"丢下这句狠话，他就转身离开了。

但这句也只能是场面话，工程量这么大，又累，没有幸存者肯干，他只能靠半尸。从这以后，半尸们就准点下班，到不远的广场上聚集成团。阿川有时候也跟他们待在一起。由于他们聚堆，广场上只能看到一大片郁郁葱葱的草叶花枝，根本看不清脸。但每次金宁都能一眼看出阿川在哪里。

因为他在的地方，花草格外紧促。

有一次，已经很晚了，但因为要紧急处理设计图上的修改，她跑去广场找阿川。天色昏暗，路灯照不到这里，广场上的植物连缀成一片，如同幽邃的海面。她不敢走近，站在广场边缘，大声喊："喂！"

无人回应。

她又叫了几声"阿川"，但海面波澜不起。

一阵风吹来，带着暮春特有的寒意，她抱着肩膀。阿川没有回应她，可能是睡着了，而半尸一旦睡着，就很难醒来。她顿时焦急，风变大了，脑中突然闪过阿川喝醉那天掉出来的照片，以及照片上的名字。

"艺弦，艺弦，"她喊道，"秦艺弦！"

海面上掠过了一道波光。

她怀疑自己看错，揉揉眼睛，睁开时眼前还是一片幽黑。她再喊了遍这个名字，波光再次出现，这次她看清了——那不是海面波光，而是眼前这堆长在半尸脑袋上的植物发光了。像是深海电鳗，本来与黑暗融在一起，但随着"秦艺弦"三个字的喊出，电流骤然在骨骼里流通。

她不停地喊着这个名字。

以阿川为中心，白色的荧光沿着植物的茎叶蹿动，一闪一没。阿川头上的忘忧草，在此时成了一颗心脏，每一次跳动，都在往外输出着光晕。而她喊得越快，心脏跳动得就越剧烈，光也流蹿得更广。很快，所有半尸头上的植物都发出了光。每一根花枝，每一片草叶，都成了精致透明的灯管。

夜风拂过这片光的海洋，枝叶颤动，光晕忽而碎成星星点点，忽而连缀成整齐一片。

灯海以下，站立的半尸们都闭上了眼睛，一片安详；光晕之上，金宁看得目瞪口呆，嘴巴久久不能合上。

5

音乐厅的修复工程虽然延了期，但三个月后还是顺利完工了。金宁和阿川又回到了办公室。一回去，金宁就觉得哪里不一样了。过了好几天，她才后知后觉地弄清楚——办公室人没变，氛围也没变，依旧是大家一起排斥阿川。只是这一次，她被大家从"大家"这一边剔除了。

她倒是不介意，在阿川来之前，她就没多少朋友。没人找她，她更乐得清闲。

倒是赵平有些急。

"他们说的是真的吗？"一次下班后，赵平拦住她。

"什么是真的？"

"你和那个丧尸啊。"

金宁皱眉纠正他，"他不是丧尸，是生还者。"

"你还这么维护他！难道你真跟他……"

尽管赵平没把后面的话说出来，金宁也知道他的意思。她不是聋子，回来前就听到了不少传言，说自己处处照顾阿川，说自己每晚跟阿川一起回家，说自己跟他的关系很暧昧……她没有去否认，一方面是懒和不屑，另一方面，是无法否认。

音乐厅工程的后期，她的确在很多事上保护阿川，以免他遭到罗伯特的报复。她也跟他一起回家——他们都住设计部的公寓，回家是顺路的，其实一路上也并没有聊多少天。

至于暧昧……她不确定。她跟阿川接触很多，对他也慢慢从抵触变成了信任，但他终究只是一具会活动的尸体，不是同性，也不是异性，暧昧从何而来？

她能确定的是，她对阿川没有戒心，还很好奇：为什么他能永远乐观，能快速画图，能跟其余半尸交流，能让头顶的忘忧草放出光来——尤其是，为什么一听到那个女孩的名字，就会发光。

这些问题她一无所知，但知道得越少，就越想了解。而阿川单独面对她时，又会变得沉默。

他们唯一聊得多的那次，是工程结束，去跟施工的半尸们道别时。他们去到广场，但一个半尸都没看到，又回音乐厅，也没发现。

阿川显然有些不安，忘忧草的叶子都蜷缩起来，刚长出的花骨朵也无力地垂着。

他们去问罗伯特，遭到了意料之中的冷眼。罗伯特看着阿川，嘴角肥肉堆叠，组成了奇怪的笑容，舔舔嘴唇说："怎么？工程结束了，我施工部的人员调动，也要向设计部请示？"

在回家的路上，金宁安慰阿川说："应该是调到别的地方去了，修复工作很多，都需要生还者帮忙。"

阿川沉默了一会儿，说："可是我还没跟他们道别。他们没有记忆，会忘了我。"

"都在这座城里，你们总会遇见。"金宁说，"等你们都被治愈，他们会记起你的。"

阿川点点头。但看得出，他还是不安，因此一直在说话。他说了许多，都与那些半尸工人有关，他知道每个半尸的名字，熟悉每个半尸的故事。他们没有打车，直到午夜才走回家，而他的讲述依然没有停止。

"你是怎么记住这些事的？这么多人，这么多不同的细节，根本不是人脑能记住的。"

阿川指了指头顶的忘忧草，"它们帮我记住的。"

"那秦艺弦呢，"她忍不住问，"她是谁？"

忘忧草亮了一瞬，又像坏掉的灯泡一样暗了下去。草叶垂下，看不到阿川的表情——即使不垂落，他的脸庞苍灰枯萎，也很难看清表情的变化。

"晚安，"他对金宁说，"希望你有一个好梦。"

金宁知道说错话了，有些尴尬，说："你也是。"便转身回屋。直到躺在床上，她才想起科学院的研究里说过，半尸是不会做梦的。

"嗯？"赵平见她若有所思，声音更急，"他是丧尸啊！你就算不喜欢我，也不能真的——"

金宁微怒，"你说什么呢！我没有！"

"那就好。"

金宁正准备走，又听赵平用很神秘的语气说："那现在有个机会，可以让你重回我们这边。"

"什么机会？"

"我们建了个群，联合起来，哼，一起让那小子混不下去！"

金宁好气又好笑，"你们幼不幼稚啊？"

"这怎么是幼稚呢？难道我们真能跟丧尸一起工作吗？太瘆得慌了！他还爱表现，只要他在，主管就对我们不满意。"

赵平这么絮絮叨叨，足足说了半个钟头阿川的坏处，说得唾沫横飞。最后，金宁还是加入了他们的群，倒不是多想回到"集体"，而是想看看有谁在针对阿川。

一进群，发现果然整个办公室的人都在。平常大家在工作群里都很少聊天，在这个群里，却异常活跃。每个人都在为怎么把阿川赶出去出谋划策。有人说找到了有病毒的U盘，要去黑他的电脑；有人说要在水壶里放农药，等阿川给头顶的植物浇水时，毒死他；还有人建议，要趁他回家时，悄悄埋伏，用麻袋套了，扔到郊外去……

有时候金宁忙了几个小时，再打开群，往往发现群消息已经过了几百条，一直往回刷都看不过来。

而那些损招，还真有人去试过。刚开始大家都不肯，群里难得地沉寂了，这时安娜突然说："看我的！"安娜便把束好的头发披下，涂了口红，把T恤的下摆系紧，露出一抹雪白的腰肢。这个动作让她工位周围的几个男人下意识地吞了口唾沫。

安娜拿着有病毒程序的U盘，风情万种地走向阿川，一边跟他聊天，一边悄悄把U盘插到电脑上。

所有人都紧张地看着U盘，插上去的时候，大家都松了口气。但他们没留意到：安娜越跟阿川聊天，脸色越奇怪，到后来眼圈都有些红了。聊完后，安娜失魂落魄地回到工位，连U盘都忘了带走。

阿川的电脑如期望般被黑，且无法修复，主管骂了他一顿，又给他申请了新电脑。当主管问他被黑的原因时，所有人的心又提了起来，但阿川把U盘塞进裤兜里，什么都没说。

"咱们初战告捷，以后再接再厉！"当天下午，赵平在群里给大家鼓劲，但消息发了不到三秒，又问，"是谁退群了？"

金宁看了眼群聊人数，果然少了一个。

办公室人不多，大家七嘴八舌一核对，很快查出：是安娜退群了。

群里又是一片寂静。

金宁抬起头，视线掠过一排排电脑屏幕，落到了安娜的工位上。安娜个子高，屏幕后却连一丝头发也没露出来，金宁先是一诧，随后醒悟——安娜是趴在桌子上了。

整整一天，安娜都没抬起头。主管来视察了一次，勃然大怒，吼道:"安娜!"

安娜怏怏地抬起头,金黄的头发披下来,眼睛本来就湛蓝,里面沁着清泪,看起来更加水汪汪的。她桌子上的图纸也被洇湿了一片。

"别着凉啊,"主管一怔,赶忙柔声说,"办公室空调足,很容易着凉。要毯子吗,我给你拿过来。"

安娜点头,主管连忙把一旁右手哥身上的毯子扯下来,给她披上。

安娜虽然有抑郁症,严重时会把自己划得鲜血淋漓,但她从没哭过,因此不单主管措手不及,赵平也摸不着头脑。下班后,等安娜走了,赵平冲过去揪住阿川,质问道:"你把安娜怎么了?"

"她很好。"

"好个屁,她都哭了!"

"她应该哭。"阿川说,"能哭的话,就能笑。"

这话说得赵平一愣,手劲松了松。阿川慢条斯理地整理衣领,又转过身,对右手哥道:"如果你真的喜欢她,建议你早上给她打电话,那是她最脆弱的时候。你们可以聊天气、运动和电影,但千万不要提到海洋。"

右手哥一听就怒了,扬起拳头吼道:"我警告你,别瞎说!你再说这种瞎话,看老子不揍死你!"

第二天上午,右手哥也退出了群聊。

赵平气得在群里大骂,说安娜和右手哥被猪油蒙了心,居然跟丧尸沆瀣一气。但这次,回应他的人就没那么多了。办公室里出现了一些变化,所有人都看在眼里。

首先是安娜。她来得比以前早了，一来就蹲到阿川的工位旁。以前只有两个半尸的脑袋凑在一起闲聊，现在变成了三个脑袋。又过几天，魁梧的右手哥也凑了过去，四人絮絮叨叨，不时传来低笑。

有些笑声，是安娜发出的。而她笑起来，比她哭，更加罕见。至于右手哥，也变得温柔起来——这更是让所有人战战兢兢。

金宁忍不住好奇，有一次拉住安娜，问："你们每天在聊什么呀？"

"就是一些日常啊，"安娜说，"聊看见了什么，吃了什么，有什么开心或难过的事情……就这些。"

"这些……"金宁仔细打量安娜，这个金发碧眼的美人怎么看也不像那些热衷于说三道四和家长里短的村口大妈，"这些事，你也能聊得下去？"

"为什么不能？"安娜热情地说，"你也一起来嘛。"

"还是算了。"

金宁没有去，但办公室里其他人都陆陆续续去了，每天九点前，办公室西北角都聚着一堆人。阿川带来的橙子，他们也没扔，就聚在一起，剥橙子，嗑瓜子，一派祥和。

赵平的群里，人越来越少。到最后，只剩下赵平和金宁俩人。再过几天，金宁在电脑上翻来翻去，已经找不到那个群了。

6

除了改变办公室的氛围，金宁发现，阿川在半尸的群体里也很有影响。

每天一下班，他就离开办公室，往城东的半尸聚集区跑去。搜救队从城外带来的半尸，如果没评上三级治愈者，都会被安置在此。

尸疫让全球百分之九十七的人都沦为丧尸，这些丧尸也几乎都被彼岸花逆转了，因此，半尸数量远大于幸存者。即使只是把附近百里内的半尸带回来，城里半尸的数量也是人类的近十倍。

刚开始人们很担心：要是半尸再次发疯，那幸存者几乎没有抵抗的能力。但人又是很容易被"习惯"俘获的物种。时间稍微一长，半尸们一直任劳任怨，任打任骂，人们也就习惯半尸在周围，习惯了有半尸来干苦重的活，也习惯了欺凌半尸。

所以人们居住在保存完好的区域，宽松便利，甚至还有网络。而半尸聚集在城东的街头巷尾。平常，人们都尽量远离这里。

金宁是跟着阿川一起过来的。

那晚她下班回公寓，还没走近，就看到门口站着两个人。隔得远，四周又有暮色浸染，因此人影有些模糊。但她还是一眼认出了他们。

于是，她停下，站在街的另一边。阴影遮蔽了她。

过了很久，门口的两个人影执着地等待，而金宁，也同样执着地躲避。

这时阿川路过，看到了她，"晚上好！"见她表情奇怪，又顺着她的目光看向门口，"咦，那是谁啊？"

"以前，他们是我爸和我妈。"

"你怎么不过去呀？"

金宁没有回答。阿川停顿了几秒钟,说:"那你跟我去城东看看吧,正好我今天也需要人帮忙。"

路上,金宁低头没说话,阿川犹豫一下,还是问道:"他们是你的父母,你为什么不跟他们见面呢?"

为什么呢?她想。

多少个夜里,她觉得孤寂,需要有人来陪;多少次想给父母打电话;多少次路过父母住的狭窄街区……但每次想靠近时,她都会回到那个黄昏,回到那个无助的小女孩身体里。

那个小女孩,刚刚在逃亡中丢失了她最心爱的布娃娃,号啕大哭,格外无助。而她的父母,又把她丢在墙角,双双逃命去了。虽然长大以后她开始理解——自己还小,是逃生中的负担,带上自己说不定大家都会死。但理解不等于原谅。

"没什么。"她摇摇头说。

阿川也没有再追问。

他们一起来到城东,到的时候已经很晚了。金宁听过许多城东的传闻,都是让她不要来这里,说是丧尸成群,群魔乱舞,恶臭熏天,来了之后却发现这里竟格外静谧,也没有他们说的那么拥挤。

路灯下,半尸三三两两地站着,昏黄的光洒在他们头顶的植物上。他们在夜里很安静,仿佛真的成了一株植物,茎枝摇摆是他们的动作,花叶摩挲的沙沙声是他们的言语。花草的清香四下飘散,在夜风里浮动,金宁深吸口气,白天灌满全身的疲乏和倦怠慢慢稀释。

金宁跟着阿川，路过一丛丛植物。

而阿川走过的地方，都会引起一阵骚动。半尸们从静谧的睡眠中苏醒，纷纷冲他打招呼："嗨，阿川，晚上好！"

"晚上好！"他向一个头上长满了麦穗的半尸问道，"你的头还疼吗？"

麦穗半尸摇摇头，高兴地说："不疼啦。你给我除草真有用，杂草没了之后，我就精神多了。就是麦子快成熟了，到时候怎么办呢？"

"到时候我给你摘下来，磨成面粉，加上糖，做成面包。然后你可以拿去给爱丽丝吃。"

"好的！"

又走几步，一个几乎佝偻成弓形的老年半尸问他："阿川啊，你找到我的她了吗？"

他是如此老朽，脸颊上的肉萎缩成了一张皮，骨架细脆，仿佛随时会倒下，摔成一堆碎渣。但他的头上却长着一丛异常鲜艳的玫瑰，红白粉均有，花朵硕大，沉甸甸地弯下来，像帘子一样挡住他脑袋的上半部分。

金宁仔细打量，透过花帘，发现老半尸的眼神很是悲伤。

阿川却哈哈笑道："老朱啊，别着急！我已经在到处打听啦，你也知道，这座城市这么多生还者，不容易找呀，但会找到的！你好好活着，别让玫瑰凋谢。"

"嗯，"老半尸点头，"我要亲手送给她哩。"

走远之后，金宁悄悄问："这个老……老爷爷是要找谁呀？"

109

"一个死人。"

"噢,也是半尸啊。"

"不是半尸,"阿川转头看着她,"是死人,真正的死人。"

金宁"啊"了一声,明白过来,再扭头看那个老半尸。灯影重重里,看不清人,只有怒放的玫瑰。

他们几乎横穿整个城东区,才来到今晚的目的地。

"这里?"金宁左右看看。这是一处荒废的公园,断壁残垣在夜色里铺展,四周零散地站着许多半尸。公园中央有一个浅湖,倒映着月亮,夜风吹来,水面月影也随之荡漾。

湖面上除了月亮,还有一棵三四米高的树。

这棵树从湖中心冒出来,枝繁叶茂,硕果累累。那些金色的果子在枝头悬挂,让一些树枝都弯垂到了湖面,风一吹,枝头便在水面啄出一圈圈波纹。

金宁穿过半尸群,走近湖边,才看清树上结的都是橙子。只是这棵树比寻常的橙子树更高大繁茂。

"我们来这里干吗?"她问阿川。

"来给一个朋友办葬礼。"

金宁看向四周的半尸,问:"哪一个呀?"

"在湖那边。"阿川指向湖心的橙子树,"他快死了。"

"这棵树?"金宁诧异道,"不是长得好好的吗?"

"你跟我过来。"阿川说着,卷起西装的裤腿,涉水走向湖心。金宁穿的是裙子,有些犹豫,但看到阿川走到了湖中心,水也只漫到他的脚踝，才放心地提起裙子，也跟了过去。

湖水冰凉，金宁穿过了水中的月亮，一直走到湖心。她站在阿川身旁，抬头看到满树的橙子，一个个金黄饱满，感慨道："原来你每天带到办公室里的橙子，是在这里摘的。"

"是啊，但今晚是最后一次了。"

金宁有些诧异，看向阿川，却发现他没有看头顶的硕果，一直低着头。她也顺着他的目光看去，隔着微微晃动的水面，她看到了一张苍灰色的脸。

这本应是恐怖片里的画面。但如此良夜，月光伴着植物的清香，波纹晃荡，旁边还有阿川默默地站着，她一点儿都不觉得害怕。她甚至弯下腰，看得更仔细了。

那是一张男人的脸，因为被许多根须包裹，看不出年纪。男人静静地浸泡在水里，口鼻并未冒气，眼睛却还有生机，间或一眨，与阿川对视着。

"我来送你啦。"阿川说。

男人张了张嘴，动得很慢，连水波都未带动。

金宁完全听不到声音，阿川却点了点头，"我知道，我还带了帮手。"说着，他掏出一个布袋，把口子抖开，递给金宁，"帮我接着。"

他把西装袖子也挽起来，顺着树干爬上去，摘下一个橙子。金宁连忙提着布袋，接住他扔下的橙子。他们一个摘，一个接，摘到二三十个橙子的时候，布袋就很重了，金宁提回岸边，倒在地上，又小跑回来继续接。她已经顾不得提裙子了，裙摆被打湿，贴在她光洁的小腿上。

月亮偏西的时候,他们总算把橙子都摘完了。金宁有些累,倚着树干微微喘气,低头一瞧,发现水里那双眼睛正与自己对视。隔着水波与树根,男人苍白的嘴角微微扬起,像是在笑。

她再抬头,阿川也在笑。

"你们笑什么?"她问。

"他说,"阿川指了指水里的脸,"你走光了。"

金宁吓一跳,连忙跑开几步。水花溅起来,水里的月亮忽散忽聚。

"但你不用难为情,他说他没有偷看,走光的时候他都闭上了眼睛。"阿川低头把袖子整理好,再抬头时,笑容已经消失,正色道,"他没有说谎,这个我知道。而且他快死了,看到看不到,都没什么区别。"

金宁这才放心,但还是提着裙子走到安全的位置,问:"他怎么了?"

"树长得太茂盛,汲取了太多营养,他撑不住了。"

金宁恍然——原来水中的男人也是半尸。只不过别的半尸都是头上冒出花草藤条,像是一个个盆栽,他却是长出了一棵茁壮的橙子树。树的根须从脑袋包裹了整个身子,扎进腐败的血肉,穿出来后又深深植根于湖底,才让橙子树一直屹立。

"怎么不把枝条剪掉?"

阿川摇头,"他不愿意。病毒暴发时,他出门给儿子买橙子,但还没回去就被咬,也成了丧尸。等他被彼岸花试剂治好,身上就长出了橙子树，他很呵护，从树苗到现在这样，只花了三年，而且每个季节都在结果。他让我把橙子分享出去，不愿意停止结果。"顿了顿，他又补充说，"不过你也不用介意，虽然橙子的养分是从他身体里汲取的，但都是正常橙子。"

金宁点头。她倒是不怎么忌讳，毕竟橙子是在枝头挂果，是物质和能量循环的一部分。她好奇的是另一个问题，"那他儿子……"说到一半，自知失言，便停下了。

但她还是看到了水下半尸的眼神。

他的眼角微皱，灰色的瞳孔里透着哀伤。湖面上，树叶被风扰动，发出低沉的簌簌声。一两片叶子被吹落，打着旋儿，最后在水面静静地漂着。

阿川说："别难过，你们很快就会见到了。"

水下半尸的眼睛眨了眨。半分钟后，他闭上眼睛，然后再也没有睁开。

秋天的时候，金宁又去了一趟城东公园。在那片浅湖的中央，橙子树仍在，只是已经不再结出果实，树叶也被秋风吹黄，一片片落下。四周不时有衣衫褴褛、举止木讷的半尸在游荡。

看到这萧条的景象，金宁叹息一声。

日子再往后，就一天冷过一天。不知怎么回事，秋风泛寒时，金宁就有一股不祥的预感。

刚开始她以为这是对自己的预感。因为一个秋风吹拂的晚上，她下班回家，刚要开门，就听到身后传来一声颤巍巍的呼喊：

"宁宁……"

她转过身。

街对面走来两个人影,右边那个一瘸一拐,因此需要左边的人搀扶。这条街明明很短,但他们似乎生怕金宁会突然消失,步子很快,几乎小跑起来。

在他们走过来的半分钟里,金宁的确动了"赶紧开门进屋,然后把屋门关紧"的心思。她最终没有行动,是因为刚要进去时,就被一只冰凉的手拉住了。

"放开!"即使不回头,她都知道这只手的主人是谁。

身侧果然传来阿川的声音,"能躲一辈子吗?"

"我自己家的事,不要你管。"

"你都说是家事——既然是家人,总要解决。"

她一怔。

这一耽误,那两个人影已经走近。路灯洒在这对夫妻的头上,照出了点点斑白,尤其是瘸腿的男人,右边鬓角几乎全白。

金宁已经不记得上一次跟父母见面是什么时候了,但印象里,他们没有这么苍老。

"宁宁,"父亲尽量站直,但肩膀还是有些倾斜,"你……"

真是老套。这种场合见面,就真的没什么别的对白吗?金宁心里想,但自己也不知道说什么好,侧过头,避开他们的目光。

倒是阿川突然爆发的声音让三个人都吓了一跳。

"哈哈哈哈……在门口愣着干吗?哈哈哈哈……进来吧,哈哈哈哈。"阿川一边夸张地笑,一边开门让他们进去。

进屋后，父母都有些拘谨，金宁也从没觉得这间屋子这么陌生过。阿川却像是来了自己家，招呼几人落座，端出茶水，见他们坐得远，还催促着让大家凑近些。金宁一家都不知道怎么说话，他就主动拉起家常，问起金宁父母的近况，抱怨天气，聊着聊着还发现有共同认识的人，就聊得更来劲了。

　　金宁在一旁看着，有一种魔幻感。这种"温馨"的场景，她以为与自己绝缘，没想到在一个半尸的张罗下，竟这么顺理成章地发生了。她没有觉得突兀和厌烦，反而有些……心安。

　　不知聊了多久，也不知道在结束了哪一个话题后，父母起身离开。临走前，他们留下了一个盒子，转头看着金宁，张了张嘴，最终却什么也没说，相互搀扶着离开了她的家。

　　阿川也有些困了，拍拍她的肩膀，打着哈欠离开。

　　他们都走后，屋子重回寂静。金宁坐在桌子前，过了很久才把上面的盒子打开。

　　盒子里装满了糖果，糖衣色彩绚丽，让她露出一丝苦笑。真是，还把自己当小孩子。但用手扒拉了下，发现糖果里面藏着一个布娃娃。娃娃的颜色已经泛旧，但看得出受到了很好的保养，时隔多年，还能看出它的精致与可爱。

　　金宁突然掩面低泣。

下

1

金宁给阿川发消息问他在哪儿，得到的回复是城西入口的高楼天台。等她吭哧吭哧爬到时，天色已晚，斜阳垂在地平线上，光线昏黄，斜照着这座正在逐渐重生的城市。

阿川坐在天台旁，腿伸在外面，一晃一晃的。他的右边还有一堆橙子。他不紧不慢地剥着橙子，吃完后，把橙子皮放在左边。金宁来得晚，他已经吃了有一会儿了，左边的橙子皮比右边的橙子堆起来还多。

金宁不敢像他这样凌空坐着，小心地坐到了他的斜后方，也开始剥橙子。

犹豫一番后，她说："对了……"

"不用谢。"阿川头也没回。

那便没什么要多说的了。

他们沉默地坐着。从金宁的角度看阿川，是逆着光的，因此只能看到那一丛忘忧草浸没在光辉里。到了深秋，不仅阿川无精打采，他头上的草叶也蔫了不少，耷拉着。

"你的草是怎么回事？"金宁问，"生虫子了吗？"

"是营养不良。"

金宁想起了那棵在湖水中枯败的橙子树，心里一惊，问："那要给你施肥吗？"

阿川转过头来，但面孔依然被光辉笼罩，看不清。他说："我这丛草有点不一样，当我难过时，它才会长得格外茂盛。"

"但你不是一直很乐观吗？"

"是啊。它以忧伤为食，往往我还没来得及难过，就已经不难过了。"

"听起来，真让人……羡慕。"

说完后，金宁又想：这真的是值得羡慕的事情吗？不管他有没有负面情绪，那些令人难过的事情总归是发生了。忘忧草这么一直生长，说明他其实每天都会忧伤。是啊，他这样心思敏感、洞察人性的人，怎么会察觉不到别人对他的敌意呢？他并非不在乎，而是忘忧草让他永远乐观，但也只是情绪上的麻醉剂。

她又记起了在广场上看到他头顶发亮的画面。那一声名字的响起，必定引发了他前所未有的悲伤。

她刚想问，阿川突然站了起来，朝天台下探出身子。

金宁吓了一跳，连忙拉住他，却发现他并不是要跳下去，而是努力看向楼下的街道。

夕阳已经只剩一条微弱的金边，而路灯还未亮起，因此四周光线昏暗，只能看到街上几辆救援车慢吞吞地行驶，后面跟着一大群衣着破烂的半尸。这些半尸显然是新的一批生还者，治愈程度很低，举止木讷，即使跟着救援车，也有不少会撞到路灯或墙壁。而以金宁的视角，只能看到密密麻麻的枝叶花草，像是无数盆栽挤在一起，向前蠕动。

这是福音城里常见的景象。每隔一阵，救援队就会带回数量不少的半尸，并不稀奇。但阿川却与平常截然不同，不仅不顾危险地往下探，头上的草叶也在簌簌抖动。

几秒后，他突然转身往楼下跑。

"等等，你怎么了？"金宁拉住他。他的手也在颤抖。

"我看到她了！"

这一瞬间，金宁脑中已经闪过了三个字，但还是下意识地问："是谁？"

"小弦。"

她放开手，阿川蹿进楼梯口就没影了。金宁也连忙跟下去，在街拐角看到了正在半尸群里扒拉的阿川，她也过去一起找，但两人找到半夜，都没有在这群半尸中找到他口中的小弦。

"可能是你看错了，"金宁说，"天色这么暗，人也多，又有植物挡着，很容易看错。"

阿川却坚定地摇头，"不可能，我不会认错小弦的。"

金宁从未见过他这样的表情——惊喜，坚毅，又有些彷徨。她也被阿川感染了，点头说："她既然已经进了城，肯定找得到。明天我也帮你找吧。"

第二天，阿川请了假，金宁也去跟主管请假。主管有些迷惑，问起事由，金宁便告诉了他昨晚的事情。

主管听完，沉默了好一会儿，才说："你知道阿川的身份吗？"

金宁迟疑着摇头，又说："但他对设计这么在行，在感染前，应该是建筑行业的吧？"

"不，他不只是对设计在行，你跟他接触这么久，没发现吗——他对任何事情都在行？"

"嗯……"金宁联想起阿川的种种行为，点点头，"音乐、摄影……我有一次还看见他帮生还者做木工。"

"还有绘画，甚至编程。一个人不可能掌握这么多技能，我想，这些能力应该是成为半尸之后获得的。"

"但……半尸还有学习能力吗？"

主管说："即使有，也学不了这么多。我想，这些能力跟他头上的草有关，我查过，虽然阿川叫它忘忧草，但根本不是我们常见的黄花菜，甚至不是百合科。我拿过他的叶子去化验，你猜从叶片里发现了什么？"

"什么？"

"辐射。"说完，主管又摇摇头，"其实也不是辐射，更像是某种信号。我们的设备没法破译，但看起来，他似乎能通过这株草向其他半尸发送信息。"

金宁思索，"但他没有恶意。"

主管点头，"所以我才没有上报，把这事瞒下来了。不过你说要帮他找人，我还是得提醒一下，他的身份可能跟你想象的不一样。"

绕了一大圈，金宁才听到重点，竖起耳朵。

"他是个杀人犯。"

哪怕金宁做好了准备,听到这句话也愣在当场,重复了一遍:"杀人……他杀人?"

"我问过找到他的搜救队员,找到他的时候,他的脚上有脚链,死刑犯的脚链。只是生锈了,很容易被打破。"

"他杀了谁?"

主管摇头,"这我就不知道了。他自己也想不起来,每次我问起,他头上的忘忧草就会发光——你也看到那个景象了吧。说明一想起,他就会格外悲伤,忘忧草跟着吞食他的悲伤和记忆。而提起他的小弦,也会发生同样的景象。"

最后,主管意味深长地看了金宁一眼,说:"所以,他跟小弦之间,一定有什么悲伤的故事,还涉及杀人。要不要真的找到小弦,你……再考虑一下。"

金宁坦然地抬起头,与他对视,"这不是我考不考虑的问题。找到了小弦,他可能会悲伤,找不到的话,他会死。"

"我不是说他,我是担心你……"但主管最终也没把话说完,末了,补充道,"也别耽误了工作。"

2

他们找了一天,但福音城太大,布满半尸,根本找不完。金宁建议先去搜救队问,但得到的回复是:搜救队自己也不知道。半尸太多,一进城就被各个施工队拉走了,有些甚至是走到一半就失散了，在城里游荡。

"不是还要做治愈评级吗？"金宁有些生气，"怎么都不登记一下？"

搜救队员抽完一根烟，踩灭烟头，撇撇嘴，"姑娘，你是站着说话不腰疼，那也得可怜可怜我们腰疼的人吧。你知道这城里有多少医生？不到一千个。他们要负责几十万人的健康呢，上个星期我咳嗽得差点把肺吐出来，都排不上号。"顿了顿，又抽出一根烟叼上，"半尸我不知道具体数量，但一千万肯定是过了，还在不断地往回拉，一趟就是成千上万，怎么一个个登记，一个个评级？还不是看哪个聪明，就拉出来问问。其余的嘛，都是一级，拉到街上去干活就行了。"

"你们太不负责了！"

搜救队员深吸口气，香烟一下子烧掉一半。"我不负责任？"他喷口气，烟雾从鼻子里冒出来，"那些被丧尸咬成碎片的人，连被治愈的机会都没有了的人，谁对他们负责？"说着，他揪住一个路过的半尸，把烟头按在他的脸上。

腐肉被烧焦的气味弥漫开来。半尸却毫无反应，只是挠了挠头顶杂乱的菠菜叶，嘴里咕哝着什么。

金宁气得发抖，把那个半尸拉过来，拍掉他脸上的烟头，对搜救队员生气地说："你就不怕'彼岸花2.0'研发出来后，他们恢复成了人类，来收拾你？半尸可都是有记忆的！"

"2.0？"搜救队员更加不屑，"看来你真的什么都不知道。"他说完，也不再理会金宁，径自走了。

金宁也转身，发现阿川已经不见了。在听到新来的半尸没有登记的时候，他就离开了，一秒钟都没浪费，继续去寻找小弦。

第三天，阿川和金宁依旧请假。办公室其他人拉着金宁问，金宁便把请假的原因说了。结果除了赵平，整个办公室都请假去帮阿川，在城里到处问人。

他们只从阿川那里得到了关于小弦的零星线索：一米六八，一头长发，瓜子脸，很漂亮，眼神清澈，声音脆而有穿透力……

听完后，大家面面相觑——且不说这些描述太过抽象，就算能一眼辨别，那也是她在人类时的特征，现在成了半尸，多半也皮肉腐朽、面目全非了。

还是金宁一拍脑门，说："你不是见过她在半尸群里吗？她头上的植物是什么？"

阿川仔细回忆，说："当时有点暗，但我记得，应该是一株郁金香。"

这样范围就窄多了。接下来一阵，郁金香成了城里最常出现的词，人们四处问："哪个生还者头上有一株郁金香？"除了人，一些治愈程度高的半尸也在努力帮着寻找，在所有显眼的地方贴寻人启事。

福音城虽大，但这样一传十、十传百地寻找，消息也很快传遍了全城。据说连市长走在街上，都被一个半尸拉住了袖子，问："你见过一株郁金香吗？"吓得他身旁的保镖连忙抽出枪，将这个倒霉的半尸射成筛子。

在金宁的概念里，这样密不透风的搜寻网撒下去，找出小弦应该只是一两天的事情。但出乎她意料，整整一个月过去了，小弦都毫无消息。郁金香也像是在城里绝迹了，说来也奇怪，半尸这么多，每个头上都长着千奇百怪的植物，却就是没有一株郁金香。

"会不会……"金宁犹豫着说，"真的是看错了？"

带动如此声势浩大的搜寻，并且持续了一个月，都毫无结果，让阿川的语气也不像在天台时那样坚定了。但他沉默良久，还是摇头说道："我可以看错很多人，但小弦，真的不会……我们再找找吧……"

最后几个字，已经带着哀求的语气了。

这是他从未有过的模样。金宁看着他，他比以前瘦了不少，脸颊上的肉也更显灰暗，头发枯黄，与草叶混在一起。原本郁郁葱葱的忘忧草，现在耷拉下来，有几片叶子的底部都露出了黄色。

半尸与植物是共生的，其中一个死亡，另一个也活不了。所以，这些都可以看出——阿川的生命在消逝。

金宁知道自己应该劝他休息，但看着他那深邃枯黑的眼睛，最终也只能点头，说："嗯，我们再找找。"

金宁和阿川在继续，其他人却逐渐放弃了。"你看错了。"他们对阿川说，"不要再执着，冬天快来了，北方的冬天很冷的，我们要准备御寒。"便各自回到岗位。

让金宁感到惊奇的是，跟她一起坚持寻找的，除了半尸们，居然还有赵平和自己的父母。

"别看我！"还没等她询问，赵平就先开口了，"我欠这个家伙一棍，找到的话，就当还清了。"

至于父母，她没有去问，他们也没有来解释。这两位老人，就站在冬天的寒风里，彼此搀扶，拿着印有郁金香图像的传单，问每一个路过的人。

结果还真让金宁的父母找到了小弦。

3

金宁也是后来才知道事情的经过。

父母帮着发了一天传单，还挨个搜查好几个街区的半尸，到下午，才又搀扶着，回到了城中心。他们毕竟还要活下去，得靠劳动来换取贡献点。

但路过一个院子时，父亲突然停下脚步，看着不远处正在分拣垃圾的半尸。

那个头上长满荆条的半尸显然是新来的，只经过简单培训，两手在垃圾桶里乱翻，嘴里还喃喃念着："干……湿……"

母亲说："怎么了？别说这个生还者了，我们也没学会垃圾分类啊。"

父亲摇摇头："不是他——你看地上。"

地上除了被半尸翻出来的汤汤水水，还有不少杂物。父亲走过去，不顾脏污，从一片污秽里捡起一片花瓣。

郁金香的花瓣。

母亲愣了几秒，摇摇头，"没这么巧吧？"

父亲蹲下来，问那个捡垃圾的半尸："这个垃圾桶，是谁家的？"

半尸在汤水里捞着，捏出一个小铁环，笑嘻嘻地递给父亲，然后指着自己头上的荆条，含糊地说："结婚……挂……"

父亲帮他把铁环串在荆条上，发现上面已经有了不少戒指钢圈之类的，但都锈蚀了。他又问了一遍，半尸才指着街对面的院子，说："那……那里……"

那是一座占据了半个街道的大院，院墙高耸，大片爬山虎在墙壁上蔓延。整条街都空旷无人，住宅稀少，能产生这些生活垃圾的，也只有这个看起来有些奢华的宅院了。

父母对视一眼，来到院门口，敲了敲门。敲了几遍后，门被拉开一道缝隙，露出半截鼻子和一只眼睛。其实门缝已有巴掌宽，但仍只能看得到这部分脸，是因为里面的人实在太胖，胖到这只眼睛都快被肥肉淹没了。

父亲觉得有些眼熟，很快认出——这不就是施工部的负责人罗伯特吗？

施工部肩负着福音城的修复工作，是肥差，罗伯特又精于奉迎，能拥有这个宅院倒并不稀奇。父亲还未说话，母亲就拿起那片郁金香的花瓣，问："罗先生，这片郁金香花瓣是你丢出来的吗？"

"不是。"门向里合拢了几分，光线幽暗，裹住了罗伯特的表情，"还有，我是叫罗伯特，但不姓罗。"

说完，他就关上了门。

金宁的父母本也不是死缠烂打的人，闻言准备离开。但路过那个捡垃圾的半尸身边时，斜晖铺洒，垃圾堆中某个透明的物件正闪闪发光。母亲以为是玻璃，走过去一看，发现竟然是避孕套。

用过的避孕套。

里面有微微泛黄的黏稠液体，最诡异的是，液体里还浸泡着一片花瓣，依然是郁金香。

母亲又恶心又困惑，抬头看着父亲。父亲眉头紧皱，皮肤缩成一连串的山峦。

这天以后，他们就没来帮金宁和阿川发传单了，而是蹲在罗伯特的院子附近。天气越来越冷，他们躲在角落里，瑟瑟发抖，但这种辛苦很快换来了成果——他们发现，罗伯特倒出来的垃圾，隔几天就会出现一瓣郁金香。这至少能证明：罗伯特之前对他们说了谎。

于是，在某个寒风萧瑟的上午，罗伯特出门后，母亲悄悄爬进了这个院子。

"你小心些。"父亲扶着墙，担忧地望着自己的老伴。他更想自己进去，奈何腿受了伤，翻不过这么高的墙。

母亲战战兢兢地抓紧墙头的砖和爬山虎，说："没事，你就在外面等我。"说完，她就慢慢翻到墙内。

过了好一会儿，父亲才听到里面传来了落地的声音，以及一声闷哼。

他刚要问，里面传来了母亲的声音："我进来了，很顺利。"他这才放心，左右看看，提防有人过来。

墙里，母亲忍着小腿的剧痛，一瘸一拐地走过宽阔的院子。院子最里面是一栋二层楼房，虽然久未打理，墙壁上沁出青苔，但依旧看得出原先的奢华。院子里格外安静，只有冬风裹挟枯叶，在青石地板上摩挲，沙沙作响。

母亲推不开屋门，便绕到窗边，扶着窗沿往里看。里面很乱，衬衫、裤子丢了一地，倒符合一个独居男性的状态。床上还躺着一个人，看身形很纤细，应该是女性。母亲眯眼瞄着。她的视力不太好，瞄了许久，终于看到床上那人灰暗的肤色，以及她头顶长出来的花草。

那是一丛近乎枯萎的草叶，软软地垂在床沿。叶间夹杂着两朵花，一朵白色，一朵红色，都是郁金香。

再后来的事，金宁就是亲眼见证了。

收到母亲的消息时，她刚回到办公室。这些天她一直跟着阿川在城里四处搜寻，工作落下许多，主管也渐渐不耐烦，叫她回来谈话。她敲开主管的办公室，走进去，主管才语重心长地说了第一句话，金宁就感觉到手机振动，掏出来看了一眼。

主管顿时面露不悦，就要发作。

金宁扭头离开办公室，主管在后面喊了一声，她也没听到，走到楼下时，正好迎面碰到右手哥。右手哥见她脸色通红，呼吸急促，拉住她问："你怎么了？"

她这才反应过来，急匆匆说："找到郁金香了。"

"啥？"

"郁金香，我妈找到了！"说完，金宁匆匆下楼。

在她身后，右手哥愣了两秒，随后转身冲进办公室，刚进门就大吼："找到郁金香了！"

每个显示屏后面都探出一个脑袋，震惊地看着右手哥。右手哥不得不重复了一遍。随后，地板上一阵轰隆隆的声响，所有人蜂拥而出，跟在金宁身后。

他们一边下楼，还一边齐声大喊："郁金香找到了！"其他办公室的人听到后，也跟着跑出来。

打扫卫生的半尸张大姐，本来坐在楼梯口发呆，也迈着僵硬的步子，混在人群里。

还有本来在保安室里嗑瓜子的保安，听到混乱声响后，以为是暴乱，吓得连忙把瓜子护在怀里，待听清后，一把扔了瓜子，紧跟过去。

办公楼的高层里，主管正坐在电脑前，愤怒地敲着对金宁的惩罚通知，刚开了个头，一扭脑袋，就从窗子看到街头的人潮。

从办公楼涌出的，刚开始只有七八十人，但他们整齐地喊着什么，街上的其他人也陆续加入。

但数量最多的，还是半尸。人群的口号仿佛是某种召唤，不管半尸是在散漫地游荡，还是不知疲倦地为人类劳作，一听到那句口号，就放下了手头的一切，会聚到人群周围。人类只有一两百人，而一条街没走完，会聚的半尸都近千了，成了真正的洪流。

隔着玻璃，主管听不清他们在喊什么，于是他打开窗。高处的风混着声音一齐涌进来，他不得不把头伸到窗外，才听到那六个字。于是主管也连忙跑出办公室，跟在浩浩荡荡的人群和半尸群后面。

金宁给阿川打电话没通，找了四条街才看到他。

他站在路旁，拦住了一辆公交车，上去之后不到五秒，就被轰了下来。能坐公交的只有人类，设计部这边跟阿川熟悉一些，其余人类依然对他抱有敌意。他却毫不气馁，又准备拦下一辆公交，这时，他转过头，看到了迎面扑来的人潮。

"找到啦！"金宁气喘吁吁地对他说，"找到那朵郁金香了。"

阿川的身影有一瞬间的定格。这个冬天，他憔悴了许多。本来，"半尸"与"憔悴"，这两个词是很难联系在一起的，因为他们并未完全复苏，脸上的血肉依旧保持着腐变的灰青色，干巴巴地黏在骨头上。但从精气神上，他的"憔悴"有目共睹，眼珠像是蒙了灰尘，头发乱糟糟的，忘忧草枯萎衰败，身上的西装也很久没洗了，下摆都出现了破洞。一阵寒风从他的领口钻进去，整个西装都鼓荡起来，令他看起来胖了一圈。

他这副潦倒的模样，长久地看着金宁，竟慢慢地笑了。金宁被看得脸红，后退一步。

"谢谢你。"他说。

"我……"金宁低头，过了好一会儿才想起要紧事，连忙说，"是我妈找到的，但我现在联系不上她。"

好在父亲是可以联系上的。父亲让他们来到院外，隔得老远就一瘸一拐地跑过来，"你妈进去快两个小时了，一直没动静，我也爬不进去……该不会出什么事了吧！"

金宁连忙拉起他的手，让他不用担心，又问这是怎么回事。父亲便把这几天的发现说了。金宁听后，眉头紧皱，"罗伯特……"

在她听到的传闻里，罗伯特对半尸一直有着奇怪的癖好。这一点，其他人也知道。沉默在人群里蔓延。半分钟后，右手哥突然大声喊道："都闪开，让我来！"

忘忧草

　　说完，右手哥就冲到院门口，大脚猛踹。

　　"咔嚓"，腿骨应声而折，右手哥摔倒惨呼。安娜连忙跑过去抱住他，又回头对其他人喊道："你们愣着干吗，帮忙啊！"于是人群朝前涌动，在主管的协调下，一下一下地以肩撞门，越来越用力，铁门终于不堪重负，被整个撞倒。

　　人们涌进去，偌大的院子却空空荡荡。金宁眼尖，在房屋与院墙的拐角看到了母亲。母亲坐靠着墙，昏迷不醒，额头有淤青。

　　金宁连忙过去扶她，掐了一会儿人中，母亲才悠悠转醒。

　　"快，郁金香被罗先生抢走了，快去救她！"母亲一醒过来，便惊慌地说。

　　父亲凑过来，问："别急，说清楚。你真的看到郁金香了吗？"

　　母亲吞了口唾沫，说："是啊，我看到她被罗先生——"她余光瞟到了阿川，后半截话便吞了回去，"是她，头上长了一株郁金香。我刚告诉你，罗先生就回来了，要把她带走，我去抢的时候，被他打到了脑袋……"

　　接着，有人看到后院的车痕，明显是刚碾出来的，一路向城外蜿蜒。

　　"走，"主管大声说，"把郁金香给阿川抢回来！"

　　人群中，回应他的只有设计部的几十人，但半尸群里，阿川一动，所有半尸都随之涌动，裹挟着所有人向城外挪去。

　　他们是靠追踪车辙行进的，但路面硬实，到了繁华路段后，痕迹更被碾得七零八乱。这种情况，要是人类，根本就追不了。这时却有一个脑袋上长满斑斓蘑菇的女性半尸走出来，趴在地上嗅了嗅，

130

然后木讷地伸出手，指向南边。

阿川感激地看了她一眼，率众往南走。

"真的可靠吗？"金宁听到背后有人嘀咕，"看她那傻乎乎的样子，恐怕只是一级治愈者啊。"

"阿川信她，有什么办法？"

于是，在女性半尸的指引下，大家都往城外赶。阿川担心太慢，于是主管找了辆车，载上女性半尸，阿川、金宁和金宁的父母则在后排挤着，循着味道，一路开到郊区。人群被甩到后面，消失在冷风中。

汽车穿过废墟，轮下渐渐柔软，最后来到了一片偌大的废弃厂区前。

罗伯特的车果然停在厂区入口。

主管摸着下巴，若有所思的样子，"一级治愈者还有这种能力……看来我们对半尸的评价体系，还有很大改进空间啊。"

阿川跑到车窗旁，里面空无一人，摸了摸坐垫，却余温犹存——不用说，罗伯特他们肯定是躲进了这片废弃的厂区。

金宁抬头打量，看到厂区里布满断壁和破碎的砖瓦，建筑倾坏，最高的墙只有三四米。因没有修整，蔓藤和小树也从墙根和水泥地面冒了出来，只是在这个季节，都成了枯枝，格外萧索。四周静悄悄的，只有冬风簌簌，头顶阴云汇聚，午后的阳光微弱又暗淡，铺洒而下后，又被断墙割成一截一截的。

女性半尸又嗅了嗅，她的蘑菇全部张开，却依旧眉头紧皱。"闻不到吗？"阿川问她。她的声带依旧是腐朽的，无法发声，只能点头。没有了她的指引，几个人只得分开，搜寻每一堵墙。

金宁搀扶着母亲,母亲小声跟她说了在罗伯特房间里的见闻。联想到垃圾桶里的避孕套,以及此前和罗伯特接触时,他流露出的对半尸的独特癖好……金宁先是一阵愤怒直冲脑门,耳颊通红,再扭头去看阿川,看到他在每一堵墙后探头探脑地寻找,还因步子快而被绊倒,心里的怒火便慢慢熄灭,成了柔软的灰烬。

她让父亲扶住母亲,自己走到阿川身边。

"你……你别担心,"她说,"你会找到她的。"

"是的,我会的。"他又绊了一跤,爬起来后拍拍手,"她出现的那一刻,我就知道我会找到她。生而为人,是有很多事情可以期许的,而这些事情都会实现。"顿了顿,他说,"只是,见到她后,我就再也不会难过了,那头上这丛忘忧草,恐怕也会枯萎吧。"这一刻,他因不会忧伤而忧伤了起来,忘忧草有了精神,但又像只是被风吹了起来。

金宁突然想起,植物和半尸是共生的,要是忘忧草枯萎,阿川也会彻底死掉吧。

她不知说什么好,讷讷地点头,跟他一起寻找。

天气愈加阴郁,最后一丝阳光都被厚厚的云层遮住,风更冷了,刮过墙壁的时候,带出一阵尖锐的啸声。也就是在这时,他们终于找到了罗伯特,以及被捆得结实的郁金香。

4

额头上有点凉。

金宁摸了摸,指尖有微微湿痕,她一愣,抬头发现空中正落着细细的雪粒。这个冬天终于到了最冷的时候，云层又低又厚，冷风打着旋儿，一会儿在阿川这边游荡，一会儿又拂过十几米外的罗伯特和他的小弟们。其中一个小弟提着塑料桶，看起来凶神恶煞。

除了血，空气中还有一丝别的味道。金宁嗅了嗅，心头掠过不祥。

"嚯，还真被你找到了。"罗伯特裹在一件褐色大衣里，缩着脖子，貂皮大帽几乎把整个脑袋罩住，"狗鼻子啊，跑这么远都能追过来。"

阿川却没有看他，一直盯着他斜后方的半尸。

那想必就是他口中的小弦了。金宁眯起眼睛，好奇地打量她，却并未发现小弦有什么独特之处——她已经严重尸化，面色青褐且消瘦。她似乎不怕冷，在雪天里也只穿着单薄的白色长裙，裙摆脏污，还有不少破洞。她像所有一级治愈者一样，有些呆滞，即使被捆住，脑袋也在微微晃动，似乎完全不了解所处是何境地。

这样也好，金宁想，那小弦就不会知道自己遭受了怎样恶心的侵犯。

唯一将小弦跟其他半尸区别开的，是她枯发间的那一丛郁金香。虽然花朵也萎靡耷拉着，但白和红的色泽依旧鲜明，像是专门别在头发里的装饰。

冷风一起，郁金香和头发一起摆动，露出了小弦的眼睛。

"小弦，"阿川上前一步，声音罕见地颤抖着，"小弦，你……怎么样？"

小弦抬头，也在打量着阿川。

忘忧草

"你不记得了吗？"阿川慢慢地走过去，"我是阿川啊，我们被丧尸追到河边，一起跳了下去。我被冲到河岸，遇到了丧尸，你一直向下漂……你还记得吗？"

他轻柔的语调在小弦的脑袋里唤醒了什么。小弦由木讷变得激动，扭动身子，想摆脱绳索的捆缚，但挣不开。她张大嘴，发出奇怪的啸声，拼命向前挪。

然后，她摔倒了。

是罗伯特揪住了她的头发，将她拽倒，她想爬起，又被罗伯特的小弟们按住，她挣扎着，其中一个小弟狠狠一巴掌扇过去。一朵郁金香被打断，花瓣跌入薄雪。

"嘿！我说，"罗伯特摘下帽子，拍着上面的雪屑，"你们你侬我侬的时候，就真的没注意到，还有一帮反派在这里？"

"你——你不要伤害她！"阿川还没说什么，金宁就紧张地说。

金宁的母亲也颤巍巍地走过来，劝道："罗先生，你打我不要紧，但真的不要再做错事了。"

罗伯特烦躁地扔掉帽子，说："我跟你说了，我叫罗伯特，但不姓罗！"他又对金宁说，"而且我做错什么了吗？这些是丧尸啊，是杀过人的，我的孩子就是被他们活生生地撕成了碎片！"

"他们是被病毒驱使才做出这些事的……不能怪他们。等新的'彼岸花2.0'试剂研发出来，他们就能被治愈，就还是我们的同类。"

"治好？"罗伯特对金宁的劝说嗤之以鼻，一把拽起小弦，"看来你们真的什么都不知道。"

这句话已经是金宁第二遍听到了。她皱着眉头，问："你在说什么？"

"'彼岸花2.0'早就研发出来了，只是不给他们用而已！"

"胡说八道！"

罗伯特的目光从金宁、金宁父母、阿川和嗅觉灵敏的女性半尸身上一一扫过，最后，落在了一直没说话的主管身上。"你说，我是胡说八道吗？"他讥笑道。

主管依旧没说话。

但这时的沉默，所代表的含义截然不同。金宁难以置信地看着主管，尽管她读出了答案，还是下意识地问："他说的，是真的吗？为什么？"

"因为这些半尸很好用啊！"还是罗伯特在说话，"世界被丧尸拉进深渊，好几年没生产，设施都坏了，要是所有人都恢复过来，资源根本不够。半尸虽然笨点，但听话，肯干活，在这种时候把他们治愈，我们的好日子可就没了。与其让所有人都饿肚子，还不如一部分人先吃饱，市长又不是傻子，肯定要把药藏着。"

金宁和父母被他的话惊得呆住，转头去看阿川。阿川却似乎没听见，一直在盯着罗伯特手里的小弦。

"你先放开她。"阿川说。

罗伯特说："我不！就你们四个半尸，两个人，能把我怎么样？"

他说的没错。阿川这边只有主管算个战斗力——但以他的立场，能跟过来就已经仁至义尽，指望他去跟罗伯特动手是不可能的。其余的，金宁和父母，以及那个嗅觉灵敏的半尸，加起来都打不过罗伯特这个大胖子。更何况，罗伯特身后还有七八个壮硕凶狠的小弟。

阿川没有贸然上前，说："我当然不能对你怎么样，但，"他顿了顿，"但你留住小弦，对你没有意义。我知道你恨丧尸，你带着老婆和孩子来中国，结果他们被卷进了尸潮。但很不巧，那时候人类正在抵抗丧尸的进攻，使用了导弹……他们连变成半尸的机会都没有……"

他每说一句，罗伯特身上的肥肉就会泛起一阵涟漪。他在颤抖，尽管咬紧了牙，死死握住拳头，但颤抖依然在他的身上蹿动。他脸上原本是胜券在握的邪恶笑意，随着腮帮子都快咬碎，也变成了半疯半怒的癫狂。他吼道："别说了！"

"你记得那些场景。"

罗伯特道："谁能忘得了！"

"是的，只要见过深爱的妻儿被尸潮裹挟，又在气浪中被撕成碎片，谁都不会忘的。"阿川看着他，语气越发缓慢，透着怜悯，"但这并不是丧尸的错。从那场轰炸中活下来的丧尸，即使现在被治疗，也还记得那些画面。对所有人，那都是噩梦。但那并不是丧尸的错。"

"不是你们的错是什么！"罗伯特大喊，"我的儿子只有五岁，被一双腐烂的手抓走，我记得他被那堆烂肉淹没前的情形。他的眼睛看着我。他说爸爸你怎么不救我。你说，我怎么救他——周围全是丧尸啊，我一过去我也得死！"

阿川说："是的，你没有错。"

"既不是丧尸的错，又不我的错，那我的孩子死了，到底是谁的错！"

"谁的错都不是。"

罗伯特勃然大怒，"那你是说，我的儿子该死了？"

"他并不该死，"阿川的声音近乎叹息，"他只是死了。"

罗伯特的愤怒凝固在瞳孔里。他愣愣地盯着阿川，一些雪花落在他的额头，融化，慢慢留下一道道湿痕。

"但他死了……"他喃喃道。

"在我们的认知里，世界是一个循环，有人闭上眼睛，就有人睁开眼睛。此岸的草枯萎，彼岸的花盛开，都是映照。失去的人去了远方，也不需要悲伤，你放不下，他在彼岸也不会开心。"

"所以他……他希望我放下吗？"罗伯特仰起头，更多的雪落下，一些湿痕从眼角划出。不知是融雪，还是泪痕。

"是的。"阿川点头，"我去过彼岸，很阴冷，雾气很重。你的孩子在彼岸是一株植物，但如果他在意的人活在痛苦中，周围就一直是阴冷的雾。太阳升不起来，花也不会盛开。这么多年，你该放下了，他也该在阳光下生长。"

"好吧，"罗伯特抹掉眼角的泪痕，在大衣上擦干，"谢谢你……我终于明白了，这些年，不是我在折磨半尸，是在折磨我自己……"

"悔过永远不晚。"

罗伯特点头，"我会为我做过的事情负责的。希望来得及，我做的错事太多了……"

"你可以先从把小弦还给我开始。"

"好的。"

说完，罗伯特把小弦放开，解开她的绳子，低声道："对不起……"手一转，指向阿川，"过去吧，他找了你很久。"

小弦骤然被放开，有些无措。她扭了扭自己的手臂——被绳子捆得太紧也太久，即使血管早已坏死，也酸麻不已。她先是看看罗伯特，畏惧地往回退一步，又顺着他的手指，看到了阿川。她愣住了，头发在冷风中舞动，郁金香的茎叶也随之起伏，像是突然获得了生命。

她张张嘴，发出含混的声响，随即大步向阿川跑去。

金宁看到了她灰败脸颊上的喜悦，再转头看向阿川，他那千年不变的脸上，也满是惊喜。他扬起嘴角，张开了怀抱，等着小弦扑来。他把手臂张得如此开阔，像是要把小弦和整个冬天一起抱进去。这个冬天很冷，风呼呼地刮着，吹过两人之间。

那个提塑料桶的小弟拧开桶盖，上前一步。

这时，金宁又闻到了那股怪异的味道。

嗅觉灵敏的女性半尸也有所察觉，猛然抬起头，嘴里嘶嘶地说着什么。

金宁听不懂她的意思，但阿川显然明白了。他的脸色骤变，向前扑去。

同时变脸的，还有罗伯特。他那宽阔的脸上，羞惭和懊悔的神色瞬间消失，嘴唇抿起，抿出一抹鲜红的上扬线条。他这么得意又残忍地看着小弦的背影，手伸进兜，摸索着，掏出一个打火机。同时，前面的小弟抄起塑料桶，将里面的液体泼在小弦身上。

那是透明的液体，整个浇下，小弦浑身湿透。

金宁鼻尖上的气息猛然浓烈，因而也变得熟悉起来。一个可怕的东西跳进她的脑海。

汽油。

"小心啊！"她的喊声脱口而出。

阿川奔向小弦，穿过一片片落雪。但在他抱住小弦之前，罗伯特已经点燃了打火机，扔向小弦。那一瞬间过得很慢，防风火苗在喷气口滋滋地冒出，像是毒蛇吐信，旋转着，划过弧线，撞到了小弦的后背。

火焰触碰她之后，就成了蔓藤的种子，疯狂汲取汽油中的养分，在小弦身上生长、蔓延、缠绕。从种子，到成为包裹她全身的赤红藤丛，只用了一瞬间。这一瞬过后，小弦的身上腾起了熊熊烈焰，热气奔涌，四周的雪花立刻融化，化成水汽升起。

阿川却不顾火焰，依旧向前扑去，想抱住烈火中的爱人。但这时，小弦在高温中似乎恢复了神智，站立不动，与阿川对视着。这对视很短，隔着火焰，隔着寒冬落雪，隔着生死之河，一秒即逝。

她在火中，摇了摇头，随后后退几步。

这个空隙也让金宁和主管反应过来，各自上前，一人拉住阿川的一只胳膊——火太大，他又是半尸，肢体早就因病毒而枯萎缩水，扑上去也会被点燃。

他被主管和金宁死死抱住，只能眼睁睁地看着小弦如同燃起的树桩，静静站立。随后火焰渐弱，她也被烧焦，断成两截，等火被寒风吹灭时，地上只有一些焦黑的痕迹。

139

5

"瞧，要是我真的洗心革面，可就看不到这种景象了。"罗伯特用手揉了揉自己的脸，放下手时，嘴角绽开得意的笑容，"多美呀，少女与火焰，爱情和灰烬。"

金宁闻言怒骂："你这个变态！我要举报你！"

"喔？向谁举报？"罗伯特笑得更开心了，"又举报什么呢——烧死一个半尸吗？"

金宁噎了一下。

"你看，你自己都知道我根本不会受罚。烧了一个一级治愈者而已……你知道每天有多少半尸死吗？我是说，真正的死。"

金宁不想回答这个问题，因为答案不言自明。别的方面她不清楚，单就城市重建方面，她就知道每天有多少半尸死于意外。原本的建筑工程里，会把安全放在首位，但半尸承担起重建工作后，安全条例就有意无意地被忽视了，一切以进度为重。城市在废墟中拔地而起，这庞然大物下面，又填筑了多少半尸的干枯血肉呢？

"你还记得重修音乐厅的那批半尸吗？结束之后，是不是就见不着他们了？"罗伯特嘿嘿笑道，"因为他们都死了啊，哼，联合起来怠工，从那一天起，他们注定要死！我把他们赶到一起，在每个半尸头上浇汽油，点燃一个，就跟多米诺骨牌一样，所有半尸都燃烧起来了。你说，他们是不是真的蠢，从淋汽油到被烧成灰，都没动一下？"

金宁的左手手指一阵抽搐，她用右手握住，很快，右手也开始颤抖。

见她没回答，罗伯特似乎觉得无趣，把手缩回大衣的袖子里。寒风起了，裹挟着雪花拍到他脸上，让他打了个寒战。他的脖子也缩了起来，又看了一眼被主管和金宁抓紧的阿川，哼道："你也别来劲了，告诉你，要不是你们主管在，得给个面子，今天你也得被烧成灰。"

说完，他招呼小弟，向停在不远处的轿车走去。

"站、站住……"阿川说。

金宁一愣——因为阿川的声音竟格外平静，听不到任何情绪，仿佛刚才亲眼看到挚爱之人惨死，只是幻觉。阿川也没有再挣扎，她和主管对视一眼，都松开了手，让他站起。

他却不急着站直，而是拍了拍西装上的尘土和雪花。有些尘土和雪混在一起，成了泥浆，他也耐心抠掉，直到西装再次笔挺整洁，才站好了。

金宁留意到，他头上本已枯萎的忘忧草，竟也随之挺立。这丛寄生植物像是春天的禾苗，汲取了大地的养分和微雨的滋润，变得饱满而茁壮。叶子充盈着绿色，连一直不绽放的花苞，也丰满饱胀，一片片花瓣以肉眼可见的速度舒展开。

忘忧草重获生机的时候，阿川的脸上也彻底平静下来。

雪越来越大，花草却迎风挺立，摇曳生姿。草叶之下，他静静地看着罗伯特。

"呵，你想拦我？"罗伯特眯着眼睛，肥肉挤着，瞳孔在肉缝中只是一抹漆黑，"我还以为你是四级治愈者，稍微有点智商的，居然想靠现在这几个人来报复我？"

阿川摇摇头，"现在跟智商无关，跟报复也无关，我只是想与你分享。"

"分享什么？"

"我的悲伤。"

罗伯特认真地看着他，摇头道："但你看起来，并不悲伤。"

阿川向他走过去，嗅觉灵敏的女性半尸也跟在他身后。

他们走得很慢，也依然平静，罗伯特却下意识地后退一步，脸上先是惧怕，继而愤怒，扭头对主管道："我可是给过你面子了！"又一挥手，招呼身后的小弟们，"上，给我把这两个家伙弄死！"

七个五大三粗的壮汉，对付两个行动迟缓的半尸，结果没有任何意外。

然而，罗伯特还是感觉到了意外，因为他打完招呼过了好一会儿，竟然没看到他们冲上前来。

"你们聋了？"他恼怒地转头，发现这些壮汉们缩在一起，看向四周，脸上一片惊恐。

顺着他们的目光，罗伯特环视一圈，只见暮色下的废墟墙垣里，陆陆续续走出模糊的人影。每个方向都有，很密集，像是夜晚提前了，黑暗从墙壁缝隙里渗透进来。走得近了，罗伯特认出来这些都是半尸，衣衫褴褛，面目枯萎，头顶是各色植物。

但他从未见过这么多的半尸。

哪怕是丧尸肆虐时，尸潮聚集，也不过成百上千。而眼下，这些沉默且缓慢走来的半尸，把整个废弃厂区都占满了，彼此间没有空隙，估计上万了。

而如果他站在高处，就能看到会聚至此的半尸，远大于这个数目。整个郊区，遍布着密麻的黑点，都在向他走来。几百米外的半尸，已经被挤得不能前进；而几十千米外，依然有大量的黑点在移动。

金宁等人也被这一景象惊呆了，战战兢兢地缩在一起，父母拉住她的手，她反握得更紧。但半尸们似乎有所共识，外面挤得密不透风，近处的半尸却在离他们八九米外站住，留下一个不大的空地。

"怎么？"罗伯特脸上的肉抽动着，看不出是恐惧还是怒意，"又犯病了？我早就说过，丧尸就是丧尸，治好了也还是要咬人的！来啊，吃了我！"

阿川已经走到他跟前，俯视着他。

"不，"他摇头，忘忧草随之簌簌抖动，"你不会死的，但你需要悲伤。"

"你——什么意思啊！"罗伯特已经抖成了筛子，牙齿打战，声音出口时被切得零碎。

阿川再上前一步，刚要伸出手，头顶突然刮过一阵大风。空地四周的人和半尸，衣服全都猎猎鼓荡，金宁偏瘦，感觉站都站不稳了。

一束光照下来，罩住了空地中心的阿川和罗伯特。

光束的另一端，是一架低低悬浮的直升机。

罗伯特用手挡住眼睛，眯着看了一眼，顿时如蒙大赦，跳起来向直升机招手，喊道："这里，市长先生，我在这里！"

金宁心一跳，连忙去看直升机外的涂装——的确，是市长的专机。

　　会聚到这里的半尸，都来自福音城。这么大的动静，市长不可能不注意到，不仅他坐专机来这里，城里的全部军队也紧急集结，只是数量远不及半尸群，正在外围列阵，试图突进。

　　阿川也抬起头。

　　"这里，"市长的声音从喇叭里传出，"这里发生了什么事？"

　　猎猎风中，阿川沉默着。即使他说话，低空中的市长也听不到，所以寂静持续了一分钟后，直升机开始下降，停到空地。市长弯腰下了直升机。

　　市长出来时，直升机里的警卫们同时拦他，但他挥手赶开了他们。警卫们只能握紧武器，警惕地看着四周的半尸，但半尸实在太多了。警卫们一个个脸色发白，手微微颤抖，想必是又回忆起了当年被丧尸追逐啃噬的恐惧。

　　市长的表情却没什么变化，环视四周。

　　不仅是金宁，就连主管这个级别，也没近距离见过市长。他们只在官方新闻或传说里得知这个男人的事迹，知道他是如何在人类全线溃败时，依然强力组织自救阵营，抗击丧尸，无数次险死还生。丧尸之疫解除后，他又展现出了武力之外的领导天赋，带领大家重建家园，克服一个个难题——其中包括昔日同伴对他的政治迫害。

　　福音城现在秩序井然，一半靠法律，另一半靠的是大家对他的个人崇拜。

　　这个男人身居高位，受百万人膜拜，但环视时与其他人目光相遇，也都礼貌地点头，并逐一叫出了大家的名字。他显然有备而来。

判断完场中形势后，市长没有去找正在对峙的阿川和罗伯特，而是迈步来到金宁身前。

"金小姐好，我是这座城市的市长，我想你应该知道我。"他露出温和的笑容，"你可以告诉我，这里发生了什么事吗？我有权了解一些事情，你放心，我也有权决定一些事情。"

听完金宁的讲述后，市长微微皱眉。他已经五十多岁，眉毛和鬓角都泛了白，加上雪花落在上面，容貌更显得沧桑，眼神更加深邃。他看向主管，主管犹豫一下，点点头；他又看向罗伯特，罗伯特使劲摇头。

"我想，我已经了解了事情的经过。"市长走到阿川面前，语气谦和，"犯了错的人，会受到惩罚，但我希望你能让这些生还者散开，我会处理他的。"

"市长，我……"罗伯特一听便急了。

啪！

市长反手一耳光抽在罗伯特的脸上，一阵涟漪在肥肉上荡开，血色的巴掌痕凸显而出。

"你可以相信我。"市长并未回头看罗伯特，继续对阿川说。

"什么样的惩罚呢？"过了许久，阿川说。

"这个我们会研究的。"

"他会死吗？"阿川低下头，但地面上的焦灰痕迹已经被雪覆盖，难以辨认，"像小弦一样？"

市长直视着他："你希望他死吗？"

"不希望。"

"嗯，我也不希望。"市长说，"老实说，我很痛恨他的行为，即使事情经过是由这位美丽的姑娘告诉我的，也让我感到恶心。但罗伯特目前负责城市的重建工作，任务很重……不过，我会找到一个合适的处理办法。"

阿川抬头与市长对视："是吗？"

市长一愣。

看到他们的表情，就算金宁再迟钝，也明白他们之间的矛盾所在——市长显然不愿意重惩罗伯特，除了不想影响城市的重建工作，更重要的是，目前城里人类对半尸依然很抵触，若为了半尸而处死人类，恐怕会导致民怨。

"看来，你比传闻中，还要聪明一些。"市长慢慢回应。

"我并不想聪明。"

市长继续说："那你也应该明白目前的局势。虽然你们数量多，但都手无寸铁，你听，现在我们头顶有很多架直升机在盘旋。要执行精准打击，是很容易的。"

阿川似乎听不出这番话里的威胁，又向罗伯特走了一步。

罗伯特躲到市长身后。

周围的所有半尸，一起向前迈步，半尸群中的空地一下子逼仄了许多。

气氛变得剑拔弩张。警卫们直接举起了枪，空中直升机的盘旋声更响了，气流卷动雪花，在每个人脸上掠过。虽然金宁看不到，但她可以想见，外围的人类军队肯定也接到了指令，与半尸群对峙着。

"我们都不希望事情发展到不可挽回的地步。"市长沉思了一会儿，说，"我相信办法都是可以谈出来的，所以，我提出一个方案，你考虑下。"说完，市长凑到阿川耳边，轻声地说了句什么。

金宁离他们很近，竖起耳朵，隐约听到了市长的话："……注射后，你可以重新恢复成人类，真正的人类……"

一个词跳进了金宁的脑海——"彼岸花2.0"。市长显然对阿川抛出了橄榄枝，许诺可以给阿川注射解药，让他彻底摆脱半尸的束缚。那这么说，搜救队员和罗伯特的话果然没错，真正的解药早就研发出来了，只是迟迟没有对半尸使用。

说完后，市长期待地看着阿川。

而阿川显然让他失望了，面色没有任何改变，沉默了一会儿才开口，"原来，他们说的是真的。"

"科技的力量，比我们想象得要强大。"市长模棱两可地回道。

阿川低下头，夜色中，他的头上满是花枝和落雪，看不清表情。

"那你现在可以让他们散开了吗？我知道，他们都听你的话。"

阿川抬起手臂。

市长的嘴角扬起，刚要说话，却被阿川打断了。

"市长先生，有两点您弄错了——第一，他们并不是听我的话，我们是一个整体；第二，我们也不会散开的。"

在市长惊愕的目光中，阿川的手挥动了一下。随后，所有半尸们都抬起了手，搭在前面半尸的肩上。他们整齐地向里走动，空地迅速缩紧，如浪潮吞没岛屿。警卫们在对讲机里呼救，刚要开枪，

忘忧草

却发现所有半尸都绕开了他们，只是向阿川和罗伯特聚拢。

阿川的手也搭在罗伯特的肩头。

罗伯特使劲后退，但层层叠叠的半尸抵住了他，让他动弹不得。

"求求你……我真的知道错了，"他吓得面容扭曲，说话都是哭腔，"我再也不犯糊涂了，你放过我吧！"

阿川悲悯地看着他，摇摇头，"我并不恨你，放心，我也不会杀了你。"顿了顿，"只是我希望你能明白，我的感受。"

说完，他两手都搭在罗伯特身上。他身后，所有半尸的手也搭在了他的肩头，如果从盘旋的直升机上往下看，会看到无数只手搭成一个个的圆形，往外扩展。

市长皱眉，似乎好奇阿川接下来想做什么，但还没说话，嘴就张大了，惊讶得合不拢。

有光亮起来。

起先，是阿川头上的忘忧草招摇着，慢慢发光，仿佛茎叶里贯穿的纤维全变成了钨丝，而此时有电流通过，钨丝便幽幽亮起。电流顺着半尸们的手传导，每个半尸头顶的植物都成了灯泡，枝叶剔透晶莹，彩光弥漫。洋甘菊是一蓬紫色的光晕，杜鹃花亮如霓虹，宽叶吊兰里的蓝光像是起伏的潮汐……每种植物都蓬勃地生长着，都有独特的光，连缀起来，弥漫在整个原野。

不只市长和警卫，就连曾经见过这番景象的金宁，也惊诧不已——当时她只看到一百来个半尸簇拥着阿川，植物泛光，而现在，亮起的植物多达百万株，仿佛整个星空坠落到了海面，而这片光之海又淹没了她。

她的眼睛几乎不能睁开。

好在这样的景象也只持续了一分钟，随后，从半尸群边缘向内，光晕次第熄灭。所有的光都向阿川汇聚，忘忧草更加挺拔和透亮，黄色花朵迎风绽放，每摇摆一次，都有光粒飘落，如同花粉。

几颗光粒飘到了金宁的脸上，有些冰凉，在皮肤上化开，又带着点奇怪的温热。

现在，只有忘忧草在发光，照亮了罗伯特的脸。

"啊……"罗伯特挣扎着，但阿川的手牢牢地搭在他的肩上。

他的表情很复杂，疑惑、彷徨、狂喜、恐惧、愤怒……这些情绪逐一体现，仿佛他的脸是一本记录了所有情绪的相册，正在快速地翻页。到最后，他的脸扭曲至极，所有的情绪同时体现，睁开眼，瞳孔里满是血丝。

很快，他不再挣扎，只发出意义不明的呜咽和哭泣。

罗伯特坐下来，号啕大哭，鼻涕和眼泪糊满了整张脸。他哭得很认真，没有求饶，也不像作秀，仿佛重回孩童时代，丢失了爱心的玩具，在暮色四沉的台阶前大声号哭。

随着忘忧草上的光渐渐微弱，他的哭泣也低了许多，几分钟后，他不再哭泣，而是一副木讷呆滞的模样，低着头，身上时不时地抽搐一下。

最后的光也灭了。

忘忧草再次枯萎，叶子蜷缩着，顺着阿川的脸颊耷拉下来，花瓣也不再饱满，蔫蔫的，风雪一吹就散了，飘进这个冬夜的深处。

雪更密了，没一会儿所有人头上都积了厚厚的雪。金宁担忧起来，阿川只穿着薄薄的西装，会不会感冒？

"他怎么了？"市长指着萎靡成一团的罗伯特。

阿川也很疲倦的样子，声音低沉："他只是，共情了我们的悲伤。"

市长琢磨着这句话，脸色阴沉，好半天才说："那他算是彻底毁了。"

这时，一直没说话的主管看情况有些不对，连忙说："那既然事情都解决了，就散了吧。很晚了，雪看起来也要变大的样子，都回家吧。"

阿川点点头，"是啊，要回家了。"

市长没能救出罗伯特，面子被驳，很不高兴。但他审时度势，也知道不能在眼下发作，沉着脸道："那先回城吧。"

阿川却没有动，所有的半尸也没有动。

"我们是回家，不是回城。"在市长惊疑的目光中，阿川摇头，"福音城，不是我们的家。"

"那你们的家在哪里？"饶是市长见惯了大场面，也有点反应不过来。

"还不知道，但会找到的。"

阿川说完，转过身，数百万半尸也都随着他转身，背对福音城。他们向郊外的更深处走去。他们的步伐缓慢，但步履坚定，像是密度极大的液体在倾泻。所有经过金宁等人的半尸，都自动分开。

市长一下急了，高声道："你们不能走啊！福音城需要你们……"

阿川站住了，半尸潮依旧在他的身边流动。

他回头看着市长,"需要我们做什么呢,继续当这座城市基座下的血肉泥浆吗?"

"不,不啊……"市长说,"我们是同胞!"

阿川像是露出海面的磐石,两旁尸潮涌动,他却安静地看着市长。

"是吗?"他说。

"当……"市长罕见地慌张起来,顿了顿,"我会把'彼岸花2.0'的试剂分发下去,给你——不,给所有人。这下你满意了吧!所有人都可以完全治愈,可以恢复成人类!"

一听这个承诺,金宁一直悬着的心便落回胸膛了。只要市长愿意公开解药,丧尸之疫就能彻底解除,世界恢复如初,阿川也会重新生出血肉。他不再有植物寄生,能呼吸,能吃喝,能拥抱,能生长也能死亡,能哭也能爱。

旁边的父母和主管也松了口气。

然而,阿川却没有任何反应,淡淡地说:"成为人类?"他指着蜷缩在地的罗伯特,"像你这样,还是像他那样的人类?"

市长的表情僵住。

"不必了。"阿川继续说,"我们曾是人类,但被病毒带到生死之河的对岸,后来又停留在河中间,不生不死,不人不尸。我们不想成为彼岸的丧尸,但此岸的人类,看起来更糟糕。所以,我们想顺水流到下游。"

"下游……是什么?"

"我不知道。"

市长着急起来,"我不知道你用什么办法能让他们听你的,但你不能用自己的意愿代表他们!他们是想被治愈的!"

"我说过了,他们不是听我的,我们是一个整体。"阿川的眼神近乎悲悯,"我们能够共情,所有的行为都在共识之下。但你说对了,有想留下的,我也不会勉强。"

说完,他转过身,加入了尸潮的行列。

市长的脸上一阵青一阵白。警卫们拼命挤到他身边,把他和金宁等人一起带上直升机,螺旋桨搅着寒风和大雪,载着他们升到半空。

现在半尸再也威胁不到他们了。一个右眼戴着眼罩的警卫凑到市长耳边,大声道:"先生,枪手已经定位到他了,正在瞄准,随时可以——"

金宁也听到了这句话,心悬得高高的。她想大声提醒阿川,但父母拉住了她,父亲低声说:"别——他们不止一把枪,也能瞄准我们……"

金宁的话便噎在嗓子里。

市长探出半个身子,俯视底下的尸潮。

空中十几架直升机都投射了光柱,有光的地方,全是密密麻麻的植物,被雪一盖,积累起来,渐渐成了一片移动的雪原。

"先生!"警卫喊道,"再不动手,就没法定位了!"

市长抬起了手。所有人的目光都汇聚到这只颤巍巍的手上——只要一挥下,瞄准阿川的枪手就会扣下扳机,子弹携带的巨大动能可以将他撕成两半。但市长愣愣地看着,脸色由白变红,继而恢复成青灰色,手却一直没落下。

最后，他叹息一声，右手轻轻地摆了摆。

警卫和枪手面面相觑，良久，枪手松开了手。此时灯柱笼罩的地方已是一片雪白，连半尸头上的植物都分辨不出，他就算想动手，也找不到阿川了。

"走吧。"

市长的专机爬升，向城里飞去。其余直升机也随着移动。金宁趴在舷窗前，睁大眼睛，但夜晚太黑，落雪太大，她只能看到一柱柱倾斜的探照灯。

光柱之中，雪花凌乱地飘舞。

尾声

很多年后，金宁一家开着车，进行了漫长的荒野旅行。

她的儿子和女儿都很开心，不管被叮嘱多少次，都要把头探到窗外。好在一路空旷，几乎看不到别的车，丈夫又开得很慢，她也就不拦着了。

这趟旅程发生在这一年的秋天。大地金黄，房车在厚毯一样的落叶上行驶，车轮辘辘，枯叶又被碾得吱喳不停，像是这趟愉快旅程自带的伴奏。

他们驶离城市，沿着西北方向，去往原野的尽头。

对十一岁的儿子和七岁的女儿来说，一切都是新奇的。尤其路过那些被蔓藤占据的废弃城镇时，他们的问题就会一股脑儿冒出来：为什么城里那么拥挤，外面却如此荒芜？这些废墟以前是干吗的？

曾居住在此的人去了哪里？

儿子稍大些，已经上小学了，抢着回答说："因为人是群居动物啊，要一起住，才能互相帮助，把家建起来，把城建起来……这些废墟啊，以前也是城市，但有一阵子，世界上的人都变成了怪物，互相咬啊咬的，没有人住，这些小城啊小镇的就废弃了……咦，对了，那这些人最后去哪里了呢？"

最后这个问题，不仅儿子回答不出，金宁也不知道。

多年前，索拉难病毒把绝大多数人类感染成丧尸，浩劫毁灭了世界，但从一种叫彼岸花的植物里提取出来的试剂，将感染者从丧尸形态中解救出来。但早期的试剂并不能让丧尸完全治愈，只能将其转化为没有攻击欲望的半尸。所以，有那么几年，幸存者和半尸一起在城市里生活，共同重建家园。

这是所有人都知道的事实。

然而，某个雪夜过后，所有的半尸都消失了。罕见的大雪让这片大地变成了雪原，待雪化之后，曾挤满了福音城的半尸，消失得干干净净。市民一片哗然，但也只知道市长那一阵子很不高兴，以及城里多了一个疯子，其余的消息就都打听不到了。

最开始人们并不担心，催促政府派出搜救队，把新的半尸带进来，继续重建城市。开春后，搜救队在城外荒芜的大地上寻找，达到前所未有的千里之遥，竟然没找到一个半尸。

曾经，半尸无处不在。他们虽然不再有攻击性，但也没有智力，只能在旷野或废墟里结伴游荡。就算搜救队只挑看得顺眼的带回来，荒野里依然布满半尸。但现在，仿佛一把筛子，把曾经占据全球总人口百分之九十七之多的半尸，全部筛走了。

世界一下子空旷起来。

认清这个事实后，许多年轻的搜救队员都哭了。

"以前它们在，觉得讨厌。"一个队员边哭边说，"现在它们不在了，好寂寞……世界真的只剩下我们了。"

"是他们。"有人纠正道。

倒也不全是所有的半尸都消失了。后来人们还是陆陆续续找到了一些落单的半尸，但加起来，也不过三百多个。

市长随即公开了能完全治愈丧尸的"彼岸花2.0"试剂。据说解药是刚研发出来的，投放后，这些半尸全部恢复成人类，融入了社会。但他们也不知道其他半尸去了哪里。

一个谜团，笼罩在所有幸存者的心头。

失去半尸的后果很快显露出来：城市的重建工作骤然放缓，食物、能源也都变得紧巴巴的，每个人要干更多的活……总之，苦日子一下子到来了。

但好在，日子苦是苦，总比前几年那种担惊受怕、担心随时会被丧尸咬死的时候好多了。吃不饱饭，就喝汤；房子漏雨，就依偎在一起；没了半尸当劳动力，就一砖一瓦地垒，过了十多年，城市已经建得差不多了。就在昨天，第一座游乐园在曾是富人居住区的别墅遗址上建了起来，许多孩子都去玩耍，而他们在战乱和重建中成长起来的父母，一边远远地看着，一边抹着眼泪。

金宁和丈夫就是在那时决定，带孩子们去外面，看看父母小时候生活过的世界——尽管这世界已经空旷，已经荒芜，已经重新被植物占领。

他们沿着西北方向行进。

这趟旅程中,运气一直伴随着他们——每到汽油快竭尽时,都能遇到有人类生活的小村镇或加油站。只需用少量粮食,就能从居民手中换取汽油。

这些抛弃了城市生活,选择在荒野独居的人,大都脾气不好,但看到金宁的一对可爱儿女之后,又都会露出和善的笑意。他们会赠予礼物,并告诉金宁,再往前是什么样的地方,让他们做好规划。

一个月后,他们到达了旅途的尽头,也是这个秋天的最深处。偌大的荒野边缘,只有一个加油站。瘸腿的老人给汽车加满油后,告诉他们,"回去吧,再往前就没有加油的地方了。"

"那前面是什么呢?"金宁踮起脚。

夕阳渐沉,荒原以外的大地浸泡在斜晖中,也在她的视野里铺展。

那片土地看起来并不像地球所有。地面怪石嶙峋,色泽火红,又有一汪汪深蓝色的水潭错落分布。有些尖锐狭长的岩石甚至直接从水面伸出,以獠牙一样的姿势刺向天空。红和蓝掺杂在一起,色彩之艳,胜过他们一路碾过来的金秋黄叶。

更远处,弥漫着浓重的雾气,吞噬了斜阳和她的视线。

瘸腿老人抽着烟,眯眼跟她一起远眺,好半天才吐出一抹烟雾和一句零碎的话:"这里是世界边缘,再往前啊,就是他们的……咳咳……"

一阵咳嗽，他后面的话就没再说了，只是闭目抽烟。

于是，金宁一家就在这世界边缘停了几天。老爷爷很喜欢她的一对儿女，在昏黄的灯下，给他们讲旧世界的故事。金宁有时候在一旁安静地听，会惊讶地发现，老爷爷的记忆比她清晰太多，很多细节她都忘了，老爷爷却毫厘不差地复述出来。

难道老了之后，记忆会越发清晰？或者他选择来此独居，面对荒芜的世界尽头，唯一可以做的事情，就只有回忆？

金宁便也会走到世界边缘，伫立不动，对着远处的乱石世界发呆。往事如秋叶般，纷至沓来。她的丈夫有时候会来到她身边，坐上一会儿，给她披上外套后又沉默地离开。

到了最后一天的夜里，气温渐凉，浓雾如潮水般卷到她眼前。她紧了紧衣领，准备起身离开，这时，雾气一阵扰动。

她一惊，站住了。

几米外的一块岩石下，站着一个人影。夜雾缭绕，看不清那人的模样，只能看出他身形消瘦，却背着一个巨大的背篓。他走几步后，在地上捡起什么，扔进身后的背篓里。

起风了，他的身影再次被夜雾吞没。

金宁拔腿追了过去。

这场景本身十分诡异，要在别的时候，她肯定是远远跑开。现在反而追上去，原因只有一个——刚刚出现的身影，像极了某个久远的故人。

这阵夜雾很奇怪，浓密，但并不潮湿，金宁在其中穿行了半个多小时，衣服也是干干爽爽的，只是有点儿凉。浓雾中也并不暗，隐隐有光，一闪一闪的，像是萤火虫群在前方飞舞。

金宁就是循着这些光往里走的。

但她走了很久，却再没见到那个身影。路面崎岖，她摔了好几跤，在把手都摔破皮之后，她决定回去。

或许，刚才只是一个幻觉。那个人，连带着所有半尸，消失了十多年，怎么会突然出现在这天地尽头？

回去的路却不像刚才那么好走了，没有光的指引，她在雾气中跌跌撞撞。她掏出手机，甚至举在头顶走来走去，都收不到一点信号。她想起老爷爷说过，在世界毁灭前，这里就是无人区，现在自然更不可能有信号了。

她沮丧地停下。刚才一番奔走，已经让她有些出汗，她靠着一块在雾气中模糊如巨兽的岩石，微微喘气。气息匀称后，她用手撑着石壁，打算继续找路。

这时的金宁已经有些慌张。因此，当背后的"岩石"开始颤动时，她愣了愣，才反应过来。

但已经来不及了。

"岩石"往后挪动，她没了依撑，跟着摔倒。但失重只持续了一秒，她就陷在了一片柔软里。是大地。大地不再是坚硬的岩土，而是由蔓藤编织的花床，将她托住，继而包裹。

金宁只觉得眼神一黑，而黑暗中又有什么东西在窸窸窣窣地快速移动。她尖叫一声，但叫声没能帮助她。她被蔓藤裹住，两脚离地，在空中忽上忽下地飘动着。

但蔓藤的动作似乎很……温柔，她并没有感觉天旋地转，所以在短暂的惊吓过后，金宁抽出手来，把脸上的蔓藤扒开。于是，她张大了嘴，因为身边的景象是她万万没有想到的。

一片森林。

在这世界尽头的蛮荒之地，在僵硬又危险的岩石林地后面，居然有一片森林。

如果只是森林，她不会奇怪；如果这片森林会发光，她也见过类似景象，不至于惊讶。让她难以置信的是：这片一眼看不到边际的发光森林，竟然是一个整体。

她看到蜿蜒曲行的蔓藤，长达数百米，扎进一株株巨树的树干，像串灯泡一样把它们连起来。树的枝叶在发光，藤条里也有光亮流转，仿佛营养在彼此间输送。挨得近的树，枝叶不是勾搭或缠绕，而是连着的，同一枝条长进了两棵树里。金宁移动得快，看不仔细，但她所看到的任何花草树木、藤条灌丛，都是连为一体的。

看起来，地底似乎长了一株远超想象的盘古巨树。树的根须扎入炽热的岩浆，汲取能量，而躯干则撑破大陆板块，还在不知疲倦地生长。这片方圆数百千米的广袤森林，只是它露出地表的一小部分。

而金宁就在树叶间穿梭。蔓藤快到尽头时，就有别的蔓藤伸过来，缠住金宁，接力赛一样让她继续飘向森林深处。

于是她更惊讶了——这片森林不仅仅是一体，还是活的？

不仅蔓藤能伸缩，树叶也在优雅地摇摆着。有些树枝向彼此移动，叶子簌簌抖动，仿佛在说悄悄话。她还看到两根直直的树枝靠拢后，一下变柔软了，交缠在一起，叶子贴合，在光晕中如同拥抱的恋人。地上的花草也有了生命，有一蓬蓝花草甚至蹦蹦跳跳地爬上了一棵树，在枝头蜷缩，迎着月光入睡。

甚至几人合抱都够呛的树干，也能耸动身子，在地面移动。金宁想起之前倚靠的"岩石"，应该也是一棵大树，只是自己当时在浓雾中没看清楚。

她惊诧于四周的奇景，没留意到，身上的蔓藤已经慢了下来。她在下降，很快落到地面，脚尖碰地，踩到水里她才反应过来。蔓藤从她身上剥开，卷曲着回到四周的树枝上。

有一根蔓藤离开前，还冲她摆了摆藤尖，像在告别。

她连忙站稳。

这是整座森林的最中心，难得地出现了空地。空地中只有一棵大树，是她一路所见中最粗也是最矮的，树盖如伞撑开，只比她高出半米。这棵树很孤单，周围是一片浅浅的水洼，只有稀疏的几根枝条伸出来，连向远处的树叶。

整棵树都是透明的，像是一柄发光水晶做成的伞，伫立在浅水间。

脚步声自身后响起，很慢，每一步都带着水声。

金宁的心怦怦怦地加速跳起来。

她转过身，看到了涉水而来的故人。

"你好啊，金宁，"对面的人把背篓解下，站直了，微笑地看着她，"过了这么多年，你没有变化。"

可一别十数载，金宁从里到外都不同了。她还不到四十，城市重建工作长久而艰辛，让她过早地有了衰老的姿态，不仅鱼尾纹在眼角扎根和繁衍，背也有些佝偻。她的身份，也从少女变成了两个孩子的母亲，一个男人的妻子。年轻时常挂在眼角的忧愁已经消失，更多的是平和，以及想到家人时不经意露出的微笑。

真正没有变化的，其实是他。

他还是这么瘦，脸上皮肤皱缩，但眼神温和，嘴角笑意掺杂着喜乐与悲悯。只是记忆中他那身永远整洁的西装不见了，身上的布料看不出材质，很是脏旧，下摆还被树枝钩破，垂成一缕缕的。

这一刻，金宁有些鼻酸。

但她还是扬起头，努力挤出一抹笑容，说："好久不见呀，阿川。"

不知从哪个方向吹来了夜风，雾气散尽，有些冷。

金宁缩了缩肩膀。

阿川本来正低头把背篓的东西挑出来，顿了顿，突然抬起手。几缕光线从树枝上射出，落到他的指尖。手指微跳，光线断开，远处传来巨树挪动的声音。很快，金宁就感觉不到凉意，似乎风已被树墙挡住。

"它们……我是说这些树，"金宁道，"都听你的话吗？"

阿川摇摇头，笑笑说："没有呀，是我们共同的想法。"

他蹲下来，继续挑拣背篓里的物品。金宁看到，那些都是奇形怪状的石头，大小都有，有一个的形状长得很像小鸭子，只是比较毛糙。这些初具造型的石头被挑出来后，放进了水洼里。水明明很浅，连金宁的鞋底都漫不过，石头放进去后，却迅速下沉，被泥地吞没。

阿川一边放石头进去，一边说："抱歉啊，孩子们闹了好几天，得先把玩具给他们。"

玩具？孩子？金宁在心里嘀咕着。

他把所有的石头都放进去，又捧起一抔水，仰起脖子饮下。

"过来的时候，没吓到你吧？"阿川甩甩手，水珠划着弧线落入水面，"他们几个听说你来了，太热情，非得过去接你。"

"他们，是谁呀？"

阿川说了几个名字，但金宁都没什么印象。阿川不得不再次提醒，"都是以前在设计部打杂的半尸。最后跟你打招呼的，是张大姐，是给我们那一层楼做清洁的。"

金宁在记忆里搜寻，这些人的模样依稀出现在脑海里，但又像今晚的雾气一样散去。她摇摇头。

"没关系，人类的记忆是这样的。"阿川笑道，"所以你呢，这些年过得好吗？"

"挺好的，我结婚了。"她抬起手，戒指在月下闪烁着微光。

"嗯，我看到他给你披衣服了，是很温柔的男人。恭喜你。"阿川犹豫了一下，"但看起来，他似乎……"

"是的，他之前是半尸。"金宁说。

阿川点点头，"至少在这一点上，人类没有骗我们，'彼岸花2.0'是可以完全治愈索拉难病毒的。"

"但被治愈的，只有极少数。绝大多数半尸都不见了。"

"嗯，他们都到了这里。"

"这里？"金宁诧异道。

阿川指向水洼，而水面迅速蒙上一层彩光，光影游离，组成了晃动却又清晰的影像。

现在，他们站在一块巨型屏幕上。

金宁低头，看到了半尸群跨越雪原的画面，那是数以千万计——甚至更多的半尸群，即使是高远的俯视视角，也看不到这些密密麻麻的黑潮的边缘。他们行过雪原，留下纷乱脚印，但很快又被大雪覆盖。随后镜头加快，这些半尸穿过旷野，穿过嶙峋的岩石区，走向亘古以来就无人涉足的荒漠。等他们到达时，冬天已经结束。他们在此扎根，像春天播下的种子，整齐地站在沙地里，越陷越深。到了秋天，他们的尸骨完全腐朽，却有茁壮的幼苗钻破沙地，快速生长。很快，冬雪覆盖，树苗却凛然不惧，迎风顶雪地成长着，最终成为规模浩大的森林。

金宁留意到：在森林生长的过程中，还不断有半尸加入，伫立不动，腐朽后成为树林的一部分。

"到现在，这种加入都没有停止。"阿川看出了她眼中的困惑，"有些半尸是从地球另一端跋涉过来的，行动又不太方便——你看，今晚也有。"

金宁顺着他的手看过去。

空地外枝叶耸动，一个衰老得几乎只剩骨架的半尸走出来，走向这片水洼。他身上的衣服已经不能用褴褛来形容，近乎完全腐烂了。水明明清澈，阿川还喝过，但这个半尸一走进来，腿骨就溶解在水里。他摔倒，但没有激起水花，因为他一接触水面，就整个溶解，像一根蜡烛被按在烧红的铁板上。

"我们，又多了一个同伴。"阿川说。

金宁已经完全摸不着头脑了，下意识地问："那你们总共有多少人？"

"我们不是人。"阿川微笑地看着她，"我们原本有5884324565个同伴，就在刚才，数字已经变成了5884324566。"

金宁默算了一下，这个数字是旧世界全球总人口的百分之七十多——抛开幸存者，在战争中死去、来不及转化为丧尸的人，以及在各大城市的重建工作中彻底死去的半尸，其余半尸加起来差不多就是这个数目。

也就是说，那些突然消失的半尸，全都穿洲过洋地跋涉至此，汇聚成林。

她脚下，埋葬着近六十亿人类的尸骨。

"所以，这里是所有半尸的……"她犹豫地说，"坟墓？"

"是家园。"

"啊？"

阿川摆摆手，水面光影再次变换，出现了地面以下的景象——一根根发光的树枝纠缠着，轻轻蠕动；岩石间凿有孔洞，里面有光粒和分辨不清的杂物在依次运输……画面比例缩小，整个地下世界呈现在她的面前。这是一座无比庞大、复杂，但又有序的城市，每个部分都互相连接，而每个部分，又在做截然不同的事情。

"你看，这里是我们的家园，所有同伴都生活在里面。人类的肉身只是躯壳，肉体腐败对我们而言，不是死亡，是进入另一个阶段的标志。你没看到吗，你脚下，是我们的城市？"

"我看到了……"金宁从震惊中回过神，喃喃道，"这已经不仅仅是城市了。"

阿川含笑看她。

"更像是新的……文明。"

"嗯，这个词更符合我们的现状。"阿川介绍道，"我们有自己的语言和艺术，有约定的规则，有族群观念，也有不同的信仰。最近，有不少同伴新成立了一个教派，叫黑胶音乐派，你肯定会感兴趣。"

"你们还会听音乐吗？"

"哈，我们已经听不到声音了，不过依然能欣赏音乐——通过电信号、纤维颤动和磁场感应。"

"那这些……"金宁指了指脚下变换的离奇光影，"这是你们的魔法吗？"

"这是科技，结合了细胞游离技术和薄面成像原理，某种程度上，跟全息影像比较接近。"

"是你们带过来的科技？"

阿川摇头，"是我们研发出来的科技。"见金宁的表情更加困惑，解释道，"加入我们的同伴，都有生前的记忆，而且记忆可以上传，随时分享和调用，永不会磨损。但即使拥有所有人类的前沿科学知识，也不适合我们的生态。人类文明建立的基础是金属、电、欺骗和懒惰，而我们的基础是有机液、磁和共享精神，科技的应用不能共通，所以我们只能重新研发。"

接着，他介绍了特殊材料的根须如何扎进岩浆，如何汲取能源供整个文明使用，新文明里的人们如何分工，最近又有哪些新的技术被发明……

金宁并不太懂阿川的介绍，有些新技术她闻所未闻，但一听，就知道已经远超人类世界最辉煌的时刻。他们甚至在研究生物质飞船，已经可以突破大气层。

她的头皮一阵发紧，从未有过的震撼贯穿身体。

脚下，是一个全新的世界。她参与了福音城的重建，深知文明崛起之艰难——所有幸存者一起努力，辛苦十多年，也只将城市建设到勉强维持生存的局面。而这些半尸，从一无所有，到建立完整、辉煌、生机勃勃的先进文明，也只花了同样的时间。

她想起了阿川当年带着半尸离开时说的话，"所以，我们想顺水流到下游"。是啊，半尸不生不死，停在河流中间已经很久，去不了彼岸成为尸体，此岸的人类也不愿意接纳他们。于是，他们顺流而下，漂向了进化的支流。

但现在看他们发展的规模与速度，更像是从支流进入干流，找到了生命真正的进化路径。

而人类，还在狭小的河滩边，艰难地拨草行进。

"这么多半尸，是怎么聚集起来的呢？"金宁问。

阿川指了指头顶上耷拉着的忘忧草。"它能吸取我的悲伤，也是半尸之间的联络器。"

金宁点点头。当初看到阿川在城里的种种异象，她就怀疑过，半尸应该也有一种区别于人类的联络方式，就像当年丧尸横行时，也能以手势交流。而阿川身上唯一的特殊之处，就是头顶那一丛能吸收忧伤的忘忧草。想来，也是忘忧草在帮他跟半尸们联络。

"我不知道原因,也不知道为什么这株草会长在我的头上,但它越茁壮,联络的范围就越广。那一夜,小弦死的时候,它让所有半尸间都建立了感应,即使在地球的另一端。也就是在那时,我们决定,不再试图回归人类群体。所以我们寻找了新的生命形式。"

"那你呢,"金宁突然意识到一个问题,"既然要抛弃躯体才能加入这个文明,你怎么还……"

"我在等你。"阿川说。

阿川说着这样轻佻的话,但表情郑重,眼神温润如月。他继续说:"当时我走得很急,还没有向你道别。你说过,道别比相遇更重要,如果没有道别,那相遇就没有意义。"

"嗯……"金宁又低下头,鼻子也再次酸起来,"那我们还会再见吗?"

"或许吧,两个文明都在发展,总会有相遇的时候。"

说完,阿川的脚在水里消融。他在下沉。金宁本来需要仰视,但慢慢地,他就跟自己一样高了,还在不断滑落。他以冰雪消融的姿态融入水中。整个过程很快,但在金宁眼里却无比缓慢。她看着阿川的脸,十几年都没变,只是现在有些疲倦。但他在微笑,他的微笑就是告别。

阿川消失了,整个空地水洼上,只有金宁——以及,近六十亿生命组成的新文明。

水面亮起一道光,很柔软,像是丝带,又像游鱼一样游向不远处的透明大树。它沿着树干中心往上,在两米高的地方停下,光带散开成五彩的粒子,组成了两个人影。

忘忧草

一个是阿川。他的五官恢复了丰盈，是感染病毒前的模样。这是金宁第一次看到他的真实长相，跟无数次想象中的都不一样，但看起来，胜过她的任何想象。另一个人影则有点面熟——是小弦。金宁看过她的照片。她曾感染成丧尸，又被焚烧成灰烬，现在她在这晶莹剔透的树干里，恢复了青春和美丽，微微闭眼，靠在深爱之人的怀里。

阿川和小弦以固定的姿势拥抱着，像是被琥珀凝固了。隔在生死两岸的恋人，终于在新的文明里相聚。

金宁使劲睁大眼睛，睁了许久，好歹没让眼泪流下来。只是微风吹过时，眼角会阵阵发凉。

清晨的时候，金宁回到了营地。

孩子们和丈夫等了她一晚，见她出现，都担忧地迎上来。两个孩子更是一左一右地抱住了她的腿。

"我没事，"金宁摸着孩子们的头，从兜里掏出两块鸭子形状的石头，递给他们，"看，妈妈给你们带了礼物。"

孩子们的担忧立刻跑到九霄云外，捧着石头，惊道："哇，这个石头鸭子好像真的呀！"

金宁含笑看着他们。

这两块石头，是她被蔓藤护送离开前，从透明树干的中部吐出来送给她的。当时她觉得眼熟，想起这不就是阿川放进湖里的石块吗？只是放进去时，石块还有很多毛糙刺棱的地方，现在就完全成了圆润光滑、惟妙惟肖的鸭子形状，连颜色都染黄了不少，仿佛湖

168

水之下有个玩具加工厂。

打发了孩子们，丈夫上前，说："我们很担心你。"

"我……"

丈夫轻轻地抱住她，"但你安全，这就很好。"

他们收拾好行李，都放上车后，跟老人道别。老人有点不舍，跟孩子们说了很久的悄悄话，又抬头看着金宁，"所以，你见到他们了吗……"

"见到了。"金宁说。

老人点点头。

金宁一夜没休息，很困，于是由丈夫来开车。她靠着窗子，往后看，太阳升起来了，这片边缘之地却更显得幽暗。她看到老人伫立在路边，但被阳光剪成模糊的影子，不知道是在目送自己，还是转身守望着背后的土地。再往后，斑驳的色泽被黑暗搅浑，模糊不清。但她知道，穿过幽暗，穿过荒野，会有一片神奇的树林，和一双正与自己对视的眼睛。

云鲸记

飞船进入比蒙星大气层时，正是深夜。我被播报声吵醒，拉开遮光板，清朗的月光立刻照进来，睡在邻座的中年女人晃了下头，又继续沉睡。我凑近窗子向下望，鱼鳞一样的云层在飞船下铺展开来，延伸到视野尽头。一头白色的鲸在云层里游弋，巨大而优美的身躯翻舞出来，划出一道弧线，又一头扎进云里，再也看不见。

　　窗外，是三万英尺的高空，气温零下五十多度。不知这些在温暖的金色海里生长起来的生物，会不会感觉到寒冷。

　　我的额头抵着窗，只看了几秒，便产生了眩晕感，手脚都抖了起来。为了阿叶，我鼓起勇气，咬着牙，穿越星海来到这颗位于黄金航线末端的星球，但这并不代表我克服了航行恐惧症。在漫长的航行中，它无时无刻不在折磨着我。

　　幸好，这已是最后一程，我马上就能拥抱阿叶了。

　　飞船穿越厚厚的云层，降落在比蒙星七号港口。这个由纯钢铁建成的庞然大物，直插云霄，上千个船坞不停地吞吐着飞船，其中，超过百分之九十都是货船。它像一个巨型水蛭，每一个船坞都是快速收缩的吸盘，吮吸这颗星球的资源——从矿石到木材，从走兽到鱼群。甚至连金色海的海水，都被从外空间垂下的高轨甬道，一刻不停地抽走。

人类走进群星，靠的正是这种永无止歇的榨取和掠夺。

"你来比蒙星打算做什么？"出港疫检时，消瘦的黑人检察官一边问我，一边低着头看我的个人信息。他的头发很短，掺着星星点点的白。

"我来带回我的女朋友。"

"噢，她在这颗星球上做什么？"

"她是行星生物学家，主要在比蒙星上研究云鲸的生理习性。"

检察官抬起头，做出一个夸张的表情，"真厉害！这里的人都是来淘金的，而你的女朋友与众不同。不过她做这么厉害的事，你为什么要把她带回去呢？"

"因为她死了，"我沉默了一会儿，"我要把她的骨灰带回地球——她的家乡，我们相遇的地方。"

检察官闭上嘴，上下打量着我，好半天才说："可是，先生，你知道根据《星际疫情防范法》，公民若在哪颗星球上死亡，无论是正常还是非正常，都必须埋葬在当地。如果你带着骨灰，是不能从港口通过的，也不会有人愿意跟你坐同一艘飞船。"

"我知道。"

检察官看了我一会儿，叹口气，在我的通关材料上盖上了电子章。我向他道谢，提着包走向过关通道。

"先生，祝你好运。"他在我身后说，"你会需要的。"

刚出港口，我就看到了迈克尔。

尽管我们从未谋面，但我一眼就在人群里认出了他——这得多亏阿叶的社交主页。阿叶是那种向世界敞开怀抱的女人，每天都会在主页上更新动态，上面有他们在实验室里相遇的照片，在酒吧里聊天的照片，在云鲸背上穿梭云层大声欢呼的照片。多少个夜里，我把这些全息照片点开，光和影勾勒出他们的模样，在我面前栩栩如生，却又触不可及。

现在，他穿着旧夹克，举着一个牌子，上面歪歪斜斜地写着我的中文名字。他是一个高大的男人，但面色很憔悴，几天没刮脸了，胡子拉碴。

我向他走过去，他看到我，指了指外面，然后转身拨开人群向外走。我跟在他后面。我们没有说话，我们也不会说话。对于这个男人，我一直矛盾——我不知道该恨他，责怪他得到了阿叶却没有照顾好她，还是应该给予他同情，一起缅怀我们共同的爱人。他肯定也有同样的矛盾。所以沉默是我们最好的选择。

我跟着他走出灯火通明的港口，黑暗向我们涌过来。他开着科研谷的车，有些破旧，反重力引擎发动了好几次才喷出稳定的淡蓝色离子流，悬在低空半米处。我坐上副驾驶，有点挤，就把座位调后。迈克尔看了，想说什么，但最终没有开口，专心地开着车。

我突然意识到，阿叶要是跟迈克尔一起外出科考，也是坐在我现在的位置。她如此娇小，所以座位会调得很靠前。这个联想让我的鼻子一酸，格外压抑，只能扭头看着车窗外。

我们正在快速远离城市，进入山野，地势由平缓变得陡峭，山石嶙峋，群峰突起。车贴着地面，上上下下。车灯一闪一闪，微弱地照亮前路，在浓黑的夜里如一只迷途的萤火虫。

科研谷名副其实，十几层的大楼倚山谷而建，混凝土做主体，外围以钢铁加固，但已经很老旧了，估计是在比蒙星刚被发现时建的。历经了数百年风沙和潮湿的侵袭，钢铁锈得厉害，有些与两岸岸坡接驳的地方都出现了裂缝。

时近深夜，山风很大。我们穿上防护服，下了车，夜风拍打在我们的身上。我呼吸的是头盔内供氧泵输出的氧气，但仍感觉到了风中的咸味，一愣，看向西边。

虽有浓云聚集，月光还是穿过云层，微微照亮了这个夜晚。但西边，是一大团黏稠无比的黑暗，似乎连光线都吞噬了。

金色海。

原来科研谷离金色海海岸不远，难怪潮湿得这么严重。

我远眺了好久，迈克尔咳嗽了一声，我才跟着进了他的宿舍。他收拾出一张床，说："今晚你睡我这里，我出去住。"

"阿叶的——"我顿了顿，"阿叶呢？"

迈克尔转身出去，不一会儿抱着一个黑布包裹住的金属盒子进来，放在桌子上。

我知道盒子里面是阿叶的骨灰，一时有些站立不稳。

"骨灰不能过关，我给你联系了别的船。你什么时候走？"

"明天早上。"我的声音如同梦呓。

"嗯。他们早上会来接你。"迈克尔离开房间，把门合上。

我捧着骨灰盒，坐在床边。即使已经有过无数次预想，但真的看到鲜活美丽的阿叶变成灰烬，收拢在冰冷的盒子里，我还是觉得一切都不真实。

"放心，"我把骨灰盒放在脸侧，轻声说，"阿叶，我带你回家。"

我在床上辗转，试了很多种方法入眠都没有效果后，索性起床。这时已经是凌晨，整栋大楼的灯都熄灭了，但我路过一间还亮着的实验室时，透过窗子，看到了迈克尔落寞的身影。

他独自坐在实验室的墙角里，面无表情，手上拿着啤酒，不时灌一口。他的脚边已经横七竖八地倒了十来个空酒瓶了。

我摇摇头，离开了大楼。外面并不冷，便只戴了面罩，走到海边，坐在沙滩上。风很大，吹散了云，吹得我通体发凉。潮水起伏，有时会舔到我的脚。金色海的海水，在夜里是温暖的。

比蒙星有六颗卫星会在夜晚反射恒星的光，但很少有人能看到六月凌空的奇景。今晚我也没有这个运气，西边天空垂着三轮月亮，另外三轮被云遮住了。

月下有一群云鲸，在海和天之间游弋着，几头幼鲸上下追逐，发出悠扬的鲸咏。它们的速度不快，在天空中如同一只只风筝，但当它们飞过我头顶，投下巨大阴影时，我才意识到这是这颗星球上最为庞大的物种。我仰望着它们向东飘去，掠过科研谷，消失在一片黑暗里。

真好，它们可以飞翔。

可惜人类的狩猎船飞得更快，且无处不在，云鲸再也飞翔不了多久了。

太晚了，我起身回去。迈克尔还在实验室里，已经喝醉了，枕着墙壁沉沉入睡，嘴里在说着什么，但含混不清。

我扶他回宿舍，把他扔在床上，自己也累极了，趴在桌子上。时差带来的困倦让我很快入睡，又很早醒来。天还没亮，我抱着阿叶的骨灰来到大楼顶层，在晨风中等待。

离开房间的时候，迈克尔还在熟睡。我想，我再也不会见到他了。

一艘"鬼三"级飞船悬在楼顶，跳下来一个秃头大汉和一个穿得破破烂烂的瘦子。透过呼吸面罩，我看到瘦子的右眼眶是空的，有些瘆人。他用一只独眼上下打量着我，问了我的名字，说："就是你要回地球？"

我在晨风中瑟瑟发抖，连忙点头。

"迈克尔呢？"

"在里面睡着。"

独眼点点头，说："上去吧，找个空位坐着。远着呢，得好几天。"见我露出疑惑的目光，续道，"我们要去二号港口，那里有熟人，检查松些。"

我把骨灰盒抱在怀里，准备登船。

"等等，"秃头突然拦住我，朝我怀中点了点下巴，"这里面装的是什么？"

他的手臂比我的大腿还粗，裸露在清晨的寒风中，肌肉虬结，上面还有一道伤疤。我抬头与他对视。他冷着脸，说："怎么，想惹麻烦？"

独眼干笑两声，过来拉开秃头，说："迈克尔给了钱，管他带的是什么，只要不是炸弹，我们就顺路给运回地球。"

秃头哼了一声，扭头上了飞船。独眼凑到我耳边，小声说："别跟人说这里面是骨灰，我们跑偷猎的，迷信得很，最怕晦气的东西。"

"你怎么不怕？"

"呵呵，比起晦气，"独眼笑起来，"我更怕没钱。"

"鬼三"级的飞船很小，只有二十几平方米大，像个扁平的房间。现在，这个房间被数百个金属桶塞满了。我弯腰走到角落里，一屁股坐下来。周围还有七八个人，也跟我一样，木然着脸，抱膝而坐。这些都是出于各种各样的原因，要偷渡的人，我不知道他们的来历，我也不关心。

秃头坐在驾驶位，独眼则笑嘻嘻地数那些桶，越数脸上的笑意越浓，说："一共三百二十二桶，秃头，这一笔我们要挣疯了。"

"你都数了十几遍了。"秃头启动飞船，专心驾驶，头也没转过来。

"数多少遍都乐意。现在行情好了，云鲸血涨到了十个联盟点一斤，一桶就是一百五，这一趟，"他用手指敲着金属桶壁，算了半天，"能挣四万多呢。到时候我们一人一半分掉。"

"阿泽的那份呢，你想吞掉？"

"他死都死了，我帮他个忙，帮他把钱花了。"

"不行，要不是他，我们估计早就被那怪物给吞了。他还有家人，拿四成给他那个瞎眼老娘吧。"

"四成太多，一成就够了。"

"也行。"

独眼点点头，又笑嘻嘻地数起来。

我终于明白过来，原来我旁边这些桶全是保温桶，里面装的都是云鲸的血。

即使远在地球，我也听说过云鲸血的交易。在浩瀚的金色海里，有一种被称为"F937"的神奇元素，其单质能抵消重力。现在被广泛应用的反重力引擎，都是利用了这种元素。F937的获取，有两种途径——一种是直接从海水中萃取，但萃取所需的环境极端苛刻，比蒙星根本达不到，只有靠高轨空间站抽取海水，在真空零重力实验室中操作。一千立方米的海水，大概能萃取出十微克的F937单质。另一种方法，便是从云鲸血中提炼。

云鲸是一种神奇的生物，刚发现它们时，人们对它们的习性感到既费解又着迷，这种兴趣至今还吸引着行星生物学家前赴后继地来到比蒙星——其中包括阿叶。

云鲸出生在遥远的科尔星海洋里。每年一度的卫星掠过时，星球引力会被抵消，云鲸便从海洋里一跃而起，进入星际空间。它们会在漫长的黄金航线上洄游，途经七颗行星，靠张开身上的薄膜获取加速度，同时躲避神出鬼没的龙狰兽，直至游到比蒙星的金色海中，进行第二次蜕变。这条艰辛的航线上，有无数故事发生，无数云鲸的尸体静静漂浮。成功抵达的云鲸少之又少，蜕变后的云鲸没了薄膜，却能吸收海水中的F937，融入血液，凭此彻底摆脱重力的束缚，游弋天际，栖于风中，眠于云间。

而正是这 F937 含量百万倍于普通海水的血液，给云鲸带来了灭顶之灾。人类驾驶着全副武装的飞船，捕杀云鲸，用抽水泵抽干它们的血液。不到百年，比蒙星上的云鲸被屠得险些灭绝。幸好随后联盟把云鲸列入保护物种，出台了禁猎令，只供研究，它们的生存状况才略有缓和。但仍然有不少偷猎者在活动。显然，我所在的这艘船，目的正是偷猎云鲸，将其血运到黑市售卖，顺便接收我这样的偷渡客，挣点外快。

从这艘船里云鲸血的数量来看，至少有十头云鲸被抽成了干尸。

想到这里，我的耳边隐隐传来了昨夜听到的鲸咏，如幽魂呜咽。我下意识抱紧阿叶，往角落里缩了缩。

这个动作救了我一命。

一阵巨大冲撞袭击了飞船。我所在的这一侧墙壁，被生生撞出了凸起，旁边一个贴墙睡觉的男人正好被凸起击中。在这场碰撞中，他的脑袋输给了金属，于是，我看到他的头上绽开了一朵血色的花。

如果不是我刚才缩了头，这朵花也会在我的头上开出来。

飞船被撞得在空中剧烈地翻滚，金属桶漫天横飞，有两个人被当场砸死，我的左腿也被砸中，骨折的声音在一片混乱中清晰可闻。我紧紧地抓住护杠，好歹没掉进这一片翻滚中，秃头的反应也很迅速，撞击的一瞬间趴在操控台上，同时打开了平衡调制器。

飞船两侧的一百七十个制动引擎逆着翻滚的方向开启，以最大功率运转，共同抵消撞击带来的冲量。

三秒钟后，飞船稳在空中。

"妈的，是它！"秃头满脸是血，大吼道，"它一直在跟着我们！"

但没人回应他。

独眼歪歪斜斜地躺在座位上，断裂的操纵杆贯入了他的腹部，而真正的致命伤，是一个金属罐的撞击。伤口很诡异，右边太阳穴凹了进去，像是新开的一只眼睛。

第二次撞击转瞬即至，但这次秃头有了准备，猛地下沉，飞船与那巨大的阴影堪堪滑过。

透过破碎的舷窗，我看到了一头云鲸。

一头愤怒的云鲸。

我发誓，在此之前，我从来没有把愤怒这种情绪跟云鲸联系在一起。在所有的研究报告里，云鲸都是温顺的，面对屠杀只会逃窜，一边被抽干鲜血一边悲鸣。它们曾经对人类表示友好，当血流得足够多之后，也仅仅学会了防范。这是我第一次见到它们攻击人类。

我感到呼吸困难，在四周看了一圈，扑过去把骨灰盒抢到怀里，幸好，它没有被损坏。然后我戴上了呼吸面罩。这时，天空中的云鲸已经滑行到百米外，巨尾一摆，划过一道弧线，调转方向，向飞船俯冲过来。

秃头喊了几声独眼，确信他已经死了，他再回身环顾，满舱狼藉，金属桶被撞破，淡金色的云鲸血淌了一地。偷渡的人全在撞击中丧生，只有我还活着，但他的视线扫过我，没有任何停留，仿佛我跟那些尸体无异。

我从他的眼中看出一丝不祥。

"不要啊！"我大喊。

但秃头听也不听，眼眶充血，大吼一声："你要赶尽杀绝，老子跟你拼了！"他用力按住加速器，飞船"嗡嗡"震动起来，旋即猛向前蹿。

"鬼三"级飞船不大，厉害的是机动性，能很快加速到极限。它在三秒内把自己变成了一颗子弹，破风呼啸。我也在这三秒内扑进了救生舱，按下按钮，缓冲泡沫立刻充斥了全身。

而那头云鲸，丝毫不惧。它的身躯上流满了金色的血液，像有一个太阳正从它体内喷薄出来。它张嘴嘶吼，四野震动，巨尾如蒲扇般摆动，也俯冲过来。越来越近。它是如此巨大，一轮眼睛就高过了我，飞船甚至比不过它的头。

我听阿叶说过，当云鲸难得暴躁时，瞳孔会由白色转为罕见的灰色。但现在，我看得清清楚楚，面前这头云鲸的双眼，是纯黑的。

黑得如同梦魇。

下一瞬间，云鲸与飞船相撞。

救生舱还未弹出，我在缓冲泡沫中天旋地转，意识迅速流失。昏迷之前，我唯一记得的事情，就是把阿叶的骨灰盒紧紧地抱在怀里。

阿叶离开我的那天，我也是这么紧紧地抱着她的。仿佛再用力一点，阿叶就会被勒进我的怀里，骨头相连，血液相融，再也不会离开。

但她不动声色地，一点一点地挣开我的怀抱，后退一步，说："以后你好好照顾自己。天冷了记得加衣服，饿了要叫外卖，最好自己做着吃。别宅在家里了，设计是做不完的，多认识别的女生，你去跟她们聊天气、食物和艺术，她们就会照顾你。"

"我不要她们，我只要你。"

或许是我可怜兮兮的样子打动了她，她犹豫了一下，说："那你跟我一起走吧。"

我几乎就要答应了，可这时一艘去往天鹅座KP90的飞船升起来了，巨大的引擎轰鸣传来。我的眼角跳了跳，肩膀下意识地缩起。

阿叶说："你克服不了飞行恐惧的，而我要去遥远的比蒙星，每天都要用到飞船。我在空中比踩在地上的时间多，你适应不了。"

"再给我一点时间，"我哀求道，"再过半年？要是半年我还克服不了，不能跟你一起去，我就让你走，好不好？"

"我已经给了你五年，你还是每次听到引擎的声音就会颤抖。你不要勉强，在地球上待着也没错。远航时代之前，人类都是在地球上过完一生的。"

"那你为什么不能……"

"我说过了，因为，"她打断我的嗫嚅，抬起头，视线穿过伦敦港独特的透明穹顶，穿过如萤火虫般起起落落的飞船，投到了夜幕深处，"因为我的征途是星辰大海呀。"

她的眼里盈出星星点点的渴望。在我看来，夜空是如此深不可测，但在她的眼里，想必如瑰玉般迷人。我知道她的离去已不可挽回，但还是做了最后的努力，握住她的手，说："宇宙这么危险，你要是出了事该怎么办呢？"

"不要紧，那是我的归宿。"她把我的手指一根根掰开，提起行李,走了几步,转头看见满脸沮丧的我,笑着说,"那我给你一个任务吧,要是我真的死在群星间了,你就把我的骨灰带回来,带回地球。"

说完,她向我扬了扬眉毛,"要记得哦。"她转身走向登机口,人潮迅速淹没了她。

那时我伸出手,穹顶的星光落在手指上。我就这样僵硬了很久,似乎这样一直伸着,阿叶就会从人群里钻出来,再次拥抱我。但直到人群散去,直到星光敛隐,我都没有再见到她。我再也没有见过她了。

我睁开眼睛,泪水在脸上流淌,模糊了视线。浑身的痛楚弥漫,我弓起身子,大口呼吸,过了好一阵子才弄清此时的处境。

救生舱掉在一片荒野里,已经散架,但缓冲泡沫替我抵消了大部分冲击。我挣扎着看去,不远处有一座硕大的山丘。此时已经入夜,四野空旷而黑暗,这说明我至少昏睡了十个比蒙时。我的呼吸面罩还能用,但定位器出了问题,我全身至少有十几处伤口,其中包括左腿小腿骨折。我在身上摸了半天,没发现致命伤口,刚要松口气,又立刻紧张得屏住呼吸——我也没有摸到骨灰盒。

阿叶不见了。

我发出一声惊惶的惨叫,一下子站起来,随即又因左腿爆发出的剧痛摔倒。我用手撑着,在干硬黑暗的地面上摸索。

阿叶,阿叶,我怎么能失去你,怎么能辜负你嘱托我的最后一件事?

忘忧草

但我摸到的，永远是硬土，枯草，间或有石头划破手指。我感觉不到疼痛。摸索了一会儿，眼睛渐渐适应黑暗，隐约见到前方有一团阴影。我凑过去，三只蓝幽幽的眼睛突然张开，像夜空里突然点燃了三团火焰。我吓了一跳，手上一软，又摔在地上——我看到一张毛茸茸的脸上，三只眼睛在脸盘上均匀铺开，中间是一张密布着两圈利牙的口器。眼睛放出的蓝光还残留在牙齿上，流转泛光，一股腥臭涌出来。

这是三目兽，学名克科尔罗盘尼兽，或者是克科尔肉斑兽——名字很拗口，我没有记住。要是阿叶在，一定会脱口而出它的名字，并让我赶紧跑。这种习性暴躁的肉食性动物，最擅长做的事情，就是用外圈牙齿咬住猎物，再用内圈牙齿把它们的肉剐下来吞进去。

我不能死在这里，我要把阿叶找回来！

我两手撑着，外加一只脚蹬地，向后拖着身体。三目兽不紧不慢地跟着，三只眼睛在夜里闪出蓝光，形成了一个诡异的正三角形。

它在试探，在确定我是否落单。它短小但强健的六条腿行走在地上时，发出令人头皮发麻的沙沙声。

退了几分钟，我的背部靠到那座山丘，再也无路可退。

三目兽的六条腿全部弯曲，中间大嘴张开，发出嘶嘶声。它要扑过来了。我在地上摸到一块石头，颤巍巍地拿在手里。这时，身后传来一声巨大的吼叫，如同飓风从深渊中狂啸而出，带着颤音，让我心胆欲裂，刚抓稳的石头又丢了。

我转头看去，借着夜空露出的星光，看清了这座本来黑黝黝的山丘——这哪里是山丘,明明是一头云鲸!

那头追踪飞船并将之撞毁的云鲸。

此时,它张开了巨嘴,滚雷般的吼声从那黑暗食道里奔涌而出,沿着肥大的舌头,震碎了这个夜晚。三目兽的腿部灵活地反向弯曲,瞬间向后弹跑,"嗖"的一声消失在夜色里。

我也被鲸吼掠起的风吹得歪倒,但倒下之前,瞥见了熟悉的东西。

骨灰盒。

它在云鲸右侧的下颌处,被几块软骨卡住了,我不顾危险,扑过去,但这时云鲸闭上了嘴。似乎这一声吼叫花光了它所有的力气,它一动不动,在黑夜里重新恢复了山的姿态。

"张嘴啊!"我努力站起来,但踮起脚也够不着它的下唇,只能勉强够到下颚。它的下颚上长满了瘤状凸起,每个都有我的脑袋大,我拍上去软绵绵的,像某种囊。它无动于衷。

"你张张嘴,把阿叶还给我。"我用石头去扔云鲸,试了半天也毫无反应。我累得气喘吁吁,坐在这头庞然巨兽面前,才反应过来我刚才的举动有多么可笑。

在云鲸看来,大概就像一只蚂蚁在拼命用灰尘砸人类的脚一样。它甚至懒得张嘴吹口气把我赶走。

再醒过来,天已经亮了。头顶一轮烈日暴晒,东边天幕垂着一颗小一点的,南边还有两颗。灼热在皮肤上流淌。

但我不是被热醒的,而是被饿醒的。

我爬起来，首先去撬云鲸的嘴，但又是徒劳无功。我这才发现，它的身上布满了恐怖的伤口，有的伤口的血都凝固了，有的还在冒着金色的血。按秃头的话说，它早先就跟飞船交过手，然后千里跟踪，再直接撞毁飞船。就算它有再强的生命力，到此时也撑不住了。我把耳朵贴在它的身上，很认真才能听到它身体里传来的细微震动，像是脉搏，又像潮汐。

它还在微弱地呼吸，但应该撑不了多久，昨晚，它还用最后的嘶吼救了我。不过我转念又想，恐怕也不见得是救我，它如此恨着人类——多半是巧合，三目兽袭击我的时候，它正好到了生命的尽头，只能对着漆黑夜幕和惨烈世界发出最后的怒吼。

过了一阵，腹中的饥饿更加强烈了，我爬到云鲸的背上，举目四眺。

我正好在荒原的低陷处，周围像小型盆地一样渐渐往上斜。我环视一周，发现盆地外散落着飞船的零件。

我爬过去，在零件里翻找，万幸找到了一些压缩食物，狼吞虎咽之后，还发现了几件散乱的防护服。居然有一件能用，我连忙穿上——比蒙星的大气层虽然挡住了绝大多数有害的宇宙射线，但肌肤直接裸露在四轮太阳的暴晒之下，也很危险。

穿上衣服后，我感觉恢复了些力气，又从零件中找了一块断掉的钢板，断面很尖。我用手试了一下，足够锋利。

我一瘸一拐地回到低陷处。太阳更烈了，地面上的石头都被晒得灼热，云鲸白色的身躯竟散射着阳光。

"大哥，别怪我呀。"我拍了拍云鲸的下颚，拿起钢板，"你不把阿叶还给我，我只能用你和我都不喜欢的办法了……"

云鲸沉默着，呼吸断断续续。

我咬咬牙，两手扣住钢板，闭眼就刺向云鲸。在刺到它的皮肤之前，又停下了，我算了算位置，从下颚开挖要多花很多工夫。考虑骨灰盒卡住的地方，最直接的路线应该是从它的右眼下侧下手挖。

我爬到它的背上，这一路，那些密布的伤口更加触目惊心。尤其是脑袋上的那条伤痕，简直像是被铁犁犁过一样，粉色的肉翻开，一些白色的虫已经开始滋生。

这应该是与飞船对撞造成的。

我暗自叹息，小心地爬到它的脑袋右侧，坐在它的眼皮上。

"对不住了，我知道人类对你们很残忍，那个秃头和独眼抽了三百多桶血，估计杀了十几头鲸，说不定其中有你的亲人。但是我没有在你们身上花过钱，没有买卖，就没有杀害。对对对，我没有伤害过你们。"我颤巍巍地举起钢板，断口上阳光流转，继续念叨，"但我是一定要把阿叶带回去的。你不知道，我真的很爱她，虽然没有留住她，但这是她求我的最后一件事，我一定要完成。你能理解的，是不是？"

它能理解吗？它不能的，我心里很清楚，它目睹了所有的杀戮，对于我这样的种族，只有仇恨，所以它的眼睛才会变成完全的黑色。

但无论它能不能理解，这一钢板，一定要插下去。阿叶，我默念这个名字，阿叶，阿叶，我带你回家。

这时，云鲸睁了睁眼。它没有把眼睛全部睁开的力气，只是开了一条缝，但这一刻，我看到了它一丝灰白色的瞳仁——不再是黑色的了，仿佛它的恨意随着生命一起都在流失殆尽。

这一抹瞳仁露出的神色，我很熟悉。

因为那是阿叶离开我之后，我每次照镜子都能看到的眼神。

有些痛楚，有些哀伤。

阿叶离开我的第一天，我觉得生活并没有什么改变——除了屋子空了一些，床的面积大了一些。我依然在家里干活儿，用全息投影和光感手套来设计"大风"级飞船的布线和驾驶舱排列。晚上睡觉时，我下意识地去抱右边，结果手直接落到了床单上。这一瞬间，手指有针扎一样的痛，但转瞬即逝。

第二天我起来得很晚，开始玩游戏。我化身中世纪的刺客，不停地杀杀杀，饿了就吃冰箱里的食物。有些是阿叶做的，我把它们倒掉，吃速冻的。我从下午玩到凌晨，游戏的健康系统检测到我的身体已经极度疲劳，于是将我强制下线。

第三天，我一直在沉睡，做了很多梦。梦里光怪陆离，梦里没有阿叶。

第四天，我拉开窗子，阳光迎面扑来。我打算出去走走，换上衣服，穿好鞋子，乘电梯下楼。但在楼底的出口处，我浑身颤抖，不敢踏入阳光之中。

第五天，朋友实在忍不住，组了局，拉我出门。他特意叫了个女孩，挺漂亮，对我的收入很满意，还能懂我的那些冷笑话。我们聊得很愉快。傍晚时，我送女孩回家，但进她家门之前，一股战栗袭来，我的脚无论如何迈不进去。"怎么了？"她回头看我，手指绕着乌黑发尾。我落荒而逃。

第六天,我在社交网站上把阿叶从黑名单中移除,发现她已经将状态从"恋爱"改为"单身"。她上传了最新照片,有一张照片是她和一头云鲸的合影,全息影像里,她笑得格外开心。我伸手去摸,只有冷冰冰的空气。

第七天,我缩在阳台的角落里,在紫罗兰和玉兰花中间,呜咽不已。晚上照镜子时,眼睛勉强睁开,里面一片阴影。就像这头云鲸一闪而过的眼神。

这是失恋的标准程序。无论人类怎么进化,从在地球上爬行到乘飞船遍布宇宙,文明开枝散叶,有些东西从来都没有更改。

比如失恋,比如同病相怜。

"见鬼了!"我暗骂一声,把钢板扔在旁边,拍拍云鲸的眼皮,"你快点死,死了我再动手!"

云鲸浑然不动,但还是传来若有若无的呼吸。在这样失水和流血的情况下,它活不到明天早上,到时我再把骨灰盒挖出来。

但挖出来之后呢?这里荒无一人,通信系统也坏了,我该怎么回到人类居住区呢?

我摇摇头,把这个忧虑抛出脑袋,翻个身躺在云鲸的背上。

傍晚,四轮太阳垂在天边,荒野上蒙了一层奇异的瑰红色,仿佛泛起的雾。空气有些燥热,远处云很稀薄,也压得低,在傍晚霞光的浸染下,像一抹红色的笔轻轻点过。除了太阳,还隐约看得到几颗卫星的轮廓,其中一个有由陨石带组成的环,静静旋转。

✳ 忘忧草

真是美啊，我在心里默默赞叹，难怪阿叶会抛开地球的舒适，来到如此荒芜的星球。

太阳次第沉下，光线一缕缕收进去。我用手枕着后脑勺，右腿平放，左腿屈起，看着四轮斜阳一个个消失，瑰丽的景象渐渐被黑暗吞噬，突然恍惚起来。

"我们真是难兄难弟啊，"我拍了拍身下的云鲸，"都困在这里了。"云鲸依旧无声无息，有一阵我都以为它没有呼吸了，但吹过来一阵风，把灰尘带进它的鼻腔中，它"吭哧"打了个喷嚏，然后继续保持着沉默。

一个垂死的人，一头垂死的云鲸，在异星球的黄昏中，等待黑夜的降临。

与黑夜一同降临的，还有暴雨。

雨从夜幕中落下来，初时还细小温润，很快就狂暴起来了，大滴大滴，打在身上生疼。我坐起来，瞧了瞧天色，雨丝毫没有停歇的迹象。于是我从云鲸背上爬下来，躲到它的颚下。

乌云集卷，电闪雷鸣，雨越来越大，在脚下都积成了水洼。这里是个凹地，地势低，四周的雨水全部汇聚到这里。按照这趋势，不到一个比蒙时，水就要漫过我的脖子了。

我刚想离开这里，一道闪电划过，照亮了一个黑暗的影子。

三目兽！

它站在凹地边缘的坡上，浑身被雨水打湿，三只眼睛更加幽蓝，正居高临下地看着我。

昨晚被云鲸吓走之后，这只三目兽并没有放弃，此时趁夜色又来了。但它只是观望着，不敢下来，应该是在忌惮云鲸。

如此那我就不上去了，继续坐在云鲸的颚下。但水越来越深，漫过我的腰，我不得不站了起来，准备爬到云鲸的背上。

一声尖锐的啸叫突然响起，听得我浑身一颤，牙齿发酸。那是三目兽的嚎叫，在雨夜中远远荡开。我心里升起一丝不祥。

果然，这声嚎叫引来了更多的三目兽。它们在凹地边站成一圈，蓝幽幽的眼睛望着我，两圈利齿被蓝光沾染，像是一个个噩梦。我颤巍巍地数了一下，数到二十只的时候，就停了下来。

它们的目标恐怕不只是我，还有这头云鲸，毕竟这是上千吨肉。我扶着云鲸下颚上的瘤状囊，心惊胆战地想。

最先的那头三目兽谨慎地从坡上走下来，涉着水，绕云鲸走了一圈。它眼中的蓝光游移不定，突然上前，一口咬住了云鲸的侧面，然后立刻跳开。只这一瞬，云鲸便被撕下了一块肉，金色的血流下来。

三目兽仰起头，云鲸肉落进它脸中间的口器里，两圈牙齿张合着，把肉绞成了碎片。吃完了，云鲸也一动不动。三目兽再次发出一声嚎叫，坡上的同伴都迈步而下。

完了完了，我几乎站立不稳，早知道会葬身在野兽腹中，还不如直接在飞船上被炸死。

这时，我手上传来了怪异的感觉——云鲸下颚上的瘤状囊渐渐膨胀起来了。我惊讶地看去，没错，这些囊原本只有我脑袋大小，很快就涨大了四五倍。而同时，地上的水开始变浅，本来已漫至我的腰间，只过了几秒，就重新退回到我的膝盖深。

云鲸在吸水！

三目兽群也被惊到了，停止前进。夜幕上云层卷过，这个雨夜里最剧烈的惊雷爆发出来，与此同时，一直沉默的云鲸张嘴怒吼，威势更胜雷声。地上的水在一瞬间被吸得干干净净。

我在云鲸张嘴时，猛扑进它的嘴里，向右边下颌爬过去。阿叶，阿叶，我念着这两个字，顶住云鲸怒吼时夹带着的腥臭的风，扑到骨灰盒前。骨灰盒卡得太紧，我不顾左腿骨折的痛，用脚蹬住云鲸墙壁似的口腔内侧，使出吃奶的劲，终于把骨灰盒拉了出来。

这时，云鲸闭上了嘴，彻底的黑暗袭来。我向它的食道滑去，还没进去，冰凉的水又将我包围。一阵天旋地转。我已经失去了思考能力，凭着本能抱紧骨灰盒。

我被水流裹挟着，打转，上升，突然冲出了云鲸的嘴，像喷泉里的鱼一样冲向夜空。

是云鲸在喷水。

我上升了七八米，又摔下来，落在云鲸背上，惊魂还未定，又感到了一阵摇晃。这次的摇晃，来自云鲸的身体，它喷出了所有的水后，身体离开了地面，但离地还没一米高，就又落了下去。大地震了震。

这一瞬，我流出了眼泪。我爬到它的眼睛中间，用力拍着，声音嘶哑，吼道："飞呀，飞起来啊！"

云鲸睁开眼睛，粗重的呼吸如同喘息。

"你是云鲸啊，要么死在海里，要么死在天上，不能被这些畜生吃掉啊——飞起来！"

　　它喷出长长的气息，鸣声悠扬，身体再次震动。大雨滂沱之下，这头云鲸飘离地面，越升越高，突然加速向斜上方飞去。地上的三目兽被震慑住了，在积水中缩成一团，发出胆怯的呜咽。

　　"这就对了！"我趴在云鲸背上，抓紧它眼睛旁的褶皱，泪流满面，哈哈大笑，"飞起来了，飞得越高越好！"

　　它一路冲进云层，继续往上，浓云中有闪电划过。其中一道枝状闪电离我们特别近，我吓得闭上了眼睛。云鲸摆动尾巴，速度加快，穿过了厚厚的云层，如跃出海面，停在了云海之上。

　　我睁开眼，被眼前的景象震撼得不能呼吸。暴雨雷电在身下远去，云海上一片平静，六轮月亮排成一条线，悬挂天边。清辉迎面扑来。

　　"阿叶，"我把骨灰盒举起来，"你看到了吗，我们飞到天上了？我再也不害怕了，我也飞起来了，你看到了吗？"

　　对于飞翔，阿叶有一种近乎执拗的迷恋。

　　尽管她有一双无敌长腿，但她觉得这是她身上最没有用的部位，因为她厌恶走路。

　　"我承认腿在人类进化中的作用，我们从海里爬到陆地上时，鳍进化成双腿，这确实是自然的奥妙。但为什么进化之路就此止住了呢？"她一边说着，一边愤愤不平地敲打着自己的腿，"现在，我们已经从陆地飞到了天空，却依然是靠一双腿！"

　　我无言以对，只是心疼她的腿——那么修长，白皙，仿佛由古老的玉砌成。

"我们应该飞起来啊,小豆豆,"阿叶叫着她给我起的小名,"我们应该像云鲸一样飞起来,在天之下,在云之上,而不是一步步踩在泥泞的地上。小豆豆,你都不知道我的脚有多疼……"

听到这句话后,我分外心疼,花了一个月工资给她买了一双高跟鞋。

那是奢侈品柜里最中心的一双鞋,顶级设计师制作,镶钻带彩,奢华高调。当阿叶从盒子里拿出它们时,我看到她的脸都被照亮了。但我不知道是因为她高兴,还是只是钻石彩带的光华照耀。

"傻瓜。"阿叶把鞋放下,"你买这种鞋,我没地方用啊。"

但很快,这双鞋就派上用场了。

阿叶在太空新生物种研究所工作,主要研究云鲸习性,大部分经费由疆域公司赞助。秋天的时候,疆域公司举办庆功晚宴,作为一群工科男女中唯一形象出众的研究员,阿叶自然要出席。

她一袭盛装,踩着高跟鞋出门,并叮嘱我十一点的时候去接她。

然而,九点半的时候,我就接到了阿叶的电话。外面下着大雨,我好不容易赶到疆域公司大厦时,看到阿叶站在公交站牌下,一脸沮丧,漏下来的雨水打湿了她的裙摆。她赤脚踩在泥水里,周围全是驶过的车辆和藏在黑伞下行色匆匆的人们。

后来我才知道,在舞会上,疆域公司提供了一种透着淡淡金色的饮料。阿叶饮了一小口,口感清凉,入喉却温润。她正好奇是什么饮料时,一个疆域公司的中层走过来,微笑地同阿叶说话。

"像你这样漂亮的女孩子,"他轻轻晃着手里的酒,金色液体泛着光泽,"很难想象会一天到晚待在实验室里。"

阿叶漫不经心地回道:"在实验室工作也很有趣的。"

"也是,感谢你们的工作。不少外星新物种的研究成果,都能够被直接商业化。"西装革履的男人微笑起来,举起手里的酒杯,"比如这种酒,你知道里面掺了什么吗?"

阿叶从他的微笑里看到了一丝残忍,还未回话,就听他继续说道:"是云鲸血。你们研究出来的成果——微量云鲸血里的F937,配合适当的酒精,不但让口感更好,也能改善体质。哈哈,当然了,这是不能大规模使用的,但在这样的高档酒会上,我们会准备这样的美酒,以招待尊贵的……"

后面的话阿叶没有听清,因为她感觉到了胃部传来的抽搐。她强忍着去了卫生间,干呕一阵,但什么都没有吐出来。于是她给我打了电话,失魂落魄地下楼,下楼时鞋跟断了,脚也扭伤了。

我当时不知道这些,只觉得心疼,上前抱住了她。她在我怀里颤抖,小声哭泣。

离我们一米之外的街道旁,污水横流,那双断了的高跟鞋被淹没在水里。

云鲸的飞行时高时低,有时高踞云上,有时它自己钻进云中滑行,把我露在云层的表面。

那些烟雾般的云就在手边,我伸手去摸,云便被划得散开,又很快在我身后愈合,像是泛起了涟漪。六轮月亮都垂得很低,又大又圆,看久了会让我有一种马上就要飞到月亮上的错觉。月光在云上被散射出星星点点，很像海面上的波光。

或许，对云鲸来说，云也是它们的另一种海吧。

我沉浸在美景的震撼中，过了好久才恢复过来，对身下的云鲸问道："喂，你要去哪里啊？要不找个地方放我下来？"

云鲸当然不会回答我。它如此恨着人类，肯定不会落在人类居住地，而我一直待在城市里，没有野外生存能力——更别说荒芜且布满危险的比蒙星腹地了。

这么一想，我倒是没什么可忧虑的了，反正自己无力改变，随遇而安吧。

云鲸闭上眼睛，睡着了，在云上稳稳地飘着。我也被一股睡意袭击，打了个哈欠，躺在它背上，也很快入睡。

醒来时已经是第二天了，云开雨霁，我们飘在晴朗的天空中。身下已经由荒野变成了森林，比蒙星上的植物都比地球的要茂盛，且颜色绚烂。云鲸飞行了一夜，显出疲态，开始下降，庞大的身子掠过树林，压断了许多树枝，一些兽类也被惊走。最后它落在一条河里。

这河还不及它的身躯宽，潜不下去，云鲸一边用瘤状囊吸水，一边发出哀鸣。

它的声音充满了痛苦，我站起来，巡视一圈，才发现它背上的伤口已经溃烂了，肉虫密布。如果不是有呼吸面罩，我肯定会闻到令人作呕的腐臭味。

我取下挂在腰间的钢板，割掉腐肉，把拼命往肉里钻的虫子拽出来。这种虫子恶心极了，肉色的，肥嘟嘟，没有眼睛却长满了脚，像是肥大版的猪肉绦虫和蜈蚣的结合体。如果是平时，我一定会远离这种恶心的生物，但现在，在这个陌生的星球上，在这样绝望的处境里，云鲸是我唯一的依靠了。

清理了烂肉和上百条虫子后，云鲸停止了哀鸣，只吭哧吭哧地呼吸。我则累得浑身是汗，又累又饿，摸遍了全身也没找到食物，身下的河水也不能喝。我精疲力竭地躺下来，喘着气，过了好一阵，云鲸再次起飞，比之前稳了很多。

飞起来吧，我迷迷糊糊地想，飞回地球，带阿叶回家。

接下来的一天一夜，我处于一片昏沉中，一动不动地躺着，眼睛时而睁开时而闭上，看天空从明到暗，再到明。这是身体因饥饿做出的应激反应，减少消耗，我屈从于它。

如果不是一阵鲸咏响起，恐怕我会陷进这种昏沉中，再也醒不过来。

我勉强睁开眼，撑起身子，看到这头云鲸身边不知何时飞来了十几头体型小很多的云鲸。它们簇拥在下方，呜呜呜叫，声音并不凄厉，却浑厚，在天地间远远传开。

看它们的体型，恐怕还是未成年的云鲸。它们随母亲穿过漫长的黄金航线，在星月光辉下游历，但来到金色海之后，还未长大，母亲就被人类捕杀，只能鸣叫着在云海间游弋。这非常危险，如果遇到捕猎飞船，它们唯一的下场便是死亡。

但好在，它们先遇到了我们。

我身下的云鲸也昂首嘶鸣，作为回应。这是我跟它在一起这两天多的时间里，唯一一次听到它的鸣叫中带着温情的感觉。

小云鲸纷纷发出鲸咏，在它周围上下翻飞。我发现不管它们怎么飞，都没有高过我所在的位置。

"嘿，大灰灰，看不出来，"我艰难地敲了敲云鲸的脑袋，干涩的嘴角扯出一抹笑容，"原来你混得不错啊，这么多小弟。"

说完我便愣住了——我给它取了名字？

我第一次见到阿叶时，就在心里给她取了这个名字——我也不知道为什么，或许是看到湖边柳叶摇摆，或许是预见了日后她飘零远去的结局。

但当她知道我给她取了名字后，郑重地告诉我，以后不要随便取名，因为这是一种赋予，赋予其独有的属性。所以取了名字，便有了责任。

阿叶住到了我家后，给我的每一盆盆栽、每一个电器和每一张桌椅都取了名字。我记得很清楚，电脑叫方方，书柜叫詹米，洗衣机叫滚滚，卧室的门叫小黑，马桶叫阿缺，沙发叫长脚……她逐一取完名字后，看着我说："你就叫小豆豆，因为你喜欢吃豆子。现在这里每一个物品都被我取了名字，都是我的了，你放心，我会对你们负责，一直照顾你们的。"

但后来比蒙星征召云鲸研究员时，她义无反顾地报了名。她离开的时候太匆忙，甚至没有来得及向她的方方、詹米、滚滚、小黑、阿缺和长脚道一声别。

我把骨灰盒放在耳边，风声簌簌，像是里面传来了低语。我听了一会儿，听不太清，便侧过头，看向四周的小云鲸。

云鲸都通体泛白，如同云汽凝结，但细看的话还是会发现各不一样。我闲得无聊，就一一给它们取了名字，比如两个鳍特别长的，就叫大雁，有条飞得特别快的叫闪闪，旁边那条鲸尾特别短小的，叫作小短短……

"呜！"

一声惨嘶突然打断了我的兴致，我挣扎着朝声音发出的方向看去：名叫小短短的小云鲸被炮弹击中。炮弹没有发生爆炸，而是散出几十个电极，贴在小短短的背上。炮弹背后有一根线，顺着线看过去，云缓缓散开，露出一直藏在云后面的城堡般的飞船。

是"大风三"级别的飞船。

一声巨大的"咚"从飞船上传来，是强电压输出的声音。几乎是同时，小短短浑身一震，停止惨嘶，被电得晕了过去，飘在空中。随后两艘"鬼四"飞船射出来，悬在它两侧，探出怀抱粗的探头，扎进小短短的身体里，高压泵发出轰隆隆的声音，云鲸血被抽了出来，顺着探头后面的管道流进飞船里。

这种泵的功率很大，只要半个小时，就能把小短短的血完全抽干。云鲸没有了富含 F937 的血，也就失去了在天空的支撑，会轰然坠地——是的，人类在榨干它们生命的同时，也剥夺了它们的信仰。

剧痛让小短短醒了过来，但残余的电流依然让它的大部分身体麻痹，挣脱不开。

它摆动短小的尾巴，发出一阵阵的哀鸣，声音凄惨，像是哀求，又像挽歌。

"停下来啊!"我的眼睛都快裂开了,拼起全身力气大喊,但风太大,吹散了我的呼喊。我只能用脚跺大灰灰的背,嘶着嗓子叫道,"快跑啊,还愣着干什么!"

云鲸似乎这才反应过来,鸣叫着向四面飞去,但"大风三"里像产卵般射出几十艘小飞船,分工有序地各自追击。

从他们的熟稔程度来看,都是专业的盗猎者,这些云鲸只怕一头都逃不掉。

大灰灰的眼睛开始变浓,阴翳加深,长鸣一声,逃窜的小云鲸似乎听到指引,向它这边汇聚过来。然后它猛地向下倾斜,开始下坠,其余云鲸也跟上。

它的下坠让我猝不及防,一下没抓稳,从云鲸的背上摔了下去。耳畔风声呼啸。这下完了,我只来得及抱紧骨灰盒,闭上眼睛,但意料中的粉身碎骨并没有到来。

我摔在一片温暖的海水里。

金色海。

大灰灰从荒原起飞,千里迢迢,原来是要回到这片海里。就像我千里迢迢要带着阿叶回到地球一样。

大灰灰和十几头小云鲸一头扎进海水里,迅速下潜,只留下一个个漩涡。漩涡差点把我吞噬了,我扑腾着,好不容易游到边缘,环视海面,只有一根根巨型管道散落着,从海面直升入天空。这是高轨道空间站在抽取海水。除此之外,海面已经没有了云鲸的身影。我暗自松了口气。

"鬼四"飞船划出一道道弧线,堪堪掠过海面。有一艘经过我身旁时，我大声喊，飞船停了下来。在我许诺给里面的驾驶员一千联盟点后，他放了探爪将我从水里带出来。

　　进了舱室，里面只有驾驶员，他给我丢了一件新防护服、几瓶水和一块压缩饼干。在我狼吞虎咽的时候，这个脸上有伤疤的高大男人抱着肩膀，饶有兴趣地看着我，"哥们儿，怎么一个人掉进海里了？飞船毁了？"

　　我大口灌水，点点头。

　　"那你运气真好，遇到了我们。刚才我们在追一群云鲸，差点儿就追上它们了。"他摇摇头，"不过这群云鲸领头的那个，似乎是鬼眼鲸，抓不到也正常。"

　　"鬼眼鲸？"我停止吞咽，问道。

　　驾驶员点点头，说："它的眼睛会变黑，像灌了墨一样。这头云鲸在我们偷猎者中很有名的，我们杀鲸，它杀我们。嘿嘿，厉害着呢，'刃'级飞船它直接咬在嘴里，连人带船吞下去，'鬼'级的它撞毁了十几艘，听说它还搞炸了一艘'大风'级的，现在它在黑市里的悬赏已经到了百万联盟点了。"

　　"它为什么要专门跟你们过不去？"

　　"听说它原来是一个云鲸群的头头，带着一群云鲸穿越黄金航线，来到比蒙星。结果从金色海出来第一次起飞时，被同行发现了。"说到这里，他露出羡慕的笑容，"那一笔可挣得多啊，五十多头云鲸，据说抽血抽了一天一夜，最后保温桶都不够用了，血直接灌进船舱里，漫到了大腿这么深。后来卖钱的时候，他们把裤子都脱了——上面凝固的云鲸血也值几个点呢。"他比了一下自己的大腿，脸上的笑容牵动了刀疤，显得狰狞，"当时就只有这头云鲸逃走了，它的后代和伴侣全部被杀，它就开始报复我们了。说真的，刚才追它时，我还有点儿害怕——对了，隔得近的时候，我好像看到它背上有个什么东西，你在海里看到了吗？"

我摇摇头，继续啃压缩饼干。这时，通信模块里传来声音："刀疤你停在那里干吗？快上来。"

刀疤冲我眨眨眼，示意我不要说话，对模块回道："上面怎么样？"

"没定位到那群云鲸，幸好还是抓到了一头，等抽完血就回去休息。跑了一夜，早累得不行了。"

"不落空就好。"刀疤点点头，转身去操控台启动飞船。

我的肚子不再饥饿，我的嘴里也不再干涩，我搂着骨灰盒，抱紧了，它坚硬的棱角硌到了我的胸口。我深吸一口气，走到刀疤身后，抡起骨灰盒砸向他的后脑勺。

他一声不响地晕了过去。

我把骨灰盒放在操控台上，轻声说："阿叶，原谅我。"

我是从阿叶的社交页面上看出端倪的。

阿叶居然连着三天没有更新状态，我不停地刷新，渐渐感到一阵不安。阿叶阿叶，我焦躁地念叨着，最后忍不住给她留了言。

但回复我的，是一个叫迈克尔的男人。我点进他的社交页面，看到了许多他和阿叶的照片，原来，他就是阿叶的新男友。

他点开了全息视频通话，我犹豫了好一会儿，还是接通了。

"你好,"他说,"你是小豆豆吧,阿叶经常提到你。"

他也叫她阿叶!我心里没来由地冒火,但转念一想,肯定是阿叶让他这么叫的。她远在光年之外,还用着我给她取的名字,说明她没有忘了我。我又涌起了一阵甜蜜,急切地问道:"阿叶呢?"

"阿叶,"他顿了顿,"阿叶遇难了。"

我一时没反应过来,"什么?"

"阿叶死了。死了三天了。"

"你胡说!怎么会……不可能!"

迈克尔站在全息影像里,沉默地看着我,他的视线又冷又悲伤,像是午夜卷起的潮水。他不是在开玩笑,但我拒绝相信,又过了一阵,我张开嘴,但没发出声音,于是敲了敲胸膛,沉闷的回声终于冲开了喉咙,"阿叶死了?"

"阿叶死了。"

这四个字在我脑袋里扭成了利刃,一下一下地切割着。阿叶死了,一座火山爆发了,浓烟遮天蔽日;阿叶死了,一场地震袭击了整座城市,高楼大厦积木般倾倒;阿叶死了,一颗行星从遥远幽深的宇宙中呼啸而来,气势汹汹地撞击地球,排山倒海般的冲击波席卷全球。

我脑袋剧痛,坐倒在地。

迈克尔告诉我,阿叶是为了救云鲸而死的。她在例行野外考察过后,独自回科研谷的途中,发现了一群搁浅的云鲸。

那是七八头小云鲸围着一头母云鲸,母云鲸受了严重的伤,下腹有一道触目惊心的伤口,血正汩汩流出,将山石染得金黄。它试图飞起来，但血流得太多，每次堪堪飞起来就摔了下去。小云鲸群围绕着它哀鸣。

阿叶当即向科研谷发了消息，请求派人过来支援，但母云鲸已经奄奄一息，无法支撑到科研队两个小时后的援救。阿叶心急如焚，私自做了决定——用绳索吊着母云鲸，把它运到一千米外的河流中。

捆住母云鲸并不复杂。她趁母鲸拼命飞起来时，向地面喷射了三条承重带，母云鲸落下后，头尾和腹部便被捆住了。刚才这一跃，已经花掉了它最后的力气，它安静地躺着，身上的承重带被逐渐收紧也无力挣扎。但困难在于，阿叶的科研飞船只是轻量级，不能进行重达两百吨的运输。

但阿叶听着四周不绝的悲鸣声，一咬牙，不顾通信频道里迈克尔的阻止，把反重力引擎开到最大功率，摇摇晃晃地吊起母云鲸，向河流飞去。小云鲸群停止鸣叫，缓缓地跟在她后面。

阿叶小心操作，短短一千米，花了半个小时。飞到河流上空时，她松开了承重带，云鲸坠向河面。这条河通向金色海，水里也有F937。

意外也就是在这一刻发生的。

超负荷运行的反重力引擎急剧发热，熔断了一块已经老化的电路板。整个科研飞船发出几声类似咳嗽的声音，突然失去了动力，也落到了河里。这一切只在电光火石间，阿叶没有来得及从飞船里逃出来，河水充斥了整个飞船，她泡在水里，被捞出来时已经泛白，已经冰凉，已经没有了呼吸。

"这里面有很大一部分是我的错，如果我的语气强烈一点，她或许会听我的话，不去救云鲸。但我当时也想让她施救，虽然是违规操作……我们都没有预料到引擎会出意外……"

我已经听不进迈克尔的话了，呆滞了很久，突然想起阿叶离别时说的话，挣扎着站起来，说："阿叶呢，你们把她怎么样了？"

"阿叶已经死了……"迈克尔的声音哽了一下。

我使劲摇头，"我是说——她的尸体呢？"

"我们把她火化了，很快会葬在科研谷对面的山坡上。"

"不！"我发出一声嘶吼，"我要把她带回来！"

迈克尔愣了愣，说："按照联盟法律，在比蒙——"

"去他的联盟，我要把阿叶带回来！这是她说的，如果她死在群星间，她要我把她的骨灰带回来，埋在柳树下！"

我的执着和疯狂吓到了迈克尔，他考虑了很久，最终答应了。毕竟我是跟阿叶生活过最长时间的人，他得到了阿叶最后的爱，而我也必须执行对阿叶最后的承诺。

"但我没有时间把她送回来，而且，那也是违法的。"迈克尔有些歉意。

我立刻说："我自己来取！"

我将第一次在无边无际的宇宙中穿行，飞翔的恐惧会一直折磨我。但一想到阿叶躺在冰冷的骨灰盒里，我便顾不得害怕。

我一定要把她带回来，即使跨越星海！

"那群云鲸后来怎么样了？"我突然问道。

"阿叶遇难的第二天，有人发现了它们，在离金色海只有一百多千米的地方。"迈克尔停了一会儿，说，"它们的血被人抽干了。"

✸ 忘忧草

　　我一直不理解，阿叶为什么这么喜欢云鲸。但现在，在大灰灰背上飞行了这么久之后，我终于明白了，因为这种生物，就是她的化身啊！

　　从全是海水的科尔星中孕育，在漫长的黄金航线中洄游，最终落入金色海——云鲸的一生，始于海，终于云，挣脱了重力，陪伴它们的只有风和星光，永远不会踏足陆地。这是阿叶魂牵梦萦的生活啊！所以她才会离开我，风尘仆仆地来到这里，追随云鲸的踪影。

　　或许，她并没有爱过我，或者迈克尔。她真正喜欢的，是恣意翱翔的云鲸。

　　我终于意识到，阿叶让我把她带回去，只是安慰我而已。对她来说，登上去往比蒙星的飞船，并不是离开，而是一种归来。

　　这里才是她真正的归宿。

　　"刀疤，你还磨蹭个屁！"通信模块里的声音十分不耐烦，我回过神来，盯着操控台。

　　疆域公司飞船的操作系统，我都有参与设计，知道声控操作需要验证声纹，但手势操作不需要。

　　我的手在操控台上投出的全景模拟影像中移动，飞船随之启动，飞到天空中。

　　小短短还在被抽血，悲鸣声已经微弱下来了。最多再过十分钟，它就会被完全抽干，坠落在海里，成为海上浮尸。

　　"挺住。"我默念道，启动所有引擎，然后右掌插进全息影像中，绕了一个U形轨迹，又回到我的胸前。

飞船严格同步了这个动作——它像一柄剑一样切断了小短短右侧的抽血管，绕过它的头，又返回来切断左侧的管道。云鲸血的传输被中断，洒在空中，被风吹得很薄，像秋天的金色树叶。

小短短发出一声尖啸，摆动尾巴，向海里落去。

抽血的那两艘飞船立刻向下去追，我直接撞了过去，他们闪避开。

这一耽搁，小短短就落得更远了。它的身下是浩瀚无际的金色海，温暖的海水会重新流进它的血管，治愈它的伤口。

它会再次飞起来。是的，飞起来，没有任何可以拦得住翱翔。

"刀疤，你疯了！"

"刚才差点害死老子！"

"怎么回事！回话啊！"

……

通信模块里传来嘈杂的声音，有人疑惑，也有人咒骂。我沉默着，抬头看了看舷窗外，凌晨已至，虽然夜色依旧沉暗，但一丝微弱的晨曦从天际露出来。一场黎明正在酝酿着，即将喷薄而出。

"大风"级飞船缓缓下沉，停在离我三十米处，像一座坚不可摧的古老城堡。它在黎明前的黑暗中，投下更加黑暗的阴影，将我笼罩。几十艘"鬼"级飞船在它身边错落地散开。

我抚摸着骨灰盒，心想，一群偷猎的，搞得跟军队对峙一样，有必要吗？

"咳咳，"一阵低沉的咳嗽声响起来，所有的嘈杂都消失了，寂静持续了几秒钟，"刀疤，再给你最后十秒，不回复的话，我们就要强行回收飞船了。"

我的手掌传来灼热感,阿叶,你也支持我的,对吧?

"十。"盗猎者的领头者开始倒数。

窗外依旧是黑夜,我眯着眼睛看,那抹晨曦太微弱了,似乎随时会被黑暗碾断。天什么时候亮呢?

"……七,六,五……"倒数声不疾不徐。

天际似乎闪了一下,黑暗没有那么浓了,天幕呈现出一种黛蓝色。

"……三,二——"通信模块里的声音突然顿了顿,出现了一丝慌张,"天啊,那是什么!"

"是……云鲸?"有人结结巴巴地说。

"不可能!"另一人惊疑道,"怎么可能有这么多?"

"真的是云鲸,天哪!"

我调转飞船,看到身后的景象时,眼里顿时涌出热泪。"阿叶,你一定要看看,"我抱起骨灰盒,凑到舷窗前,喃喃道,"你看到了吗?"

在我们面前,数不清的云鲸悬停着,几百头,不,恐怕有上千头了。它们有大有小,高高低低,大灰灰排在最前头,而比它个头还大的也有好几头,沉默地飘在空中,与偷猎者的飞船对峙。

晨曦终于从天际突破出来,像一柄剑一样刺穿了重重黑暗。金黄的光辉浸染在每一头云鲸身上,从鲸尾到鲸头,像是给它们披上了一件件黄金铠甲。

大灰灰张嘴嘶吼,所有的云鲸都吼了起来。水面被震得泛起波浪，夜晚碎了、退了，我捂着耳朵，泪流满面。

即使是堡垒一样的"大风"级飞船，面对这样的云鲸，也没有丝毫胜算。他们慢慢后退，退到安全距离以外后，再转过方向，喷出一道道离子束，很快就消失了。

于是，只有我还留在海面上了。

大灰灰飞到飞船下面，嗡嗡叫着，我穿上防护服，从飞船上跳下去。大灰灰接住了我，长鸣一声，陡然加速，其余云鲸也跟上来，冲向东边那两轮正在升起的太阳。

长夜已逝，黎明渐至。灿烂的晨光洒在海面上，伴随着波浪，聚散离合，如鱼鳞般泛起。太阳升得高了些，像在融化。光太烈了，我的眼睛有些睁不开，于是低下头，把骨灰盒打开。

"阿叶，接下来的路，"我低声说，"我就要一个人走了。谢谢你的陪伴。"

我把盒子横着，在空中划过一道轨迹，骨灰撒了出来，成了一蓬泛起的白雾。

阿叶，飞起来吧！飞起来了就不要再落下去！

仿佛听到了我的呼唤，一阵晨风突然刮起来，呼啸而至。本来快要落下的骨灰被风托起，越升越高，无处不在。这一刻，我的阿叶是晨风，是朝阳，是金色海浩瀚无边的波浪。她终于完全融化在了这颗星球上。

杀戮前夜

当我走向老汤姆的店铺时，已经是黄昏了。迎面拂来的风带着冷意。一轮夕阳垂在天际，晚霞凄红，像是血水里浸泡着一个发黄的脑袋。

这个联想让我很不舒服。我加快了脚步，没走多久，就看到了店铺前排着的长队。长队里面有很多我熟悉的脸。但大家彼此都没有打招呼，捏着钱，踮着脚，使劲向店面看去。

我一边懊恼，一边走到了队伍的尾部。唉，明天就是杀戮日了，所有人肯定都需要食物和水，应该早些来排队的。

陆陆续续也有人站在我的身后。队伍一直排到了市中心广场。曾经气派堂皇的广场，如今只是一片荒凉，残砖断瓦，砾石遍地。如果站在高处，就会发现，整座城市都是这种废墟景象的扩大。

"怎么还不开门？"有人抱怨道。

天已经黑了下来。这黑暗里似乎掺杂着令人不安的分子，在每个人的口鼻里进进出出，让每个人的窃窃私语都显得恐慌而躁动。

店门紧闭，排在最前面的人等得不耐烦，开始掰门锁。他一个人掰不动，身后的人过去帮忙。不一会儿，随着一声清脆的"砰"

响，老汤姆的店铺被撬开了。

人们发出欢呼，纷纷涌向前。但很快，他们又停下了，绝望如同潮水一样从头涌到尾。

"怎么了？"后面的人看不到，伸长脖子。

"里边是空的！"这声音里充满惊惶，"没有粮食和水，我们怎么躲在地下呢？"

"老汤姆把所有的货物都转移了！天哪！他是要害死我们所有人啊！"

"天杀的老汤姆！"

他们兀自抱怨，我深吸口气，冰凉的空气涌进胸腔，让里面心脏的跳动更加迟缓。老汤姆是精明的，他不动声色地把所有食水藏起来，让其他人无法躲在地底，每多一个人被外星人杀掉，他存活下来的概率就多一分。而且，人们拿钱来买货物，人都要死了，钱有什么用呢？

阿糖听到我回家的脚步声，欣喜地转头，说，"你回来了啊，买的粮食够我们躲一个星期吗？"

"没有……"我颓然地坐在角落里，"老汤姆把所有的货物都卷走了，整座城，没有一个人买到货。"

阿糖循着我的声音，跌跌撞撞地走过来。她把手放在我的头上，温润的触感沁入头皮，说："不要怕，一切都会好起来的。"

她总是这么说。

在她的眼睛被强光刺瞎之前，她就用这句话来安慰别人，更多的时候，她以此来安慰自己。她的父母被成片成片的炮火吞噬，她一边奔逃，一边对自己说一切都会好起来的。海军陆战队发射的原本用来攻击外星人的强光弹落在她脚边，炫光过后，她在永恒的黑暗里摸索，也告诉自己一切都会好起来的。第七次杀戮中，我和她躲在钢板下，一动不动，即使感觉到外星人在钢板上来回行走的摩擦声，她也是嘴唇翕动，一遍一遍地说会好起来的……

不知道是神灵保佑还是运气使然，十年的杀戮中，每次死神都扛着镰刀站在她对面，却一次次与她擦肩而过。

这次，我也不能让她有事！我猛地站起来，转身往外走。

"你去哪里？"阿糖喊道。

"我去看看能不能弄到食物。放心，我答应照顾你，一定会做到的。"

"早点回来，外面太危险了。"

"嗯，在黎明到来前，我一定会回到你身边。"

我拥抱了阿糖，再次走出去。外面被黑暗笼罩，那些破碎的建筑，像是早已死去的巨人的尸体，沉默在黑暗和寂静中。我走在其中，战战兢兢，一只鸟不知从哪里飞过来，尖锐的爪子擦过我的脸颊，我一声惊叫，它又扑腾着翅膀飞远了。

鸟类真幸福。外星人对它们没有兴趣，这十年间，它们繁殖的速度惊人。

"是谁在那里！"左侧突然传来人声。

"是我。"我冲声音传来的方向喊道。

"哦,是小林……"声音又隐没下去,随即传来蜂群掠过般的低语,似乎人数不少,正在展开一场小型争论。大概几分钟后,又传来声音,"小林,你过来吧,我们跟你商量点事情。"

前方是一面高低错落的水泥墙。我记得在第五次杀戮中,约有一千多人被集中在此,沿墙站好,外星人扛着那些造型奇异的枪械,朝他们轰击。这面墙就是在那时候被轰得遍布缺口。我每次走到这里,都会想起那些场面,心中发怵,腿脚酸软。

我强忍着不适感,寻了处低矮的缺口,翻到对面。

数以百计的人都藏在墙后面,影影绰绰。此时夜空乌云散开,微弱的月光洒下来,把他们的脸照亮。

陈奇、老赵、胖子阿蒙、王太太、赫尔盖、凯奇……我一一辨认,每张脸我都认识,有的是少年,有的已经皱纹密布,都属于我们342区。但黑暗浓重,黎明将至,他们在这里悄悄集会做什么?

"小林,阿糖怎么样了,还好吧?"胖子阿蒙担任区长之职,是个领头的,冲我问道。

"老样子……"我知道他只是寒暄,真正的话在后头,"你们在这里做什么呢?"

"你知道老汤姆把所有的货物都藏起来了的事情吧?"

我点点头。

"现在他人也不见了,没有粮食和水,我们是不可能在地下躲过一个星期的。"

其实躲在地下也没用,外星人的科技能够轻而易举地发现我们。但这话我没有说出口,继续点头——待在地下总比在地面好。在地面，那就是活靶子，在地下，还能对上帝祈求，希望外星人在发现自己之前，已经杀人杀得累了。

"所以，我们打算去抢353区的补给。"

我悚然一惊！

自外星人开始对地球进行每年一次的大狩猎后，人类存在了几千年的文明制度就分崩离析了。那些强大得不可思议的外星种族，把人类视作猎物，肆意屠杀，毫无怜悯。十年前，他们的飞船悬停在各大洲的上空，在人类还未来得及表达欢迎时，杀戮就开始了。

一周过后，他们扬长而去。而地球上，已经减少了接近一半的人口。

此后的九年，他们每年如约而至，在五月三十日的黎明开始时来到，进行为期一周的杀戮。

在杀戮的空隙，人们苟延残喘，国家和种族的界限前所未有地被稀释了。住得近的人，成百上千地结成团体，称之为"区"。我所在的342区，就是城里众多结盟团体之一，而所有的区，都归仲裁委员会统一管理。

今天，是五月二十九日。

"353区？"我对这个区有印象：成员不多，只有两三百人，大多是妇女和儿童。353区是附近几个区里实力最弱的一个，难怪胖子阿蒙会选择它。

见我犹豫，阿蒙劝道："没有食物，我们都会死。其实就算有了足够的粮食和水，也很有可能被外星人发现……我不是说灰心话，接下来的一周过后，现在站在这里的人，绝大多数要变成尸体。但反正是要死的，为什么不选择做活下来概率大的那一方呢？"

这番话里有着浓厚的绝望气息，但这绝望之中，又藏着令人无法忽视的挣扎念头。阿蒙果然狡猾，这一番话说完后，我已经无法拒绝了。

我死不死不要紧，我要让阿糖活下去！

黑暗成了最好的庇护。

我们沿着墙角，弯着腰，彼此都没有交谈。天也在帮助我们，乌云重新遮蔽，月亮消弭。我往天空看了看，不知是错觉还是什么，云层之中闪过一点红光，但待我再细看时，已经是一片漆黑。

"快，"后面有人催我，"看什么看，天上有个屁！外星人要明天早上才会过来。"

我连忙低头跟上前面的人。

353区的人平时住在市区唯一一栋尚还完整的写字楼里，以前人们办公的地方，成了这群老弱之人的居所。但杀戮日将近，他们一定已经转移到了写字楼的地下室。那里有许多存放货物的隔间，在杀戮到来的时候能够藏身。

我们顺着大楼鱼贯而入，脚步轻快，在阿蒙的手势指挥下向四周分开，没入大片大片的黑暗中。我选择了地下三层的一个小型仓库，悄悄走进去，在黑暗中摸索着。

阿蒙给我的匕首被我绑在后腰，一直硌着肉，提醒我这里潜在的危险——353区的人虽然弱小，但人在危难面前，往往都会变得危险残暴，不得不防。

这个仓库的外围很空旷，我摸索了许久，不但没有人，连货物都没有。那么——我看着更加幽深的仓库内部——人和食物很可能都藏在里面。

我深吸一口气，迈着步子走到仓库内部的门前，趴在门上仔细听。

我听到了刻意压低的呼吸声，像潮水，很缓慢地爬到沙滩上，又无力地落回海里。

里面有人！

我猛地一个挺膝，撞开库门，同时掏出匕首和手电。闪电般的光亮从手电里射出来，贯穿整个房间，匕首横在手电前，锋刃上寒光流转。我想把表情也变得狰狞点，减少一些接下来可能发生的反抗，但看清屋子里的情景后，我发现这完全不必要。

因为屋子里全是孩子。

这些孩子有大有小，但大的也不过十二三岁的样子，小的却只有三四岁。他们沿墙壁而坐，有的靠着墙睡着了，有的蜷缩在地上，还有一个十岁左右的女孩子抱着膝盖，因缺乏营养而显出淡黄色的头发披下来，显得她的脸格外苍白。

他们都留意到了突如其来的灯光，纷纷转头看过来。但他们的目光都很麻木，看到了我和我手里的匕首也没有什么反应，又把头转回去，恢复了刚才的姿势，仿佛走进来的只是一团空气。

这诡异的情景让我的背上有些汗毛竖起。

但求生的迫切愿望让我硬生生地吸了口气，走进去，晃动手电，照着屋子里的各个角落。但是，只有废旧的报纸和木盒，蛛网密布，灰尘覆盖着视野里的大部分物体。

没有食物……

没有食物！

我咬咬牙，走过去，推开坐在木盒上的小男孩，把木盒打开。里面跑出一只老鼠，在手电的光照下一闪即没，除此之外，木盒里空无一物。我不相信，把其他的盒子也一一打开，扯了报纸，最后还搜查了小孩们的口袋。

在整个搜查过程中，孩子们都沉默着，任我推攮，如同断电的玩具。

最后，我颓然地坐在地上——一无所获，这个房间里只有这群诡异的小孩，没有一丁点儿食物。

喘了几口气，我站起来往外走。

"我们都会死的，没有人逃得了……"

我忽然止步，循着声音的来源看过去，看到了那个双手抱膝的女孩。她抬起了头，安静地看着我，眼睛在手电照射下也没有反射光芒，仿佛两潭沉郁的沼泽。

"你说什么？"我走过去，问。

"这一次，没有人能逃得了，所有人都要死。"她的嘴唇轻轻翕动，"不是外星人杀了我们，是我们自己。"

我听不懂这呓语，可能只是小孩子的胡思乱想吧，但可以肯定的是，我在这里不会有收获了。于是我站起来，快步走出了这间散发着潮湿霉味的屋子，在门关闭的前一瞬间，我看到孩子们的头纷纷转过来。那么多双微弱的眼睛一下子看过来，像沉在深海里的星辰，让我心里一悸。尤其是那个女孩，隔着冰冷的空间，她的目光依然如蛇一样在我的脸上游走。我狠狠心把门关上，让那些眼睛全部沉进了黑暗里。

我本来还想去别的仓库碰运气，但刚出来，就看到了阿蒙他们。每个人的手里都空空如也，看来，不只我一无所获。

"我们每一个仓库都搜过了，353区的人也没有粮食！都是一群老家伙、臭小孩，蹲在仓库里等死！"阿蒙狠狠地踢了一脚，一个空罐子被踢得老远，叮叮当当的声音不断回荡。

有人迟疑道："可是……今年是怎么回事？往年，就算再怎么艰苦，都会留一点准备度过杀戮日。但现在老汤姆不见了，353区的人也没有粮食……"

其他人窃窃私语，议论声在黑暗中嗡嗡嗡地冒出来。

阿蒙挥挥手，断喝一声："别想太多，我们先出去。出去再想办法。"

我们顺着逼仄的楼梯往外走，每个人的情绪都不好，垂头丧气的，仿佛末日已经来到。

在到达外面的时候，一阵凉风吹来，总算呼吸不那么凝滞了。不知是不是错觉，在天边，又有一点红光闪过。云层浓厚，夜风都吹不散。

"现在去哪儿？"有人问。

阿蒙思索了一会儿，眼睛几乎被脸颊上的肉给挤没了。半晌，他咬咬牙，似乎做了很重要的决定，"我们再去——"

他的话没有说完，因为"噗"的一声沉闷声响打断了他，同时还有一股温热的液体洒出来，周围的人被喷了一脸。我的脸上也溅上了几滴。

短暂的疑惑以后，人们爆发出一阵惊叫，向四周仓皇乱跑——阿蒙的胸膛被整个炸开，身体向后仰倒，血从里面飚射出来。

向四周跑的人也没有逃掉阿蒙似的结局，不断有子弹从四周射过来，人们跑着跑着，身子就像折断的木板般乱倒在地上。

我们被包围了。

四周都是哀号和尖叫，我心里一急，干脆倒下，藏在阿蒙的尸体下面。血很快就浸泡了我的半个身子，带着挠人的暖意，但我不敢动。

渐渐地，奔逃的脚步声也消失得差不多了，只有十几个人缩在一起，瑟瑟发抖，大声喊着饶命。

于是，枪声止歇了，一大串整齐的脚步声响起。我勉强睁开一只眼睛，看到百十个荷枪实弹的健壮男人从周围街巷里走出来，包围了我们区剩下的十几个幸存者。看他们的装束，是564区的人。

564区，在整个城市里实力最强大，拥有不少的武器。

"呵，想来353区趁火打劫？"领头的一个男人走过来，一脚踹倒一个幸存者，语气冷漠而残暴，"怎么，两手空空？"

"我们没有……没有找到食物……"一个声音求饶道。

"你们这么多人，还抢不过几个老人孩子？"领头男人用枪抵着那人的头，低语道，"那你们真是没什么用了。"

"不不不！"那人连忙解释，"353区的人也没有食物，他们待在里面等死……"

领头男人沉默了。一时间，只有幸存者的低声喘息和夜风呜呜。他们等了许久，也不见564区的人有什么动静，嗫嚅着说："那……那我们可以回去了吗？"

"哦，"领头男人从思考中回过头，转身向西南方走去，"全部杀了。"

等硝烟弥散，人影无踪，我才一点一点地从无数尸身下移出来。四周都是尸堆，血液流出来，在黑暗中并不是鲜红色。我走了几步，脚完全被浸泡在黏稠的液体里。

有那么几个瞬间，我以为我也会被564区的人揪出来，好几只脚踩到了我的身上，我的脸甚至被一只登山鞋的硬皮底锉出了血痕。但我一动不动，嘴唇几乎都咬破了，努力隐忍，最终才骗过了那群杀人狂魔。

564区的人杀了我们区的人后，就转身奔向下一个区了，而听那个领头男人的语气，似乎连最强大的564区都没有食物……

难道今年集体缺乏食物？

不不不，不可能，我记得在杀戮日到来前不久，就已经开始了食物的分配，每个区都或多或少地分到了食物。老汤姆当时开着卡车去领，足足拖了两车食物回来，还乐呵呵地对大伙儿说，过几天大家来换食物，准够！但现在，所有的食物都不翼而飞了！

我思来想去，没寻思出个结果来，想起阿糖可能在家里等久了，便哆嗦着往回走。身上沾着血，走起路来很不舒服，我干脆把衣服

忘忧草

脱了，抱着肩膀，专往小路里走。风在倾倒的楼宇间呼啸穿梭，五月的冷意从皮肤里层泛出来，让我一直牙关打战。

天边的红光再次一闪，这次清晰了不少。我看了一眼，继续闷头走路，但走了几步后猛然发觉这红光今晚出现好几次了，仿佛一只诡异的眼睛，始终盯着我。我眯起眼睛仔细打量它，发现它竟然在缓缓移动。

是的，它在向353区那栋完好的写字楼顶移动。

564区的人已经走了，写字楼目前是安全的，我站住看了许久，突然转身，向写字楼走去。这是一种直觉，本能地感觉到无声的呼唤正从那里传来，像传说中美人鱼对水手的诱惑，明知道危险，却无法拒绝。

写字楼的供电系统早就损坏了，电梯跟死去动物的肠道一样散发着不祥的味道，我干脆走了楼梯。咚咚咚，单调的步伐在漫长曲折的楼梯间回荡，这二十几层楼，让我耗尽了体力，等走到天台的门前，已经是气喘吁吁了。

我喘匀了气，推开门，一阵风顿时猛扑过来，差点把我刮倒。这高处的风十分惊人，而且冷，我弓起身子捂紧衣服，梗着脖子四下瞧，打算没什么事情就下去，这里风太大，折磨人。

但我只看了一眼就停下了后退的脚步——一艘硕大的飞船停在天台正中央，暗红色的船身，毫无瑕疵的圆盘形，不知由什么材料制成，正散发着隐隐流动的红光。

我太熟悉这种样子的飞船了。

十年前，就是这样的飞船降临到地球上空，密密麻麻，然后给这颗星球带来了长达十年的恐怖！

恐惧一下子从心底冒出来，我呆立在原地，不敢乱动。但那艘飞船并没有像以往般伸出幽深的武器发射口，而是安静地悬在半米高处，暗红色的光游来游去，像一个离奇的梦境。

不知过了多久，几秒还是几分钟，飞船突然冲我这个方向弹出一架无栏阶梯，延伸到天台的水泥地面。

这是一个邀请。我无法拒绝的邀请。

有人研究过外星人，说法颇多，有的说他们来自宇宙深处，是星际游牧种族——追逐屠戮异文明的游牧种族；有的却说他们早就存在，地球是他们建造的，这次杀戮只不过是清除田地里的害虫……

但不管人们怎么猜测，只有一点是确定的：没人见过外星人的模样，他们永远藏在飞船内部，把自己裹在机甲里，用无法理解的武器带来血与火。

从来没人进过飞船内部。

但我走进去了。

跟我预想的不同，飞船在外面看也才不过直径十几米，但一进到里面，赫然发现是一个巨型空间。我的空间感不强，目测不准，但能打赌这个飞船内部直径不会少于几千米。我心里升起一股无力感：如果对手的科技达到了能随意压缩空间的水平，那人类怎么能逃得过？

这个空间并不是空无一物，在边缘处摆放着不少大大小小的物品，有点儿眼熟，但看不清。这给我一种空荡荡的广场的感觉。是的，没有人，没有操控平台，仿佛这个凭空旋转的飞碟只是围住广场的幕布。

我走过去，脚步声在这个空间里"嗒嗒嗒"地回荡，像是午夜里寂静的心跳。我走到广场边缘，看到银白色毫无缝隙的金属挡在面前。这是飞船的内壁了，用人类还不了解的材料制成，穿越了宇宙的遥远空间，来到满目疮痍的地球。

但我的视线并没有留在未知的飞船材料上，而是看着这边缘堆积的大大小小的包装盒——我之所以觉得眼熟，是因为在不久前，我看过这种盒子。

那是在食物分配时，每个区的食水都是用这种包装封好，按人头分给各个区。老汤姆领了两车，把几十个盒子搬上车，然后就失踪了。

我撕开包装的封条，把盒盖掰断，顿时，面包的香味冒了出来。我的肚子忍不住咕咕叫了一声，像是里面藏了一只猫。

满满一箱面包！

我又把旁边的几个盒子打开，果然，都是食物，大米、蔬菜，还有饮料……而整个空间的边缘都摆满了盒子，看数量，恐怕整个城市的供给都在这里。这些都是救命的东西啊，却没出现在需要的人手里，而是在这里躺着，让外面的人陷入了互相残杀的境地。

"想吃吗？"

"想。"我点头说完才觉得不对，连忙转身，但四周没有一个人，只有安静摆放的食物。

"那你为什么不吃呢？"那个人的声音再次响起，像是在耳边低语，又像是在远处呐喊，忽远忽近，"这些都是你们人类的食物啊，外面有多少人为了争夺它们，把一个又一个的同胞杀害。喏，在我讲这些话的过程中，又有三十七个人被杀了。"

"你是谁，在哪里！"我扭头四顾，背靠到飞船内壁上，惊恐地大喊，"出来！"

"我们的身体结构有着本质上的差别，属于完全不同的生物，我其实现在就站在你的面前，你却看不到——哦，不，用'站'这个动词显然并不准确，因为我也根本没有腿……我在尽量用你能理解的方式跟你交流。"

我的脑子里顿时出现三个字。

"外……"我口干舌燥，声音像是被酷日暴晒过的咸鱼一样无力，"外星人？"

"这三个字只在你们的语境里有用。但你说得对，我就是你们所说的外星人，来自遥远的宇宙彼端，经历亿万年进化的生物。"

我拔腿就跑！

我见过同胞们被外星人杀害的场景，此后便成了我永恒的噩梦：那些巨大的金属触角，仿佛从地狱里伸出来的一样，闪着寒光，从人的身体里穿过后，又闪着夺人心魄的红光。他们走过的地方，只有尸体和废墟，只有死亡和悲伤。

但这一刻，飞船内部变得无比之大，似乎是我眼睛的错觉，前方的路一下子被拉长了。但我跑了好几分钟，才知道这并非错觉，因为我周围的景物一点儿没变。是的，尽管每一步我都踏得结实，都在助力，但其实我在原地奔跑。

这个过程中，外星人一直没有说话，周围只有我的脚步声。

这种奋力奔跑只持续了几分钟我就累得不行，气喘吁吁，只能停下了。我一边喘气一边绝望地看着周围，想起古人说的一个成语：画地为牢！

"现在我们可以好好谈谈了吗？"外星人的声音再次响起。

"我知道你有很多问题要问我，但无非也就是你们人类的一个特殊职业经常会问的三个问题——你是谁，你从哪里来，你要干什么。"

"特殊职业？"我想了一下，恍然，"你说的是，保安？"

"哦，对，抱歉，在我们的星球上，我们没有这个职业，所以并不能理解。"

"这三个问题也确实是我最关心的。"

"我能回答你的很有限，但这并非出于防范，而是对你理解能力的照顾。我尽量简单一些，我们在另一个星系，按照你们的计算单位，与地球的距离约为十九亿光年。我们的母星——嗯，如果这么说你能够理解的话——是一个独立的空间，除了基本的宇宙原理一样，其他的跟地球千差万别。我们是母星上唯一的物种，从进化初期就开始了对宇宙一切的研究，这种研究又促进了我们的进化——我说了这么多，你能理解吗？"

我努力把脑袋里嗡嗡乱响的东西赶出去，想跟上他的话语，但这种努力是徒劳的。因为我发现其实我并不关心他是什么形态，他来自哪里，我的关注点在于：他想干什么。更确切一点说，我关心的是，他想对我干什么。

"嗯，我马上会告诉你的，你别急。"他似乎能读出我的思维，立刻说，"但我希望你理解得更深一些。"

"在我们的星球，人们都是在研究中过完整个生命历程的——按照你们的时间，正常的一个生命轮回是5672.3年。我们没有婚姻，没有友谊，没有任何社交活动，人们唯一的交谈，是对宇宙某方面研究的进展。你知道，所有门类的科学都互相渗透，互相依仗。我们进步得很快，所有的研究都到达了母星所能提供的资源的极限，资源的匮乏让我们无所事事，星球第一次陷入了沉寂。有人预言，我们种族的大衰亡时代来临了。"

在这种绝对的劣势下，我已经没有了绝望，干脆坐在地上，一边啃面包，一边听他说。饥饿感的消除，让我的听觉慢慢复苏起来，这些话语里的信息在脑海里盘旋。听到这里，我不由地打断，说："但你们并没有衰亡是吗，你们还到我们的地球上屠杀？"

"因为我们脱离了空间的桎梏。大衰亡开始前，我们集中所有人的力量，找到了空间的秘密，于是，宇宙在我们眼里，不再是浩瀚无际的了。怎么说呢，当你还是一只蚂蚁的时候，你觉得一片菜园无比之大，永远爬不到边际。但你成了人类，就会发现，这只是一块小小的长着蔬菜的田地——当然，这只是一个比方，宇宙的广阔，远非田园小径可比。"外星人停顿了一下，似乎在打量我，但我看不到他的眼睛，事实上我都不知道他有没有眼睛。过了那么几秒钟，他才继续开口，"总之，我们像鱼从池塘到了大海，虽然经历了无数险阻，一度快要灭族，但依然向宇宙的四面八方游历。我们不为侵略，占领别的星球对我们没有意义，我们只想继续研究宇宙的一切事物，从粒子的运动，到星球的创造、陨灭，对我们来说都是诱惑。而我们也取得了进展。"

我把面包吃完了，又喝了一大口水，长长地出了口气。肚子里饱胀的感觉已经很久没有体验过了。这时，我想起了阿糖，她应该还在家里等着我带食物回去。我的手藏在身后，不动声色地把几块面包塞进了衣服的后边。

"既然领土对你们没有意义，为什么要来地球？"我一边塞食物，一边说，"我们跟你们相比，确实是蚂蚁，但蚂蚁有蚂蚁的日子，人有人的日子，互不干预，为什么要屠杀我们？"

"你们真的没有有意地干预过蚂蚁的生活吗？"

我一时语塞，隐隐觉得马上就是谜题揭晓的时刻了，心脏咚咚咚地跳了起来，吞了好几口口水。蚂蚁……我们在贪玩的时候，会用火烧蚂蚁，用水去淹，用鞋子踩，基本上每个人都有残害蚂蚁的经历……

"不对，你想错了，我们与你们不同，没有'贪玩'或'不懂事'这些概念。我们绝不会觉得杀害别的种族有快感，事实上，在漫长的游历中，我们碰见过文明程度或高或低的种族，但都是暗中研究，做完就离开。"

"那就是……"仿佛是电闪一般，我的脑子里突然出现一个词，"做试验？你们一生都是为了研究，那么，是想拿我们做试验？"

"是的，正如你们为了研究蚂蚁，给它们喂食药物，改变其生活规律，分析其体内激素一样。"

"原来你们每隔一年来屠杀，是想要我们的尸体当标本……"我喃喃道，血腥而无力的现实让我彻底绝望，"难道这些年被抓的人还不够吗，为什么还要继续？"

耳边突然传来了笑声。这个外星人一直在模仿人类的语气跟我说话，他做得不差，这次的笑声里却有明显的轻蔑意味，仿佛我讲了一个笑话。"你们人类的身体结构简单到了粗陋的地步，我只需要扫描一次，就一目了然。我遇见过一个种族，在一颗离恒星很近的星球上生存，他们的身体每隔一个自转日，就会生出新的形态。这样的生物，我会考虑一下收藏尸体，但你们——只要我愿意，随时可以复制出一模一样的你。"

要是在平时，这种话会让我生气。我一直认为人类从低等生物进化而来，经过了漫长的自然淘汰，最终成为这颗星球上最强大的生物，何其伟大。但在他的认知里，我们连做标本的资格都没有。

但他说得对。见识过他们的科技，人才会知道自己引以为豪的成就是多么的不值一提。

"那你想研究的是什么？"

"人类思维波动未知性的探讨，用你们的话说，就是人性。"他叹了口气，"选择这个课题时，我本来以为很简单，你们这种原始的生物，连科技都不能思考，其余的想必也更幼稚、简单。但我来了之后，才发现，你们所想的，远比你们所表现出来的更多，更复杂。你们小小的脑袋瓜里面，装着许多晦涩难懂的东西。"

"你搞不懂的，我们自己都搞不清楚我们在想什么。"

"噢,不,你还是小看了我。在无穷尽的时间里,我还是攻克了许多难题,你们感情里的憎恶、嫉妒、恐惧、贪婪……这些我都已经摸索得足够深了,对此我做了很详尽的描述。我的这份资料在母星获得了很高的评价。但,在你们的另一种感情上,我遇到了困难。"

"是什么?"

"爱。我做了很久的研究,将爱的产生、发展和种类分析完毕,但我遇到的困难是,爱如何在你们人类之间消弭。我曾让一对深爱着的人各自遇见喜欢的异性,但他们不为所动,依旧爱着对方。我曾把一个妻子的脸毁容,但她的丈夫待她如一。我以为你们的爱永远不会消失,但后续的案例又让我费解,一对深爱过的情侣,结婚后却因为平淡的日子而对对方失去了爱意,最终悲惨分手。这真是奇怪的感情,所以,我设置了许多对照试验,希望从庞大的数据中得到结果——你们会在哪些情况下终结爱这种感情。"

我已经猜出怎么回事了,但心里仍然在抗拒着这个想法,向后退,后背却已经抵住了冰冷的飞船内壁,问:"那跟我没有关系吧?"

"怎么会没有关系呢,你和阿糖的爱情,正是我这次要研究的对象。"

我和阿糖的爱情?

记忆蒙上的尘土被风吹去,许多往事逐渐显露,虽然模糊,但永远不褪色。我想起了第一次看到阿糖的那个春天的上午。

那还是在我很小的时候,十五岁还是十六岁,我已经记不清了,但我记得阿糖的脸。她坐在街边的茶桌旁,一边喝茶,一边想着什么,眉头微微地皱起来。她穿的是粉色的棉裙,柔软的裙摆在春天的风里微微晃动,以及她的脚踝,皮肤洁白,隐隐露出几缕青色的血管。

那一天,是我人生中最灰暗的日子。我的父亲用一条皮带结束了我们一家的幸福生活,当警察来把母亲的尸体运走,把父亲关进警车,周围人来人往,没有人理我这个待在路边的小孩。

只有收养我的舅舅,不情不愿地拉着我的手,带着我去往他的家。在隔壁城市,我们从车站下来,顺着街道走,前方变得缥缈,一块指示牌树立在视野里,像天边遥远的星辰。我走着走着,就看到了春风里的阿糖。

那一瞬间,像是电流从脚底升起,蹿过我的每一条神经。我站住了,深深呼吸,从此万劫不复。

这之后的日子中,我在这座城市里生活。理所当然的,我和阿糖成了同学。

她是城里名流之女,长得又漂亮,虽然跟我在一所中学,但从未有过交流。她每时每刻都被一群男孩围着,收到最好的礼物,跟最优秀的男孩交往。可能在她眼里,我就是阳光下的灰尘,连阴影都不会投下。而我满足于这种遥远的观望,像是守护着一盏灯,只要灯火跳跃,一切就都不重要。

我以为这种状态会持续到永远。

但外星杀戮改变了一切。

阿糖的父母在第一次屠杀中便死在炮火里,那是人类第一次面临无可抵御的威胁。铺天盖地的火光从天空中宣泄下来，成批成批的楼房像积木一样倒塌，世界在一瞬间进入了末日。

阿糖在院子里看书，躲过了第一轮轰击，然后目瞪口呆地看着家园被火焰吞噬。我离她不远，跑过去拉着她的手，在第二轮轰击来临前跑到了地下室。

在漆黑的环境里，我拉着她的手，把她抱得很紧。她吓呆了，嘴里喃喃地念着一句话，翻来覆去，我把耳朵凑近，听清了那句话："不怕，不怕，一切都会好起来的……"

我也对着她重复这句话。听着听着，她安静下来，像是累极了，沉沉入睡。也就是在这一天，我们的命运绑到了一起。

为了保护她，我在这个危险的世界艰难前行，背着她走过泥泞与火焰。我曾为了争夺一块馒头，像狗一样与人厮打，等馒头抢到手里的时候，已经又黑又硬了。我把上面的污渍小心擦净，一点一点地喂给阿糖吃，而那时，我的肚子正饿得绞痛。后来她瞎了，我也没有放弃她，更加艰难地求生，让她能够活下去。我们的爱情，也就是在这种环境下一点点滋生，壮大。现在的她，已经把我视作她生命里唯一的依靠了。

而她，也是我活在这个世界唯一的意义。

"你办不到的，"我摇摇头，"我和阿糖都不能没有对方。请你放过我们，找别的人做试验吧。"

外星人沉默了许久，才说："你以为我没有找吗？这是一个对照试验，有七万组对象被考验着，有情侣，有兄弟，有母子……囊括你们人类的爱会辐射的所有范围。"

"丧心病狂……"我的嘴里憋出这几个字。

"哦，在你看来可能是，但正如我所说的，你们对蚂蚁做试验的时候，并不会考虑蚂蚁怎么想。或许你会说蚂蚁没有思维能力，这是错的——在我的认知里，你们在科学上不知进取，也没有思维能力。我不想再为我的行为解释了，我知道你不能理解，但你必须得接受。"

"我现在只想离开。"

"我会让你离开的，只是，你要把你藏在背后的食物拿出来。"

我悚然一惊，随即释然：外星人没有形体，无所不在，甚至能读出我的思想，我藏食物怎么可能不被发现呢？

我把已经被压扁了的面包拿出来，扔在地上，想了想，又指着地上的一大堆食物，问："你为什么要把这些食物藏在这里？真的要让我们死绝吗？"

"我藏这些食物，完全是为了你。"他慢条斯理地说，但每个字都让我心惊，"我本来不需要飞船，杀人也不必要用幼稚的热能武器，我做的一切，都是为了让你害怕。现在，整个城市都没有食物，人人自相残杀，死亡的威胁迫在眉睫，这些都会对你接下来的行为造成影响。"

"我接下来的行为？"

一个箱子飘浮起来，在我面前打开，露出里面的几块面包和三瓶水。"这是一些食物和水，能够让一个人最低限度地活过一个星期。你可以把它们带走，除此之外，这里的一切都要留下。"

忘忧草

"你这是什么意思?"

"这是试验的最后阶段,你其实心里已经明白了。"

我像个站在黑暗原野前的孩子一样,陷入了不可遏制的颤抖。我知道他的意思,这些食物只能支撑一个人活下去,那么,我需要做出抉择。

"我很好奇你接下来会怎么做。顺便说一句,在另一个试验里——我复制了许多地球,在不同的空间里,我将里面的阿糖称为阿糖2号——你和阿糖2号的处境是相反的,你救了她,但你的眼睛瞎了,她用尽一切来照顾你。就在刚刚,阿糖2号也进入了一艘飞船,听到了同样的话,面临同样的选择。"

"你不要再说了!"我大喊一声,把手里的盒子扔掉,"把你的这些鬼东西拿回去,要死,我就和阿糖一起死!我们绝不会一个人独活!"

"如果你想离开,现在就可以。"说完,我侧面的金属内壁无声裂开,阶梯向下延展,让我看到了外面的夜色,"你要拿食物也可以,扔了也行,我不会勉强你。"

我抬腿就往外走,站到台阶上时,背后幽幽地传来了最后一句——

"只是,你真的不想知道,另一组试验里的阿糖2号做了什么选择吗?"

我迈着沉重的步伐回到家里时,阿糖还没睡,缩在墙角里,像一只受惊吓的小兔子。

她听出了我的脚步声,脸上浮出一丝喜悦,摸索着向我走来。"怎么样,"她把手放在我的脸上,一寸寸地抚摸,"没有受伤吧?"

她的手苍白而冰凉,触感带着粗糙,是多年奔逃积累下来的。她的衣服也显得陈旧,布料褪色,污迹点点,好几处还被挂出了破洞。她的头发有些蓬松,胡乱地散在两肩。这些都跟当年的她有天壤之别,那时候的她,恐怕无论如何想不到自己会落到这个境地吧。

但她的眼睛一如以往的温柔,虽然已经不能视物,眼神没有聚焦,但只要看到她的眼睛的人,都无法忽略从里面投射出来的水一般的温柔。

有这一双眼睛,就够了。我伸出手,抱紧她,很用力,像是要把她嵌入我的怀中,永远不会失去。

"你……"她挣扎了一下,随后便任由我拥抱,轻声问,"怎么了啊?"

"没什么,只是想抱抱你。"

"哦,那你抱吧。"她把头垂在我的肩上,温顺地呼吸着。那些带着潮湿的呼吸在我的脖子上起起落落。

过了很久,她才稍微扭动了一下,问:"你今天,好像跟以前不一样,你是不是没有找到粮食啊?不要紧的,一切都会好起来的。"

"放心,我找到了食物。"我从身后把面包拿出来,撕开包装,一股醇香的味道立刻弥漫在小小的屋子里。

"太好了!"她脸上的笑容层层绽开,虽然依旧苍白,但确实喜悦了不少。

我递给她两块面包,她接过来,撕下一小块,塞进嘴里。即使多年颠沛流离，她的优雅依然藏在骨子里，饿得这么狠了，还是细嚼慢咽。我沉默地蹲在她面前，扭开了水瓶盖，她吃了几口面包后，我递过去让她喝口水。

"感觉你怪怪的。"她停下来，两只空茫的眼睛与我对视着，我知道她眼盲，但这一刻，我觉得那双眼睛能够看穿我的一切。

"没有啊，你想多了，我是为了我们能够躲过一劫感到高兴。"

"那你也吃一些吧。"

"我不饿，我想看着你吃。"

她吃完的时候，已经是凌晨两点多了，外面夜色浓重，一丝风也没有。天边一星红光一闪一闪。我把衣服披在阿糖身上，牵着她的手，说："阿糖，我们去地下室吧，天快亮了，天一亮外星人就来了。"

"外星人"这三个字让阿糖颤抖了一下，她抓紧我的手，点头说："好的，我们走吧，你牵着我，不要放开。"

"放心，我永远不会放开你的手。"

我们在幽暗的楼梯里行走，我牵着她，很紧，害怕一松手她就会离我而去。脚步声在楼道里回响，空洞的回音更显得寂静，阿糖小心翼翼地跟着，一步步下楼梯。以往我都会催她早些进地下室，但现在，我扶着她，每一步都很小心，不再催促。

地下室很乱，很狭小，但足够深，能够避免外星人的杀戮。我点燃备用蜡烛，把一些杂物踢开，腾出一小片空间，把被子铺上。一些灰尘腾了起来，在烛光里上下起舞，又沉落下去，有的落在地上，有的则沉入更加幽深的角落。

"晚安。"我亲吻阿糖的额头，低声说。

"晚安。"她微微垂首,"我这一觉可能要睡很久,你要照顾好自己。"

我的心里像被电击一样抽搐了一下,顿了很久,我看着阿糖,她脸上的表情没有变化,始终是那种带着哀伤的淡然。

"你刚才说什么?"我吞了口唾沫,艰难地问。

阿糖轻轻地摇了摇头,没有说话,躺到了床铺上。我给她盖好被子,掖紧边角,防止地下室的潮湿进入她的身体。她的身体一直不好,常年多病,这些年我小心照顾,无微不至,才让她没有在战乱中越过越差。现在,她只有一个头露在外面,面容娴静,脸庞的弧线在微弱的光影里有着淡淡的金边。她闭上眼睛,睫毛轻轻颤动,不知是有了梦境,还是没有睡着,在等着什么。

我再次附身上去,亲吻她的脸颊。有一滴泪从她的眼角流下,划过晶莹的轨迹,消失在床单上。

"一切都会好起来的。"她轻声地说了这句话,眼睛仍未睁开。

我点点头,回应道:"我爱你,阿糖,直到永远。"

说完,我拿起一个枕头,按在了阿糖的脸上。我很用力,所有空气都被枕头隔住,进不了阿糖的口鼻。窒息的痛苦正在侵蚀她。但她没有挣扎,就这么躺着,只在临死前不受控制地抽动了一下,除此之外,她走得很安静。

我颓然坐倒,气喘吁吁。

闷死一个不会挣扎的人,其实费不了多少力气,但此时的我,浑身都软绵绵的,提不起劲。我想哭,但连眼泪都懒得从眼眶里流

✳ 忘忧草

出来。

阿糖静静地躺在床上，表情依旧沉静，仿佛随时会醒过来拉我的手。但她已经醒不过来了，她只是一具尸体。

眼泪突然夺眶而出，我以手掩面，依然遏制不住。

我们只有一个人的口粮，我和阿糖两个人绝对撑不过去。没有食物，要么在地下室活活饿死，要么跑出来被外星人杀死。

如果不拿食物，我们两个都会死。

如果把食物给了阿糖，我死了，阿糖也熬不下去。

……

但我知道其实这些都是借口。真正的原因，是，我害怕。

这些年我见了太多死人，知道死亡何其伟大，何其威严。一旦死亡笼罩，世界上所有的美好都对你关上了大门，只剩下冰冷、永恒的沉寂、腐烂和孤独。当为了生存挣扎时，我尚不觉得多么可怕，但一旦知道了生和死摆在自己面前，一切就都不一样了。

这一个晚上，死了太多人，每一具尸体都把恐惧往我的底线推得更近。

但真正让我下定决心的，是外星人最后对我说的几句话。

"只是，你真的不想知道，另一组试验里的阿糖2号做了什么选择吗？"

我站住了，夜风灌进来，衣服紧紧地贴在身上。我知道最好的办法是离开，但我迈不动步子。

"她杀了你。"他慢慢地说，似乎在享受每个字都变成一把刀插进我心里的快感，"她对你说没有食物，又怕你发现，骗你睡下，趁你在睡梦中用匕首割开了你的喉咙。"

"你骗我……"可是连我自己都听出自己的声音有多么无力。

他没有再说话，但沉默之中更显凝重。他没有理由骗我——人会对蚂蚁说谎吗？

我行尸走肉般走下阶梯，身后的飞船缓缓旋转，笔直升空。浓黑的云层在天空裂开，将它吞噬，红光闪现，云层一亮一隐。我扔掉的食物留在地上，风很大，把它们吹得滚到了我的脚边。

我仰起头，远方天际笼罩在沉沉的黑暗里，看不到一丝黎明的迹象。

现在，阿糖的尸体躺在地下室，我坐在一旁。有污水渗透下来，不知哪个角落里，传来一下一下的"嘀嗒"。

时间就在这滴水声中悄悄流逝。

我握着阿糖的手，闭上眼睛，半睡半醒。等我猛地一下睁开眼睛时，已经过了很久了，阿糖的手早已经冰凉且僵硬。

这时应该已经天亮，屠杀要开始了，但外面并没有传来往年的轰然巨响和惨叫，反而静悄悄的。我疑惑地爬到门口，把耳朵贴在墙壁上，听到的仍旧是一片沉寂。

这肯定是外星人的阴谋。我心里想着，又缩了回去。

接下来的几个小时，安静让我分外焦躁，我走来走去，终于推开了铁门，沿着楼梯走上去。

天光投下来，阳光充足，一些细小的灰尘飘起来。这是一个好天气。

我悄悄把头探出去，四周景色如故，依旧是残破的建筑，一切都笼罩在灿烂的阳光里。没有外星人，没有飞船，这座城市安静得像一座坟墓。

渐渐的，别的藏着的人也走了出来，疑惑地打量着周围。经历昨晚的自相残杀，人少了许多。但天空依然澄澈辽远，浮云闲散，鸟群掠过，一点儿也没有飞船降落的迹象。

"外星人不来了？"有人喃喃地问。

"是啊，他们从没有迟到过，现在还没来，就是不来了！"另一个人突然亢奋起来。

"啊，不来了，我们终于能活下来了！"

人们到处奔走，抱头哭泣，在明媚的阳光下欢呼。而我的心越来越冷，我全身沐浴着阳光，却冷得直打战，血液都冻住了。

外……外星人不来了？

"这是一场试验……"我想起昨晚听到的话，"你们会在哪些情况下会终结爱这种感情……"

现在，试验结束了，他没有再来的必要了。

我抱着肩膀，迟顿地往回走。身边都是劫后余生的人，但欢呼声和阳光都很遥远，像来自另一个世界，听不清，看不到。我走回地下室，缩在床边，阿糖的手垂下来，碰到了我的脸。我打了一个哆嗦。

"没事，没事，"我的声音仿若梦呓，"一切都会好起来的。"

烛光摇晃了一下，倏忽熄灭，黑暗从四周向我簇拥过来。

再见至尊宝

上

1

快到六点的时候,汪路特意瞟了一眼斜前方工位上的陈灵。她正在整理文件,看样子,不一定能准时下班。那太好了,就是今晚,汪路对自己说,一定要鼓起勇气,要跨出第一步。

老天也在帮他。六点一到,同事们呼啦啦地站起来,涌出办公室。陈灵果然还端正地坐着,把文件分类,又处理表格。楼外天光渐暗,汪路只看得到她的一小半侧脸,被电脑屏幕的光勾勒出了莹莹的线条。

过了半小时,陈灵才站起来,活动了下脖子。

于是她也看到了身后的汪路。

"汪哥,"她有些诧异,"你也还没走啊。"

汪路瞥了一眼她的电脑屏幕,见是关机动画,知道是时候了,便说:"是啊,有点事刚处理完,要走了。你还要忙吗?"

"我也弄完了。"

汪路心头打鼓,说:"那一起走吧。"

他们出了办公室，走进电梯。里面只有他俩，以及一片沉默。明明只有十几楼，汪路却觉得像是过了好些年。他让脑子转起来，试图打破这尴尬，说："小陈啊，你来公司好几年了吧？"

陈灵"嗯"了一声，"三年零七个月"。

"你干得不错，同事们都很喜欢你。"他想了半天，只憋出这句话，含蓄地表达了对她的好感——他也算陈灵的同事之一嘛。

陈灵讷讷地点头，说："谢谢。"

电梯到了一楼，停下，银白金属门滑开。陈灵正要走出去，汪路知道到了关键时刻，深吸口气，让声音变得从容和漫不经心，"对了小陈，一块儿吃个晚饭吧？"

陈灵扭头，顿了顿说："就不了，我不太饿，而且一般我都是回家吃。"

"现在还早，吃点吧。"汪路没有了退路，说，"也一起聊聊天。你来公司好久了，平常上班也不方便，正好是个机会，聊聊吧，我想……多了解一下你。"

话里的意思已经很明显。陈灵看着他，有些犹豫。这小小的空间一片安静，沉默像是催化剂，凝固了空气。电梯门在她的身后合上。

汪路松了口气。

他们下到负一楼，在一排排汽车间找到了那辆有年头的灰色汽车。汪路开车，陈灵坐副驾驶，很快出了办公楼，汇入街上庞大的车流。

这个小城的秋天黑得早，一栋栋高楼隐在晦涩的天气里，有些亮起了灯，有些没有，因此灯光都是支离破碎的。正是晚高峰，车龙在城市的每一条街道上挣扎，翻身都难。

汪路默默开车，陈灵则扭头看着窗外。窗外暗下来。

"去哪吃呢？"汪路说。

陈灵没回答，汪路也不催。车继续艰难地前行。过了好一会儿，陈灵才开口，"汪哥，我明白你的意思，但是……"

"嗯？"

陈灵慢慢吸口气，说："那……那汪哥你先送我去市立小学。我接个人，等看到他，汪哥你再决定要不要吃这顿饭吧。"

汪路悬着的心放下了。陈灵来公司三年多，如今也近三十岁，出入都是一个人，又经常去小学接人……通过这些情况，他也基本上能推断出陈灵的身份——单亲妈妈。她长得清秀，气质娴静，要不是有孩子拖着，公司那些小伙子恐怕早就排着队追求了。

但这一点，汪路并不介意。他也是独自带着女儿，知道其中艰辛，更想跟她一起分担。他甚至想，陈灵的儿子刚读小学，跟女儿年纪差不多，还可以一起陪着玩耍，免得孤单。

这么乱糟糟地想着，他们驶离大路，来到学校门口。这时天已全黑，路灯在幽暗中撑开一蓬蓬光晕，放学的孩子们早被家长接走了，校门口冷冷清清的。

汪路放慢速度，左右巡视，发现除了校门右边站着的一个高大男人，并没有背着书包翘首等待的小孩。

"停车吧。"陈灵轻轻地说。

汪路把车停在路边，跟陈灵一起下了车。但校门口还是没有小孩。他说："你儿子呢？要不要给老师打——"

话还没说完，就看到陈灵走向了那个高大的男人。男人也看到了她，原本木讷的脸上立刻绽开夸张的笑容，一跺脚，大踏步向她奔来，抱住她。

男人三十岁左右的样子，长了胡茬，比陈灵整整高出一个头，抱着她的时候，她的整个脑袋都埋进了他的胸膛。他的脸上布满夸张的笑容，连声喊着："紫霞，紫霞……"声音很大，又透着与这个体型很不协调的奶声奶气。周围路过的人都侧目而视。

汪路被这一幕弄蒙了，后退一步。他这才留意到，这个男人的背上还背着书包，是市小学的统一制式。书包后面的图案是一群小孩在朝阳下敬礼，本来很好看，在他背上却显得格外别扭。

陈灵挣开他的怀抱，说："别闹了。"

男人"哦"了一声，嘟着嘴，很不情愿的样子。

"好啦好啦！"陈灵拍拍他的脑袋——她个子本不矮，但依然要踮起脚才能完成这个动作，"乖，回家给你做好吃的。"

男人的表情立刻从郁闷变成欢喜，连连点头，又笑嘻嘻地拉着陈灵的手。陈灵向汪路走来，男人被她牵着，一边走，嘴里还一边嘟囔着什么。

走得近了，汪路才听出来——男人是在背乘法口诀。

"这就是我要接的人。"陈灵的声音里带着歉意，但更多的，还是深潭一样的平静，"他是我男朋友，在里面读二年级。"

汪路再后退一步，抵住了车门。他脑子里乱哄哄的，不知说什么好。

"所以，"陈灵看着他，"你现在还愿意吃那顿饭吗？"

2

　　回到小区，已经有些晚了，陈灵让李钻风先上楼，自己则去超市买菜。她在打折区逛了很久，最后才抱着一堆蔬菜结账回家，但刚出电梯，就发现李钻风还蹲在家门口。

　　他把作业本放在腿上，手拿铅笔，认真地做着题。走道里光线昏暗，感应灯隔几秒就会熄灭，所以他一边做题，一边还要不时拍一下手。

　　"你怎么不进去？"陈灵问。

　　李钻风抬起头，撇了撇嘴，"钥匙丢了……"

　　陈灵叹口气，把一大袋菜放下，掏钥匙开门。李钻风意识到她不开心，赶忙又说："我不是故意的……下午活动课的时候，我跟他们玩捉迷藏，玩的时候掉了……"

　　"你是跟班上的同学们玩吗？"

　　"是啊，我玩得可好呢！我藏在操场的树后面，藏了一整节课，他们都没有找到我。"

　　陈灵看了他一眼。李钻风似乎又长个儿了，一米八几，又高又壮，他那些同学恐怕连他的腰都达不到。这么硕大的体型，那些刚栽的树根本藏不住。"不是他们找不到你，而是他们不——"她想了想，还是摇摇头，"你去做作业吧。"

　　等她做完饭出来，李钻风已经把作业写完了。她一边吃一边检查，点头称赞道："不错，全是正确的。"

李钻风得了表扬，高兴得多扒了几口饭。但看着他这副稚气天真的样子，陈灵心里又默默叹息了一声，说："吃完饭，你陪我看电影吧。"

"还看至尊宝吗？"

"对。"

"好啊好啊！"

陈灵心里稍微宽慰了些——就算他忘了一切，变成这副模样，但他还是爱看这部电影，多少遍都不腻。

于是，这一天剩下的时间里，他们就窝在沙发上，又看了一遍《大话西游之月光宝盒》。陈灵本来是坐直的，看着看着，身子就歪了。她用额头挤开李钻风的手臂，斜靠在他左边的胸膛，让那条厚实有力的臂膀搭在自己的肩上。这是以前他们一起看电影时，她最喜欢的姿势，足够亲昵，有安全感，还能听到他胸膛传出的心跳声。

如今，一切都变了，只有这样依偎着，她才会恍惚觉得又回到从前——噩梦没来，生活永远那么甜蜜，他还是她的至尊宝，会踩着七色云彩来娶自己。

这么想着，她的眼睛湿润了。李钻风却被电影里夸张的无厘头表演逗得哈哈直笑。

他们每次看这部电影，都会这样——他笑得开心，她默默垂泪。

《大话西游之月光宝盒》是《大话西游》系列的第一部，年代久远，尽管画质是高清的，但在大屏电视上，还是出现了细细麻麻的颗粒。他们却依旧很认真地看着。一个半小时后，电影结束，李钻风大声说:"我还要看下一部!"

"很晚了,你明天还要上学,"陈灵坐直了,声音闷闷的,"过几天再看吧。"

"好吧……"李钻风不舍地看着屏幕上滑过的演职人员表,揉了揉左边腋下,"咦"了一声,"我这里的衣服怎么又湿了?"

"是天气热,出的汗。"陈灵随口打发,说,"我去给你洗漱,然后你乖乖上床睡觉。"

李钻风却嘟着嘴,晃了晃脑袋说:"我自己洗,我会用热水器啦!"

"也行。"

但李钻风在调水温时,还是把自己烫着了。听到尖叫时,陈灵心里一揪,连忙推门进去,看到李钻风光着身体,抱胸蹲在角落,而莲蓬头还在喷着滚烫的热水。浴室里一片水汽氤氲。她一阵心疼,连忙关了水,柔声安慰道:"没事没事,水关了。"

浴室水温最高也不到六十摄氏度,虽然觉得烫,但也只是在李钻风背上留下一片通红。陈灵检查了一遍,见没烫伤,拍拍他说:"还是我给你洗吧。"

李钻风蹲着,一边抽噎一边点头。

陈灵又好气又好笑。这时,她突然发现李钻风背上有几道瘀痕,不是很深,但摸上去的时候,还是能明显感觉到他的肌肉紧了紧,想来是觉得痛了。

"你背上怎么回事?"她问。

李钻风说:"摔倒弄的,不疼……"

陈灵疑虑重重，但问了几遍，李钻风也还是这么说，只得作罢。洗完后，李钻风扭扭捏捏地不肯上床，说："我应该一个人睡……"

"为什么？"陈灵微恼。

"别的小朋友都这么说的，他们早就一个人睡啦！"

陈灵看着他，"但你不是小朋友，在这个家里，你三十一岁，你是我的男朋友，"顿了顿，又补充了几个字，"和未婚夫。"

李钻风皱皱鼻子，显然对后两个身份不以为然。但他也察觉到了陈灵的怒气，以及某种隐忍悲怆的情绪，便不再多话，乖乖地躺到床上，两手平放在腿边，一副规规矩矩的样子。很快，陈灵也躺到了他的身旁。

灯熄了，窗外有一些游离的光，但屋子里一片幽暗。

"我想听睡前故事……"过了许久，李钻风说。

陈灵没有理他，似乎还在生气。

"对不起嘛。"

"抱我。"

李钻风挪了挪身子，把她环抱住，又试探地问："我想听睡前故事……孙悟空遇见唐僧之前，是什么样子啊？"

但陈灵蜷缩在他的怀抱里，嗅着他的气息，浑身软绵绵的。她不想说话。疲劳和灰暗从她身体里退去，她感到了温度，感到了幸福，鼻子有些酸楚，但还是绵长地呼吸着。世界在这一天的尾声，终于收起了狰狞的爪牙，向她示以平和与安宁。她躺在巨大的温柔里。

过了许久，她才想起李钻风的话，说："孙悟空啊，那个时候，他的名字叫至尊宝……"她停下来,因为她听到了李钻风的轻微鼾声。他总是这样,以为能听完一个故事,却每次都早早地入睡——嘴角还挂着浅笑,想来是做着好梦。

陈灵却没有这样的运气,迷迷糊糊地睡着后,噩梦如约而至。

在梦里,飓风四起,黑暗中狂浪滔天。这样的天气里,她本应什么都看不清,但梦就是这么奇怪,狡黠而充满恶意,非让她直面人生中最惨痛的一幕。一柱光连接了她和远处的游船。于是,她看到小船在海浪里颠簸,李钻风父母的脸失去血色,他们明明在大声呼救,却听不到一点声音。充斥梦境的,是狂风呼啸,波浪翻涌,以及,李钻风痛苦的呻吟。

"对不起,"她在现实和梦境中同时泪流满面,"对不起……"

李钻风在下沉,脸越来越淡。梦里的海水不再是盐,都变成了酸,这些黑暗的液体消解了他的模样。"没关系,"他被完全溶解前,嘴角轻轻扬起,笑容平淡又悲伤,"你要活下去……"

"对不起……"在枕上,她轻轻呢喃。

"对不起!"在梦里,她声嘶力竭。

3

一进办公室,陈灵就感觉气氛跟平常不同,好几个同事在偷偷瞟她,但她扭头过去,同事们的视线又连忙移开。

她不禁微恼——定然是汪路把昨天小学门口的事情,跟同事们说了。她知道同事们会怎样想。"智障男友",这个词能引发的好奇和闲言碎语，可比"单亲妈妈"要多。虽然她已经习惯这种目光，但还是皱眉。她原本觉得汪路是个内敛得体的人，所以才没有像拒绝其他人一样，随便找个理由敷衍。但没想到汪路见到李钻风后，还是……

陈灵深吸口气，平静地走到工位上，坐下，开始一天的工作。

但很快，她就发现自己猜错了——同事们看自己的目光，并不是怜悯和质疑，而是羡慕。因为开例会时，老板要指派她做一个出差采访。

"啊？"她抬起头，诧异地看着长桌尽头的老板。

"今天凌晨的热门微博你没看吗？"老板说，"一个网友在新疆赶夜路时，见到了寒夜灯柱。"说着，老板在会议室屏幕上投影出了那张微博图片。

图片上是一条深夜里的公路，但路的两旁，一道道五彩斑斓的光柱从地面升起，直入云霄。云层都被照得氤氲迷离，像染上了胭脂，而云彩的间隙，露出了点点星辰。

尽管图片被放得很大，有些模糊，陈灵还是被这幕奇景惊得深吸口气。她更难以想象，那个夜里赶路的旅人，在抬头的一瞬间看到它时，会是怎样的震撼，又是怎样的幸运。

她还没说话，坐她对面的汪路却露出迟疑的神色，说："光柱现象还算常见吧，只要温度够低加上湿度大，就能形成悬浮冰晶，折射光线形成光柱。需要专门派人去吗？"

老板赞许地点头，说："汪老师厉害。不过我这边收到的消息是，太阳出来后，光柱还没消失，已经不是冰晕现象能解释的了。听说军方已经包围了那片区域，但我在附近一个叫至元村的地方有线人，小陈过去后能进去拍摄，出一份特稿。"

这就是同事们羡慕的原因。公费出差，待遇颇丰不说，旅游观光也不提，对媒体工作者来说，最重要的还是能遇上一个能勾起大众关注的新闻。这幅光柱照片仅在微博上就引起了几万转发，而谁都闻得到，它背后还藏着能将个人职业生涯推到高峰的巨大秘密。

但出乎所有人意料的是，陈灵摇摇头，说："这是个好机会，但我不能出差。"

老板皱起眉头。他这才想起，陈灵进公司这几年来，的确没有出过差。"为什么？"他问。

"我家里有人要照顾，走不开。"陈灵低声说。

"小陈啊，你进公司时间不短了，这个机会，我觉得你应该要争取的。"

谁都听出了老板的不满，没人敢作声。陈灵垂下眼睛，低声说："谢谢老板，但我确实去不了。"

老板脸上神色不佳，正要说什么，汪路突然说："我对超自然现象还挺好奇的，让我过去吧。"

"汪老师，你不是……手头还有那么多活儿要忙吗？"

汪路笑了笑，说："加点班就弄完了。"见老板还在犹豫，又说道，"我虽然是老员工，但也别光想着压榨我，也给个出去玩的机会嘛！大不了我自费，回来后还写一份游记，哦不，报道。"

他说得轻松又委屈，其他人都笑了。坚冰一样的氛围出现了缝隙，不再尴尬，老板顺着台阶下，也没多纠结，点头让汪路负责这次采访。这事儿也就揭过了。

"刚才谢谢了。"出会议室后,陈灵在微信里给汪路发了这句话。

消息发出去后,对话框里很快显示"对方正在输入中"。但这种显示一直持续着,三分多钟后,对话框里只多了两个字。

"没事。"

陈灵怔怔地看着手机,又抬头看了看不远处工位上汪路的背影,有些怅然。她按熄屏幕。手机刚被放下,又在桌面上振动起来。

她正想按掉,但一垂眼,看到了"张老师"三个字。

是李钻风的班主任。

"有什么事情吗?"她快步走出办公室,在过道里接了电话。

"你来学校一趟吧,"张老师在电话里说,"李钻风出事了。"

4

陈灵匆匆赶到学校办公室,还没进去,就听到里面传来了尖锐的吵嚷声。

"你们这学校怎么搞的,这么大个人了还是小学生?"是女人的声音,"我可以告你们的!我查过,教育部规定的小学生,是六岁以上的儿童——儿童!他这模样恐怕三十多了吧,还是儿童吗?"

陈灵眉头一皱,走进办公室。

李钻风站在角落里,撇嘴垂头,脸上有干涸的泪痕,皱巴巴的。不远处一张办公桌旁,坐着富态的张老师。他对面是一个四十岁左右的妇女,干瘦精明,拉着一个小胖男孩的手。吵嚷声正是出自她口。

其他座位上的老师都朝他们看过来，表情各异。

"阿风，"陈灵穿过妇女与张老师之间，径直走到李钻风身前，低声问，"怎么了？"

李钻风低着头，胸口一起一伏，不肯说话。

见她来了，倒是张老师如释重负，连忙说："你终于来了。"又转头看向妇女，"罗集妈妈，这位是李钻风同学的监护人。"

妇女斜眼看过来，上下打量，迅速判断出了敌我的战斗力，轻蔑一笑，"第一次在学校里看到监护人比被监护人小的，难怪这么奇葩。"

陈灵仍不看她，见李钻风不肯开口，又走到张老师座侧，问："出什么事了吗？"

"你们李钻风跟人打架了。"张老师脸上的肉颤了颤，说，"当然了，小孩子打闹本来平常，也没出什么事来……"

一旁的罗集妈妈插口道："这是小孩子打闹吗？"她拉起小胖男孩的手，又抬手指了指李钻风，"这是以大欺小啊，白长这么大个子，得有一米九了吧，公德去哪了？吃的是白饭，把屎留肚子里，公德给拉出来了？那还上什么学呀，在厕所就能吃饱喝足、衣食无忧啊。"

话说得难听，周围的老师都面面相觑，但也没人吱声。罗集妈妈的气场已然笼罩整个办公室。他们都知道这是最难缠的一类家长，被市井和琐屑的生活磨砺过，唇舌锐可杀人，脸皮厚能筑墙。而且看年龄，罗集多半是他妈三十多岁以后生下来的，虽不算老来得子，

259

但肯定也护得跟心肝儿似的。

陈灵却似充耳未闻，又转头对李钻风低声问道："你打他了吗？"

李钻风点点头。

"为什么？"

"是他先打的我……"

这一刻，陈灵想起了昨晚给他洗澡时，他背后的那些瘀痕。"不是第一次打你了吧？"她问。

李钻风头垂得更低，泫然欲泣，但咬牙忍住，只让泪光在眼眶里打转。

"别怕，"她低声说，"我不会让人欺负你的。"话刚说完，她心里微颤，好像有苦涩的种子在胸膛里萌动——这句话，她以前也对他说过。

那时，他们刚刚确定关系，又看了一遍《大话西游之月光宝盒》。她开玩笑对他说，从现在开始，你就是我的人了，如果有人欺负你，你就报我的名字——在电影的结尾，紫霞第一次出现时，就是这么对至尊宝说的。

想不到一语成谶。

她把甜苦交杂的回忆压回心底，走回张老师身旁，说："那，现在您这边打算怎么处理？"

张老师连忙说："都在一个班里，学校也不想弄得不好看，这样，道个歉，赔点医药费就可以了。"

陈灵点点头，"嗯，也可以，不过赔偿我就不需要了，歉是怎么道呢？是孩子给孩子道歉，还是家长给我道歉？"

张老师和罗集妈妈都抬起头，看着她。

"嗯？"陈灵说，"是我没说明白吗？"

张老师说："是我没说明白，我说道歉和赔偿……"

"是啊，我听明白了，但我不需要赔偿，道歉的话，态度好一点就行。"

罗集妈妈终于反应过来，叉腰骂道："你是不是神经病啊，明明是那个傻瓜欺负我家孩子，还让我们道歉，我呸！"她又拉起罗集的手，"集集，你说，是不是他欺负你啊？"

男孩连忙点头，"是他打我，我都够不着他……"

陈灵依然不看她，问张老师："谁欺负谁，是孩子们说的吗？"

"是啊，还有同学作证。"

"那监控呢？"

"倒还没看，但孩子们都说了，应该——"

陈灵深吸口气，"那现在看监控吧。"

张老师面露难色，犹豫道："手续有点麻烦，要校长签字……我看事情也不大……"

罗集妈妈也尖声道："看就看！我非得——"这时，罗集拉了下她的衣袖，被她一把甩开，"放心！妈给你做主！"

陈灵说："我就要看。我请了假，今天不用上班，有很长时间可以看。"

张老师只得起身去校长办公室，半小时后回来，带两个家长和孩子去了监控室。很快，他们调出了视频，果然是罗集趁课间老师不在，用书砸李钻风的头。李钻风个子高，站起来躲，罗集又在哄笑声中爬到桌子上，嘴里尖叫着什么，边叫边砸。直到最后他用铅笔扎李钻风，李钻风受不了，才推了他一把，将他推下桌子。他一屁股摔到椅子上，哭起来，正好老师进教室，他便告了状。

看完监控，罗集妈妈的脸色由白变红，结束时又变白了，说："那……那我家集集也只有八岁，打闹一下能疼到哪里去？"

陈灵没抬头，对张老师说："再把前几天的视频也调出来吧。"

"这……"

"我说过了，我有一整天的时间。而且我也有看视频的权利。"

于是，他们又在前几天的监控里看到了罗集和几个男孩把李钻风逼到角落里欺负的画面。他们远不如李钻风高大，身高一半都不到，但仗着李钻风不还手，拳捶脚踢，还有拿着笤帚砸的。他们的脸上都没有咬牙切齿的恨意，只有一片欢快。这种欺负，是出于纯粹而原始的恶意——打败比自己体型大那么多的人，会给他们带来一种残忍的成就感。而周围人的起哄，无疑加重了这种感觉。

整个过程中，陈灵的脸都是沉静的。张老师担忧地瞥了几眼，但看不出她的表情。

"这确实是学校的失误。这样吧，"张老师关了电脑屏幕，对罗集妈妈说，"罗集妈妈，你让孩子道个歉，态度好一点。都是同学嘛，以后还要相处……"

"凭什么我们给这个怪胎道歉……"罗集妈妈狠狠掐了儿子一把，罗集大哭起来，哇哇叫妈。但她没理会，转过头，声音尖锐似刀，"我就说，这怪胎就不应该在学校里。听说他以前在这里上过学，过了十几年变傻了又回来了——这是小学啊，又不是智障收容所！"

喂！你，你赶紧把这怪胎领回去……"她是指着陈灵在说，但发现陈灵没看自己，她继而想起：整个过程中，陈灵的目光压根没往自己身上落一下。

她的心里突然掠过一丝不祥——自己纵有千百战斗力，对方却从未接招。

果然，她听到了陈灵对张老师说的话。

"我家李钻风是跟常人不一样，但他来这里上学是特批的，手续齐全，也有医疗证明。他应该跟所有小孩一样。"陈灵的声音不高，只是隐隐颤抖，那是极力压抑某种情绪的表现，"而且我改变主意了，道歉我要，赔偿我也要，我会找医生来鉴定他的伤——我认识很多医生。"

张老师犹豫道："要不再……"

陈灵没等他说完，亮出握在掌中的手机，说："刚刚的视频我已经录下来了。张老师，您应该知道我的职业吧——我是做新闻传播的。"

张老师像被蜇了似的，眼皮一跳。他总算醒悟过来，最难缠的一类家长，并不是悍妇，而是眼前这个有着冷静眼神和凌厉手腕的年轻女人。他也上网，知道这种跟"校园暴力"沾边的视频，经过专门的营销包装，能在网上引起多大的轰动。

事关学校声誉，已经超出了张老师的职权。他又去了一趟校长办公室，最后在校长的调解之下，罗集妈妈赔了两千块钱——事后会由学校补给她。然后，罗集和那些欺负过李钻风的小孩，逐一向李钻风道歉，并罚写检讨。

他们道歉的时候，李钻风却像是自己犯了错一样，后退几步，连连摆手，无助地看着陈灵。

等事情落定，已经是下午渐晚了，众人各自离开。陈灵也要走，但被校长叫住了。

李钻风在办公室外等着，里面只有陈灵和校长。

"我觉得，"校长犹豫了一下，"李钻风可能不适合在这所小学里了。"

陈灵低头看了一眼手机。

校长连忙道："我不是那个意思。"他喝口水，又说，"本来就算没这事儿，我也要跟你说的——他太聪明了，已经不是小学能教的了。"

陈灵转头看向窗外的李钻风，只能看到他的背影。他的头依然垂着。更远处，风把树叶吹得哗哗作响。

校长接着说："他刚进学校时，确实什么都不记得了，一切都要重新教。但这一年多，他学得很快，别的小孩最聪明也就是听一遍能记住，而他，听半句话就知道后面的意思。他的试卷就是标准答案。"校长拿出一沓试卷，往下一扒，露出一串整齐的红色"100"字样，"我们本来是商量让他跳级，但从三年级到六年级的所有内容，他都知道——所以我们建议，他可以读初中了。"

陈灵沉默了。

校长以为她生气，连忙又道："当然，我们也只是建议——你考虑考虑。"

回到家，陈灵才感觉疲倦。她陷进沙发里，眼皮重得像铁，闭目养神。

李钻风本来站在客厅,见她疲倦的样子,也坐在她身旁。她的呼吸清晰可闻。渐渐地,他也歪着身子,头枕在她的腿上,闭上了眼睛。

傍晚未到,太阳尚有金辉。但斜阳被城市的高楼大厦切割着,落到这栋楼时,只剩下微弱的一抹。它穿过阳台玻璃,在地板上爬行,最后落到了陈灵的脸上。

这时,李钻风悄悄地看了眼陈灵,见她似乎睡着了,嘴边轻轻呢喃出一个字。

"妈……"

陈灵的眼皮动了动,但没睁开。

阳光落在她的眼睛下,有些细细的辉芒在闪,不知是因为皮肤反光,还是别的什么。

5

他们第一次认识,也是在这样一个布满霞光的傍晚。

那时候李钻风大三,是学长,在一楼教室门口走来走去背单词。那是第二教学楼,以迂杂曲折著称,很多人找不到去教室的路,当时还有不少关于在二教迷路的段子。陈灵是新生,从宿舍走来教学区,走了很久,还经过了长桥和明远湖。她站在楼前,仰视整栋大楼。

于是,他看到了这个面带新奇的学妹。她正仰着头,沐浴在金黄霞光里,整个人都快融化的样子。

她也留意到了这个奇怪的男生，问："老师？"见他没回，她皱皱眉，"学长？"

他还是没说话。

她低低地"哦"了一声，准备走进去。

他说："哎，二教不要乱闯。"

"二教？"她转过头，指着斜上方的塑料大字，"你当我不识字啊，明明是综合楼嘛！"

他顺着看去，果然是综合楼。原来自己默背单词，不知不觉间走到了这里。他有些不好意思，正要道歉，她已经走进去，身子一转，消失在楼道间。

再一次见面，是在期末的院际辩论比赛上。两人各是正反辩队的一辩。李钻风看着对面认真辩驳的陈灵，一下子想起了半年前那片夕阳，有些失神。他在后面的辩论环节出现了好些漏洞，被陈灵抓住，最后让传媒学院拿了冠军。

但也就是这个契机，让李钻风知道了陈灵的联系方式，开始频频约她。陈灵对这个学长有点反感，觉得烦人，每次都推掉。有一次晚上他又约她逛校园，陈灵想也不想就回短信拒绝了："晚上要上选修课。"

但其实她的选修课已经结课，当晚没什么事情。晚饭后她路过商业街，看到学校的内部电影厅要播放的电影片名：《大话西游之月光宝盒》。这是她最喜欢的电影，便买了票——很便宜，估计片源也是盗版的。

她走进昏暗的电影厅，来看这部老片子的人不多，人影稀稀拉拉，她找了个座位坐下。电影已经看过无数遍，但她还是能被星爷的无厘头表演逗笑，整个过程里笑声就没停过，惹得斜前排的男生老是回头看她。光线昏暗，她看不清是谁，连忙收敛了笑声，但没多久又忍不住笑起来。

后来电影放完，影厅灯光亮起，她才看清男生的脸。正是李钻风。她还残存的笑容顿时僵在嘴角。好在李钻风并没有走过来，冲她点点头，便转身走了。

打那以后，李钻风就再没有约过她。但她发现，电影厅里重放《大话西游之月光宝盒》的频率变高了，只要她看到告示，每次都会去看，而只要走进电影院，都能发现李钻风。他们没有交谈，座位也隔得远，散场就离开。

这样一直持续了一年，到大二课变得多起来，一忙时间就过得飞快。其间她也在校外见过几次李钻风，他在兼职，倒卖小商品和发传单之类的。她面无表情地路过，他也没打招呼。后来陈灵把精力花在学习上，没再参加辩论赛，只在比赛结束后看了结果，发现最佳辩手居然是李钻风。再一打听，发现李钻风大一时也是最佳辩手，只在大三那年落选——就是跟自己辩论那次。她找出当时的录像，重看李钻风跟自己的辩论过程，发现李钻风在前半段口齿伶俐，逻辑清晰，而且是他熟悉的题目，本来胜券在握，直到遇到了自己。他那些辩论中的漏洞，一半是失神导致的，一半看起来像是故意的。

于是，下一次再看《大话西游之月光宝盒》散场后，她总觉得该说点什么，便在厅外等着李钻风出来。但等了一会儿也没动静，她纳闷地走进去，看到影厅老板正在给李钻风付钱。

"就不知道你这样图什么，每次都包场看这部电影。"影厅老板掏出钱，点了点，"还让我正常卖票。包一场三百，卖一张票六块，喏，这是今天的五十四块。"

李钻风低头接过钱，也不说话，转过身。他看到了门口的陈灵。

那个晚上，他们在学校里走了很久。刚开始他们没说话，也不知道说什么好，就默默地走着。走过人群熙攘的商业街，走过漫长的湖上步行桥，还有在夜里幽静空旷的环形大道。

"你说，"快走到宿舍区时，陈灵突然问，"为什么紫霞会喜欢至尊宝？因为他拔出了紫青宝剑吗？还是他说的那个一万年的谎言？"

"都不是吧。"

陈灵停下脚步，看着比她高半头的李钻风。

"是在市集的时候，紫霞进到至尊宝的心里时，他也进了紫霞的心里。"李钻风皱眉回忆，声音很慢，但很笃定。

宿舍楼就在不远处，每一扇窗里都亮起了灯。陈灵的心也像这些窗子一样，慢慢亮起来，她深吸口气，突然说："以后你不用包场看电影了，兼职挣钱也不容易。"

"啊？"李钻风一愣，继而沮丧地点点头，"噢……"

"我们可以在别的地方看电影。"

6

平静的日子没过多久，陈灵又接到了李钻风初中班主任的电话，让她去一趟学校。

她做好了再跟那些凶悍的、无理的家长们针锋相对的准备，万一斗不过，她也能承受辱骂和鄙夷的目光。但她没想到，这一次李钻风做的事情，将她彻底击败了。

李钻风给同班女孩写了情书。

从班主任嘴里听到这个消息的时候，陈灵身体里像是被抽走了几根骨头。她后退一步，靠到了墙，又茫然地抬起头。

班主任又说了一遍："他给班上的女同学写情书，影响很坏，你看，这要是其他同学写，我疏导疏导就行——但他生理年龄三十多岁了，女同学才十三岁，这，总有个伦理上的……"

陈灵转头看向李钻风，他低着头，还是一副做错了事情的样子。但这一次，她帮不了他，她甚至都帮不了自己。她再也没有了跟所有人抗争的勇气。

"我……"过了好久，她才深吸口气，"他是真的写情书了吗？"

"证据确凿。"

"我能看一下吗？"

那张薄薄的纸伸了过来，她下意识去接，手又跟被蜇了似的缩了缩。班主任皱着眉往前递。她躲不过了，接过来，展开看。

是的，是李钻风的笔迹，是他的语气，是他的好感和爱意——只是给了另一个人。他用笨拙的语言表达好感，想跟她交往，在信的结尾，他说了那四个字。

我喜欢你。

陈灵手一抖，纸落在地上。

班主任悲悯地看着她——他知道陈灵和李钻风的关系，是监护人，也曾经是情侣，是未婚夫妻。李钻风给别的女孩写了情书，在李钻风看来，这可能是同龄人都会做的事情，但对陈灵来说，这张纸上透着浓浓的残忍和荒诞。

"老师，我……"陈灵嗫嚅着，过了许久才缓过来，垂下眼帘，"那个女孩怎么样了？"

"也还好，没怎么吓到——但她家长的反应有点大。"

"对不起……"

"这个对不起我可以转达。"班主任叹了口气，"他这样可能是受了周围同学的影响，你也别想太多……至少在学习上，他是很聪明的，有些教师不会做的题目，他都……"

后面的话陈灵就没听进去了，她脑子里满是往昔那些破碎的画面，那些凌乱的语句。多年来被某种执念压住的疲倦一下子翻涌上来，在身体里一浪一浪地拍打，让她站立不稳。

"你……你没事吧？"班主任见她摇摇晃晃，嘴唇煞白，问道。

"没……"陈灵反应过来，看了眼李钻风，咬咬牙，"我想给他请几天假。"

学校的假好请，毕竟李钻风成绩很好，落几天课也不会怎么样。倒是陈灵给自己请假时，遇到了一点麻烦。

"这几天请假？"老板有些不满，"成都和印度的苏拉特，同时发生了同等级的地震，我还想派你去成都做个震后访谈呢。"

地震？她想起昨晚回家后，她在沙发上确实感到了一阵天旋地转，但她以为是自己的幻觉。后来倦极，她整夜都没有开手机。

"实在抱歉，"陈灵说，"能有别的同事先顶上吗？我回来后无偿加班，把事情弄完。"

"哪还有人？汪老师也是刚请假，说是陪女儿出国玩……"说着，老板突然一愣，想到什么，低头看了眼她写的请假表，"噢噢我明白了，那可以，可以批准！你们好好玩儿！工作的事我找其他人顶上。"

陈灵一头雾水。

很快，她就明白了老板为什么有那副奇怪的表情——在机场，她见到了汪路父女二人。

"好巧啊！"汪路也很惊讶，问了下航班号，居然是同一班，"你们也去泰国玩？"

"是啊，我们去……散散心。"

"挺好的。"汪路看了一眼旁边撇着嘴有些不高兴的李钻风，点点头，又重复了一遍，"挺好的。"

"对了，上次出差，多谢你。"

汪路摇摇头，说："没啥，本来我对那张照片也很感兴趣，就算你要去，我也得跟你抢呢。"

"那查出什么来了吗？"

"没有……"汪路的眉头皱成川字，"那边已经被封锁了。不过我在至元村待了几天，又发现了新情况——晴天闪电，天空都像要撕裂的样子。那里肯定要出什么事，但我回来后，这个选题被禁了，我跟不下去。"

"哦。"

❋ 忘忧草

接下来他们就没怎么说话了，可能因为那顿始终没吃的饭，总是有些尴尬。他们在登机口沉默地坐着，倒是李钻风和汪路的女儿汪乐仪聊了起来，在空地上玩得开心。他们以机场的方形地板为格子，蹦蹦跳跳地踢着文具盒。

路过的人看到一个高大的青年陪八岁小孩玩这么幼稚的游戏，都露出笑容。但看到李钻风脸上单纯稚气的表情后，又愣一下，摇摇头，快步走开。

"他这样……"汪路犹豫了一下，"很久了吗？"

陈灵没有看他。晨霞透过巨大的落地玻璃，落在她脸上，像是补上的一层妆，让她这几天失血的脸上有了一丝红润。

"嗯，很久了。"

"是……天生的吗？"

"是意外。"

"怎么造成的？"

"溺水了。"

汪路听她语气淡淡的，转过头，只看到她在霞光中的侧脸。他低头看了眼机票，目的地是普吉岛，眼皮一跳，说："难道……不会是两年前普吉岛海难那次吧？"

陈灵点头："是那次。"她咬了下嘴唇，脸上掠过一丝痛苦，"本来他很忙，不想去泰国的。是我，刚刚订完婚，闹着要旅游，还把他父母也带去了。那天天气不好，旅游局不建议出海，但还是我，非要买票去海上玩。回来的时候，遇到了风浪……"

"没人能预料得到，你别太自责了……"

272

"他的父母遇难了，他溺水后重新变成婴儿，只有我，什么事都没有。我宁愿出事的是我——也应该是我，一切都是我作出来的。"

汪路不知如何安慰，沉默了。太阳升起来，广播开始播报登机准备，四周的人影移动起来，早早在检票台前排成长龙。但陈灵没有动，沉浸在苦难的往事里，嘴唇快咬破了也不自知。

"严重吗？"汪路看了一眼玩得正开心的李钻风，"如果是脑损伤的话，我认识几个医生，可以再看看。"

陈灵回过神来，低头整理了下表情，才说："不是损伤，是记忆清掉了。"她见汪路露出诧异神色，苦笑一声，解释道，"是罕见病例，医生也没办法——总之就是脑袋被冷水灌入过，但没有器官损伤，只是什么都不记得了。"

"如果只是失忆，也有办法吧……"

"是所有的记忆——不仅仅是他经历的事情和认识的人。"陈灵看着蹲在地板上捡文具盒的李钻风——他一玩起来就忘了不快，额头上都沁出了细细的汗珠，嘴里还发出兴奋的呜呜声，"所有的习惯、常识，对世界的认知，都不记得了，连怎么说话都忘了。"

汪路咋舌，"那就是——跟婴儿一样？"

"嗯，医生也是这么说的——他重新成了婴儿，一切都要重新学，知识、礼貌……但没关系，他还会再长大的，只是时间问题。"

开始登机了，长队缓慢地向前蠕动。汪路也站起来，唤来女儿，摸着她的头。他犹豫了一下，转头对陈灵说："那你有没有想过一个问题？"

"嗯？"

※ 忘忧草

但汪路想了想，终究没有开口。他掏出登机牌，跟女儿一起走向 VIP 通道。工作人员立刻让队伍停下来，看过他们的登机牌后，让他们直接进了登机廊。

陈灵带着李钻风在后面排队，进飞机后找到靠窗的座位。李钻风想跟她说话，但看她表情冷冷的，撇撇嘴，也不敢多话。

直到飞机降落，陈灵手机有了信号，才收到一条微信——是汪路那没说完的半句话。

"他重新长大，还会是以前那个人吗？"

这个问题，她是想过的，但只在脑海里浮现了一瞬间，就被压下去了。

当时她在医院，听医生讲李钻风的伤情分析。那是个老医生，头发掺白，很瘦，眼镜很厚。办公室里还煮着茶，青烟袅袅，咕嘟作响。四周的摆设简洁明净，门的隔音很好，关上门，这里仿佛就不是嘈杂混乱的医院，而是某间茶室。

但陈灵脑子里乱糟糟的，医生的话很多都没听清，只记得他提到了"海马体""大脑皮层"和"全息影像"这些词语。

"全息影像？"她终于反应过来，觉得这个词很突兀。

"是啊，这是脑科学对记忆的一个假设。"医生说话的时候，手指在桌上轻轻地点着，哒哒哒，像是心跳，"1971 年，工程师丹尼斯·伽柏无意中发现了全息影像现象——现在这项技术已经成熟了，很多地方都在用。简单来说，就是把一道激光分成两束，一束照在桌子上反射，另一束通过镜子反射，最后两束光又汇聚投射到感光底片上，冲洗出来后，就是全息照片了。你再用同类激光照它，会发现桌子的立体影像在空中飘浮。但神奇的是，即使把照片撕碎，用激光去照任何一个碎片，都能得到这张桌子的完整影像——你听明白了吗？"

陈灵迟疑着点头，只点了一下，又摇头。

医生的厚底镜片后面，目光炯炯，道："这就跟人的记忆很像。现行的理论是说，记忆都储存在海马区，但越来越多的实验证明其他部位也有完整记忆，就像全息照片的碎片散落在大脑各处。比如海马体受损的失忆病人，至少还记得说话和一些习惯，这就说明其他地方还在支持记忆。"

"但你不是说过，他的脑袋没有损伤吗？"

"是啊，这就是最奇特和令人不解的地方——他在冷水里浸泡，接近窒息，但最后还是活过来了，脑袋完好无损，就是……所有的碎片都不见了，就像，"医生想了想，"就像电脑磁盘被清空了。"

"那，只要没有损坏，"顺着这个比喻，陈灵燃起了一丝希望，"是不是只要再往里面复制进数据……就是记忆，那就能恢复？"

医生说："理论上是这样的，但他的数据已经被抹掉了，从哪里去复制呢？"

办公室里一片沉默。煮茶的咕嘟声更明显了，水汽在他们之间弥漫。

"这个病很麻烦。我有两个建议——从人情上说，我的建议是你把他交给福利院，由专人照顾。你也有你自己的生活。"

"另一个呢？"

"另一个就是从理智上说的了。我接下来说的话可能有点不近人情,你不要介意,但你男朋友这个病例很——"医生斟酌着字句,慢慢道,"很珍贵,只要他的监护人,噢,他的监护人就是你了……只要你同意,我们希望能签一份合同,配合我们对他进行研究。放心,我们是正经医疗机构,不会有不人道的举措,所有的手术和研究手段都会经过你的同意。作为回报,我们会给你一大笔……"

最终,陈灵两个建议都没有听,她选择了带李钻风出院。

"那你接下来呢,"办完手续后,医生追着问道,"你要带他去哪里?"

"回家。"

她只说了这两个字,就出了医院。她把李钻风带回他小时候生活的地方,找关系开证明,让他重新进了以前的小学。这个证明还得由医生开,当医生看到证明的内容时,就明白了大概,长叹一声。

"虽然我的专业不是心理学,但也知道,人的性格形成有很多因素,是无数偶然组合来的。你可以把他带回以前的学校,但他那些同学呢?难道你还能一一找回来吗?"医生劝道,"只要有一点不同,他的性格就会改变,就不是当年的李钻风了。"

"这样至少我们还在一起。"陈灵坚定地把证明往医生面前推,"我爱他,只要是他就行。"

医生看着她的眼睛,镜片上有些泛光。他犹豫半天,说:"但你抚养他,让他长大,你们的关系就更像是母子,而非情侣。你还爱他,想跟他在一起,但他还会爱你吗?"

陈灵的脸倏忽间变得惨白,手指也跳动了一下。她突然想起了

《大话西游》最后的情节：至尊宝忘掉了往日情谊，紫霞依然爱他；但他变成了孙悟空，心里只有成佛之路。

医生看着她的表情，似乎也有点不忍。过了许久，他拿起笔，签下了自己的名字。

显然，汪路和医生的担忧并没错。

哪怕陈灵把家安在了李钻风以前住过的地方，小学也是原小学，甚至刻意找了原来的教室。但李钻风却在她给他庇护之后，叫了她一声——

"妈……"

这是扎在她心里最锐利、锯齿最多的刀。

所以她带他来到了泰国，所有变故的起源之地。

他们落地普吉岛，没跟汪路打招呼就出了机场，径直来到海边。他们在长椅上坐着，从下午坐到晚上，游客们渐渐散去，夕阳沉入海下。起风了，雨点也啪啪打下来，海水显得暗沉沉的，在越来越大的海风吹动下，更加阴森可怖。

陈灵站起来，拉着李钻风来到沙滩，让他直视冰冷又汹涌的海潮。李钻风有些畏缩，想往后退，被陈灵拉住，问："你记起来了吗？"

李钻风眼角泛着水花，"记起什么来啊？我……我害怕……"他抓紧陈灵的衣服，嗫嚅道，"我要回家，妈，回家……"

这个针一样锋利的字眼刺痛了陈灵。这些年所有的委屈都涌上心头。她脸色骤白，一咬牙，揪住李钻风的衣领，大步向海里走去。

海水漫上来，淹没了他们的脚踝，冰冷刺骨。

277

李钻风吓得哇哇哭叫。他本来又高又壮,要挣开陈灵轻而易举,但他似乎忘了这一点,只是哭喊着,被一步步地拉进海里。海水到了腰部,他一个激灵,喊道:"我错了,我好好做作业,好好学习!我不敢了……"

陈灵也是满脸泪水,大声问:"你记得了吗?"

"记得了记得了!"

"记得什么?"

李钻风一愣,继而说:"我记得乘法口诀,解方程组,做应用题,我要当全年级第一,我不给别人写情书了……"他的声音又快又急,混在海风里,被撕成一丝一缕。

陈灵更是面如死灰,嘴唇一下子咬出了血。雨滴变得稠密,风更大了,海浪起伏,退的时候到她的膝盖,浪涨时又到了胸口,拍打得他们站都站不稳。但陈灵没有后退,抓住李钻风的手臂,指甲都要掐进肉里了。

风浪翻卷,天地一片昏暗,雨滴狂暴地打在脑袋上。恍惚间,她又回到了那一夜,游轮倾覆,四周都是惊慌的叫声。她被吓蒙了。那个时候也是蒙住的,要不是李钻风拉着她到了栏杆旁,让她扶好,她早已经跟甲板上的人一样被卷进海里了。但她宁愿被卷进去的是自己,死亡只是一瞬间,这些年如蜂虫一样啃噬她、让她无法安睡的愧疚才是真正的折磨。是她的任性害了李钻风一家。她唯一的希望是李钻风快些恢复,但这份希望日渐缥缈。她的怒气被冰冷的海浪和雨水浇灭,浑身凉透,哀声道:"求求你,你记起来好不好……"

李钻风哭嚷着，语不成句，只是连连摇头。

陈灵心哀如死，叫道："为什么要这么对我，我错了，你记起来啊，我不是你妈，我是紫霞啊……"李钻风想往后退，她死死地攥住他的衣服，"如果这是惩罚，我也宁愿不记得！让我也被海水淹一回吧！"

潮水涨起，半人高的水墙撞过来，她站立不稳，被卷进冰冷的海水里。她失去了所有的力气，松开手，外面风急雨骤，水冷浪啸，她的心里却一片宁静。就这样吧，她想。

但一只手抓住了她。格外稳，带着令人心安的温度，有一种久违的熟悉。

她心里一喜，从海水里挣出来，看到了那个抓住自己的人，是汪路——这个本来要陪女儿玩耍的男人，不放心他们，跟过来了。她的喜悦被浇灭，奋力挣扎，但挣不出汪路的手，被拖到了浅水区。李钻风也吓坏了，快步跟在他们身后。

看着他胆怯又可怜的样子，陈灵突然怒气冲冲，向他扑过去，声音变得凄厉，"你记起来！你不是我的至尊宝吗，你不是要爱我一万年吗，你怎么什么都不记得了！"

风浪暴躁，一道闪电划过，李钻风哇哇大哭。

汪路也冷得发抖，但一言不发，紧紧地箍住陈灵。陈灵依旧挣扎，依旧哭喊。李钻风站在一旁，走也不是，靠近又不敢，无助地看着汪路。

"没事了没事了……"汪路一遍遍地说，不知道是对陈灵说，还是对李钻风说。但随着他的声音，两个人都平静下来了，海浪也不再汹涌，慢慢退去。

　　汪路低头看着怀里的陈灵，她似乎累了，低声抽泣，嘴里喃喃着什么。她的脸上一片湿润，布满水痕，不知道是海水，还是流下的泪。

下

1

李钻风越来越聪明——这是罗老师对他的评语。

两年前,从泰国回来后,陈灵就给李钻风办了退学手续,请了姓罗的家教。罗老师是市里有名的特级教师,许多高端活动上都有他的身影。本来这种家教都很贵,但罗老师听说了李钻风的病情,很感兴趣,折了一多半的价。

不过陈灵刚看到这类评语时,还有点不以为意,一来老师的褒奖本来当不得真,都是给家长看的,她自己的求学之路也是铺满了好评;二来李钻风虽然记忆被清空,生理年龄却仍是三十三岁,比其他小孩聪明本也正常。

但很快,她就发现这个评语的比较对象,并不是那些初中生。

"我带过很多学生,"罗老师说,"其中不乏天才,远超同龄人的天才,因此他们才需要特殊家教,所以我才收费那么贵。但李钻风跟所有人都不一样。"

陈灵扭头看了一眼正在低头做题的李钻风,只"哦"了一声。

罗老师见她不以为意，正色道："我没有开玩笑，他的知识水平虽然不及我们，但学习能力远超世界上任何一个人——你想，他是四年前出的事，但现在已经学到了初三的水平。哪怕是天才中的天才，也不可能四岁的时候就初中毕业——而且还是以全校第一的成绩。"

"可能是他残留的记忆在起作用吧。"陈灵说。

但这句话她自己也难以真的相信。记得李钻风刚出院时，对世界一无所知，连话都不会说，饭也吃不了——前一个月是靠输营养液才活下来的。他的大脑已经完全清空，连在泰国遇到海难，也想不起半点。他的性格也都跟以前不一样了。他在家学习后，变得沉默，不爱说话，仿佛真的是一个遭遇青春期困扰的男孩。

他身上唯一跟原来的李钻风相似的，是爱看《大话西游》。

也就是凭着这一点，她才有勇气坚持下去。

"那他很聪明，"陈灵回过神，"总是好事吧。"

罗老师说："是啊，是好事，也是稀罕事。所以要跟你商量，我想给他定制新的教学方案，不按照高中的填鸭法——反正他也不用去参加高考。"

"那就照您的方法来吧。"

说完，陈灵疲倦地揉了揉眼睛。

这一阵子她确实很累。她还待在原公司，职位比以前高，工作量自然也增加了。加上这两年又太邪门，至元村的晴天闪电过后，全球极端天气频现，天灾肆虐——法国小镇格拉斯被奇怪的浓雾笼罩，雾气散开后，里面一半的人死亡，另一半的人昏迷；塔林城在一个夜晚突然沉入海中；纽约遭受了罕见的地震，伤亡惨重……每一件事都是大新闻，都要出专题。他们便忙得要命。连陈灵这种不肯出差的人，也不得不跑了几趟外地，了解灾情，联系专家分析起因。

而前不久，成都又发生了一次地震，她刚回来还没休息多久，就又得去一趟四川。高强度的工作已经让她脑袋里的弦越来越紧。

要不是汪路一直帮衬着，那根弦恐怕早就断了。

她总感觉欠着汪路，但有些东西是没法还的，她也只能沉默。好在汪路也只是默默地帮着，没有要回报——这无疑增加了她的愧疚感。她唯一的希望，就是李钻风快些长大，恢复成年人的智力，再当回她的至尊宝。那她就不会这么累了。

李钻风也仿佛感受到了她的希望，飞快地成长着。有时候她白天去上班，晚上再回家时，李钻风都会变得不一样。他的稚气在消散，眼神变得宁和，甚至有些悲悯。

但只要在陈灵面前，他就会恢复孩子的一面，经常很得意地向她炫耀今天又学了什么。陈灵太累，有时候听着听着就在沙发上睡着了，他便停下，依偎在她身旁。如此几次，他就没再说学习的事情了。

才过半年多，罗老师就向她辞职。

"我已经没什么可以教他的了，他很聪明，嗯，很聪明……"罗老师将后面这几个字重复了好几遍，神情欣慰又有些恍惚，继而担忧道，"但我也不知道这样做对不对，接下来……"他摇摇头，有些落魄地离开了这个家。

如果陈灵没有这么身心俱疲，会听出罗老师话里的奇怪之处。但她被工作弄得反应迟钝，罗老师走后几天，两个警察找上门，她才后知后觉地心里一凛，察觉出不对劲。

"别紧张，跟你没关系，"一个警察见她脸色泛白，说道，"我们是来问罗老师的事情。"

"他怎么了？"

"被抓了。"另一个警察说。

前一个警察耐心地解释道："利用特级教师的身份，与官商结交，借机宣传一些……很危险的思想，有邪教嫌疑。"

"就是邪教。"

"总之他老跟人说什么人类是外星人制造的，地球也是，现在外星人要把地球收回去，末日要来了，这一阵子的频繁天灾就是征兆……这种言论造成了很恶劣的影响。"警察一边解释一边皱眉，又问陈灵，"他前一阵在你家做家教，有没有什么奇怪的举动？也跟你说了那些话吗？借机敛财了吗？"

陈灵摇头。

见跟陈灵聊不出什么，警察又去跟李钻风问话。这时的李钻风已经跟之前那副稚气未脱的样子完全不同了，他的个子又长高了些，超过一米九，老实地坐在沙发上，问一句答一句，绝大多数时间都拘谨地沉默着。

"他没有说很奇怪的话，"他回忆着答道，"就是让我读书。"

"读什么书？"

"《忧郁的热带》《枪炮、病菌与钢铁》《妮萨》《我们都是食人族》《象征之林》《西太平洋上的航海者》……"李钻风面无表情，嘴唇翕动着吐出一大串书名。

陈灵在一旁也听愣了。前几本书她大概听说过，后面的就都很生僻了，但听书名应该也是人类学著作。罗老师让他读那么多人类学的书干吗？她皱起眉头。

警察关心的却是另一个点，"你说的这些书，你都看了？"他显然不太相信，因为家里书架上摆着的，只有高中教辅书籍。

"嗯，都看过了。"李钻风说，又指了指不远处的电脑，"是电子版。一个U盘能装下的知识，超过一座图书馆。"说完他就往后仰了仰，眼睛微闭，仿佛刚才解释的那句有点多余。

两个警察仍是一副不信的样子，但也问不出更多了，便起身离开。

他们走后，陈灵刚要说话，却发现李钻风从沙发上站了起来，扭了扭手指。他刚才的拘谨和沉默，在噼啪的指节扭响中完全消失，仿佛换了个人。

"你……"陈灵一愣，但疑心是自己多想了，摇头问道，"那些书，你真的都看了吗？"

"当然啊，"李钻风展齿一笑，"他们不信，你也不信吗？"见陈灵还在犹疑，他上前拉住她的手，说，"我证明给你看！"

仿佛孩子急着向父母展示刚拿到的满分试卷。

这个联想让陈灵心里微痛，等回过神，发现李钻风已经开了电脑，窗口文件夹里，摆着一列列整齐的文档。刚才李钻风说的书名，里面都有，且只是很小的一部分。

"罗老师让我看的，是这几百本书，但我怕我全说出来，警察会怀疑。"李钻风说。

"怀疑什么？"

"只要是反常的事情，他们都会怀疑。但我还是高估低等人类了。我只说了几本，他们就都不信了。"

其实陈灵也不信。

李钻风看出了她的疑惑，表情一黯，过了几秒又抬头笑着说："我看书很快的，不信你随便说一本书。"

陈灵想了想，说道："《起风之城》。"这是陈灵很喜欢的一本科幻小说，写得很好，但比较小众，李钻风应该没看过。

果然，李钻风皱皱眉，说："没看过……我找一下书。"他的手指在键盘上跳跃，屏幕上页面跳转，除了正常的网页页面，右下角还出现一个黑框的代码页。本来这本书需要付费阅读，但李钻风敲了几行代码，就顺利地进入了网页后台，将整本书下载下来。

"这样……"陈灵提醒道，"这样看盗版书是不对的……"

"哦。"李钻风随后应道，打开《起风之城》的文档，"原来是小说集啊，我看看。"

这本书的确是由十二篇中短篇小说组成的，陈灵以为他要看至少几个小时，便打算去忙点工作。但她刚要离开，又呆住了——只见李钻风熟练地将图书文档的缩放比调到40%，屏幕上便一下子显示八个页面，密密麻麻的都是文字。李钻风移动鼠标滚轮，那些文字在屏幕上如流水上涌般掠过，他坐得很端正，神情认真。

"你……你是在看吗？"陈灵问。

李钻风点头。

但这也有点夸张了……陈灵下意识地又看了眼屏幕：上面被文

字挤满，八个页面，差不多也有六千多字，而且还在迅速滚动翻页。这样的阅读速度，只有机器人才能办到。她再观察李钻风的表情，发现他虽然盯着文档，偶尔眨眼，但整个过程中瞳孔都静止着，不像正常人阅读时眼球会左右移动——也就是说，他是同时看着八个页面上的所有文字？

"看完了。"李钻风说，"写得很好啊，比绝大多数科幻小说都好。"

"噢——啊？你看完了？"陈灵瞥了眼显示屏上的时间，这才过了不到五分钟。

五分钟看完二十万字？

"那我考一下你吧？"她说。

李钻风垂下眼帘，低声说："你说吧。"

"《以太》里面，男主角最喜欢什么乐队？"

"金属乐队、U2，还有滚石。"

"《太阳坠落之时》的第二幕，发生在哪里？"

"美国新墨西哥州奥特罗县。"

"顾铁的名字，来源于作者的另一篇小说，叫什么名字？"

"叫《星空王座》，在《大饥之年》的后记里有提到，我待会儿搜一下，晚饭前也看了吧。"李钻风说，又抬起眼睛，"我没有骗你，我看书很快，理解也很快。"

陈灵沉浸在震惊里，没有听出他声音里的失落，说："可这是怎么办到的……你看书根本没按照顺序来，同时看八页文档，别说情节了，连字句都是断裂的。那上下文、段落、对白，这些是怎么看

忘忧草

进去的？"

"就很简单啊。"李钻风关了文档，站起来，又坐回沙发。他有些疲倦，头仰在靠垫上，眼睛闭上了。

"不简单啊，"陈灵追问道，"怎么看进去的？"

"因为所有的文字，就在那里。"

晚上休息时，李钻风早早入睡，陈灵却睁着眼睛，回忆着白天的事情。她听到过很多关于李钻风聪明的评价，从未在意，毕竟他生理年龄三十多岁了，比小孩子强也正常。但今天他展示出来的，是远超常人的阅读和理解能力。

她突然觉得一切都陌生起来。

汪路和医生都说对了，李钻风再次长大，已经不是当年那个全心爱她的男人了。他成了另一个人。

但没关系的……她默默安慰自己，谁都会变的，他就是李钻风，只是变得快了一点。没关系，只要他跟自己在一起。

这么想着，她安心了些，闭上眼睛。但睡意还未来，她就突然想起了李钻风说的一句话，一下子惊得坐了起来。

李钻风感觉到被子扰动，咂咂嘴，又翻身睡过去。

借着灯光，陈灵凝视他的侧脸。他睡着时跟以前一样，安静，睫毛微微颤动，不知在做什么梦。但他白天说的那句话，如巨钟一样在陈灵脑海里回荡，让她手脚都有点冰凉。

"但我还是高估低等人类了……"

低等人类？

那他的自我定位是什么呢？以及，在他心里，自己是不是所谓的"低等人类"？

2

这个念头在陈灵心中缠了一整晚，搅得她睡意混乱，头疼欲裂。第二天上班路上，她开着车，突然转向，开向了市医院。

这几年地震频发，她经常跑医院，往往都是人多得挤满过道，寸步难行。但这座小城还好，目前没有被波及，她很轻易就找到了当年治疗李钻风的医生。

几年过了，这间办公室似乎都没有变化，茶壶在跳跃的炉火上煮着，咕嘟咕嘟的声音和水汽一起冒出。

"是你啊。"医生显然还记得她，点头微笑，说道："是他出了什么事吗？"

陈灵犹豫一下，如实说出了李钻风的近况。

医生听得很认真，不时插嘴问两句，听完后说道："如果你说的是真的的话，那我当初的猜想就没有错——他这个罕见的病情给他带来了超高智商，是很有价值的特例，说不定会促进脑科学的进一步发展。"

陈灵显然没有医生这种兴奋，皱着眉头说："可是，智商太高了，会不会……有什么办法，能限制一个人的智商吗？"

医生一下明白她过来的用意，一时愣住了。茶壶的咕嘟声延绵不绝，水汽在他们中间袅袅上升。

"有些事情，是我们医生不愿意做的——也做不到。"

"求求您了……"陈灵说，"我不是要让他变笨，只要正常就行……我只想要过一个平静安稳的生活。"

过了一会儿，医生才低头倒了一杯茶，抿了一口，说："那你先带他来检查一下吧，如果真的高得离谱，我们再想办法。"

当天下午，陈灵就把李钻风带到了医院。他有些不解，问了好几遍要做什么，陈灵支吾着没回答。

医生见到李钻风，一贯平静的脸上都有些动容，盯着他，看了许久。李钻风显然不太习惯，皱眉看着陈灵。陈灵扭过头，假装没看见。

"那就去测试吧。"老医生收回目光，说。

几个护士把李钻风带出办公室，他走之前，扭头看了一眼陈灵。那一眼的眼神很复杂，仿佛突然明白了什么，又带着难以掩饰的失望和倦怠。

陈灵愣住了，她突然意识到自己可能做错了什么。

见她神情恍惚，医生以为她担心，说道："你别想太多，只是去做智商测试。其实现在测智商都不用在医院，找个网页做做题就行，但他情况特殊，还是要有人盯着，做比较细致的测试好一些。"

一个小时后，测试结果出来了。医生看到结果的时候，愣了一下，又问护士道："没弄错吧？"

"没有，"护士说，"每个结果都如实记下来了。"

"再做一遍。"

很快，新的测试成绩也送到了办公室。医生脸上的皱纹抖了抖，满是不悦，对陈灵道："你是来浪费我时间的吗？"

陈灵不明所以，凑近电脑，发现两次的测试成绩是103和105——是普通人的水平，远远谈不上天才。

"呃……"她也愣住了。

医生沉着脸，摆摆手，意思不言自明。

直到陈灵走出医院，她都有些蒙——此前李钻风表现出来的，绝对远超常人，但智商测试怎么会这么普通，难道……

她看向身旁的李钻风。

斜阳移到医院大楼侧面，金黄的光斜照而下，勾勒出李钻风的脸侧线条。他的表情完全藏在光芒后，陈灵仰着头，只能看到一片刺眼的金芒。夕阳暗淡，李钻风的眼神显露出来，如此冰冷与警觉，与之前在医院的彷徨疑惑截然不同。

这一瞬间，陈灵明白了。

"那个智商测试的结果，"她说，"是你故意的？"

李钻风俯下身子与她对视，慢慢道："我只是在自保。"

陈灵一凛，又想起他在应对警察前后的表情变化，不禁心里发冷。她一直以为李钻风还是那个纯良幼稚的孩子，即使有过人的聪明，即使身躯如此巨大——但从什么时候起，他的心里装了那么多东西？从什么时候起，他变得这样陌生？

3

打那以后，陈灵就对李钻风多留了个心眼。

李钻风一直在家，以前他要花钱，只要跟陈灵说，她一般都会给。现在，她每次都得问清楚钱要用在什么地方，如果是要买书或网上课程，她就会迟疑，支支吾吾地不给。刚开始李钻风还会撇撇嘴，一脸不满的样子，到后来他也明白了什么，就不再问她要钱了。

但成箱成箱的书还是在往家里送。

陈灵回家看到快递箱，一愣，说："谁下的单？"

李钻风蹲在地上，认真把书分类，头都没抬起来，"我买的。"

"你用我的账号了？"陈灵皱眉问。

她也蹲下来，翻了翻地上的书，发现有些是复刻本，还贴着绝版的标签——总之不便宜。但她想了想，这几天好像没收到扣款信息。

"没有，我有自己的账号。"

"我不是说网购账号，买东西总要……"

李钻风点点头，说："嗯，我说的也是银行卡。不是网购账号。"

"那你……"

"我挣了钱。"李钻风掏出一张卡，递给她，"买完书还剩一点钱，正好把你剩下的车贷还了。"

陈灵一时没反应过来，问："还剩多少？"

"十七万七千九百五十七块三。"仿佛料到了陈灵接下来要问什么，不等她开口，李钻风便说，"是我挣的，合法手段——买进和卖出而已。挣钱只是一种能力，而且是很好掌握的那种。"

说完，他就抱着书走到书架前，两手同时翻页。书页仿佛树叶翻飞，没几分钟两本书就翻完了，扔在一边，他又拿起另外两本。

看着他坐在落日书桌前认真汲取这些孤本上的知识，陈灵心里百感交集。李钻风的变化已经超过她的预期，虽然他还是对自己千依百顺，但这只是冰山露出的一角，海面以下，黑暗又庞大，是她完全不了解的东西。

但好在李钻风虽然智力过人，却都只用在了读书上面。他开始了大规模阅读，在网上下载了各种各样的资料，论文、小说和绘画，有一次陈灵还见到他在认真看汽车发动机的原理图……那些网上下载不了的资料，他就买书。这一阵负责小区配送的快递员都快疯了，每天都要用小推车摞好几箱书送到家门口，走的时候，又要把前一天送过来的书拖走，自行处理——因为李钻风买得太多，又看得太快，家里堆不下，只能扔了。

陈灵往往只能从书海间看到李钻风的背影，他被埋在书堆里，认真地看着，汲取古往今来、各门各类的知识，仿佛一切都与他无关。

就这样，也挺好吧……陈灵这么想着。

哪怕他跟以前的李钻风截然不同，但只要他在，那他就还是她的至尊宝。

直到不久后，李钻风突然咯出了血，晕倒在书堆里。

陈灵回家看到后，吓坏了，连忙叫了救护车。医生来得很快，过来只看了一眼昏迷的李钻风，就皱眉道："这多久没休息了？"

陈灵一愣。

这些天她调查地震原因，身心疲倦，睡得很早。早上醒来时，就看到李钻风已经坐在书堆里或电脑前。她以为他休息过了，现在看来，他是不眠不休地这样持续了……几个月。

好在经过医生检查，只是过度疲劳，在病房里注射营养液后，安静地休息就行。陈灵不敢回家，就在病房里陪着昏迷不醒的李钻风。

第二天李钻风依然在酣睡，似乎要把之前欠下来的觉补回来。陈灵依旧不放心，一直等到傍晚，李钻风没醒来，却等来了一脸惶急的汪路。

"你怎么……"陈灵迟疑道。

"他们说你在医院，我不放心，过来看……"汪路说着，看到病床上的李钻风，声音便停了。

陈灵这才想起，自己上不了班，请假时只说了在医院。汪路多半以为是自己出了什么事。看到他额头上沁出的细密汗珠，陈灵不禁更加愧疚，却不知说什么好，只点点头。

汪路也愣了愣，说："他……没事吧？"

"只是疲劳了，休息一阵就好。"

"那你吃了吗？"

陈灵这才想起自己守了一整天，水米未进，腹里空空荡荡。她还没回答，汪路已经看出来了，点了下头，就转身出了病房。

等他再回来时，已经提了几袋饭食，递给陈灵。他自己一下班就赶了过来，没来得及吃，便坐在陈灵身边，也拿起饭盒。

夹菜，咀嚼。

整个过程，他们都是无声的。

吃完后，汪路把饭盒收拾好，扔到外面。

"谢谢你。"陈灵有些过意不去，犹豫了一下，还是说，"但你不——"

汪路摆摆手，打断她道："别说了，我知道。我不是为了什么，我只是愿意。"刚说完，他扭过头，声音变得诧异，"你醒了？"

陈灵先一愣，随即明白后面这句话不是对自己说的。她转过头，果然看到李钻风已经睁开眼睛，正与汪路对视着。

"你什么时候醒过来的？"陈灵没有留意到那眼神里的冷漠和敌意，问道。

李钻风扭头看她，脸上又恢复了烂漫却憔悴的笑容，说："刚醒……这是医院吗？"还没等回答，又说，"我要回家。"

医生检查过后，确认可以出院，陈灵才去办了出院手续。但此时天色已晚，她正要打车，一旁待着没走的汪路说道："我送你们回去吧。"

"不用了，"陈灵说，"太麻烦你了。"

"顺路的。"说完，汪路转过身，按开电梯门。

陈灵只得扶着虚弱的李钻风，跟在后面，一路下到停车场。李钻风眼睛闭着，斜倚着她，虽然身材高大，但好在还是顺利进了汪路的车。

李钻风坐进车后座，身子歪倒，似眠未眠的样子。

陈灵一路扶他，累得微微气喘，没急着进车里，而是背靠车门休息。汪路也没有进去，陪她站着，但没有说话。车库的冷光在汽车外壳上流转，在他们的脸上凝结，像是一层霜。

"你……"汪路说。

陈灵垂下头，没有看他的眼睛。

于是沉默继续着。休息够了，陈灵才拉开后座车门，准备进去。

"你坐前面吧，"汪路见李钻风斜睡着，三个后座全占了，道，"让他休息一会儿。"

陈灵坐到了前排。

后排躺着自己的男友，旁边坐着自己的追求者，这个场景怎么说都有点尴尬。但好在汪路是个识趣的男人，全程沉默，且车开得很慢，似乎怕打扰后排休息的李钻风。

车子就这么缓慢地穿过黑暗幽静的街道，穿过各种色彩的灯，穿过无数行色匆匆又面无表情的人流。

陈灵头枕着玻璃，睡着了。

"到了。"汪路小声叫醒她。

她连忙道谢，到后排把熟睡的李钻风叫醒，扶着他下了车。确认没有问题后，汪路点点头，驾车离开。陈灵扶李钻风往前走，扭头回看了车的背影一眼，看着它滑入夜色，突然想起——整个回来的过程中，汪路只说了"到了"两个字。

"他走了。"耳旁有人道。

"嗯……嗯？"陈灵过了两秒才反应过来是李钻风在说话，回头看他，发现他也在看车的背影，嘴角勾着冷笑。

刚才的憔悴和困倦早已消失。

"你……没事了？"陈灵问。

李钻风收回目光，脸上又变得一派亲昵无邪，点头说："休息够了就好了。我以后会注意的，不会再让你担心了。"

他们一起走回屋子。但李钻风刚才那冷漠残忍的笑意一直刻在陈灵的心里，让她有些不安，又扭头看了一眼小区外的街道，然而夜色如幕，她已经找不到汪路的车了。

但愿是自己的错觉吧，她暗暗想到。

第二天，她正要去上班，李钻风叫住了她。

"你为什么还要工作呢？"李钻风说，"我能挣钱，可以养活咱俩一辈子。"

陈灵当然知道这一点。她见过李钻风是怎么挣钱的——在网上浏览各种各样的新闻，大多与频发的地震有关，速度极快，页面刚刷新就关闭，看得差不多了，他就将钱投进股市。几进几出，挣的钱就超过了她大半年的工资。有一次她发现除了股票，李钻风还买电子货币，投了不少。后来听说电子货币崩盘，她心里一惊，打电话回家，得到的却是轻描淡写的回复："早就料到，昨天已经全卖出去了。"他就是这么从细枝末节的线索和看似无关的新闻中，摸索出了财富的流向，并将之引向自己。

她也想过，既然无须为钱奔波，可以辞了工作，但又想到如果整天待在家里，跟这样的李钻风相处，总有点瘆得慌。他还依赖自己，但已经越来越陌生，越来越像一个……神。

这个联想让她心里一悸。

"工作也不全是为了钱。"她敷衍着解释道，"我也有些想做的事情。"

李钻风撇撇嘴，便转身去翻书了。

陈灵来到公司，照例处理了点工作，总觉得哪里不对劲，抬头望了一圈才恍然。她问隔壁工位上的同事："汪经理今天没来上班？"

"你不知道吗？"同事看她的眼神有些奇怪，过了会儿才说，"他出车祸了。"

下午回家，陈灵推开门，直视着书堆里的李钻风。李钻风还是在看书，但已经节制了许多，看一会儿就揉揉眼睛。

陈灵慢慢地走到他的身边。

"怎么了？"李钻风看到阴影覆盖在书页上，才抬起头，冲她笑道，"今天怎么回来得这么早？"

"我今天没上班。"

"嗯。"李钻风点点头。

"因为我的同事出了车祸。"

"挺遗憾的。"

陈灵直视着他，"就是昨天送我们回来的同事，汪路。"

"原来他叫这个名字。"

"他昨晚开车回家，路上发动机故障，撞到了对面的车。幸好速度不快，现在在医院，抢救过来了。"

李钻风耸了下肩，脸上没什么表情。

"是不是你做的？"

"是呀。"

这次轮到陈灵怔住了。今天上午，她听说汪路出事后，立刻赶到了医院，汪路还在急救，一旁有警察询问医生情况。她隔着玻璃看向手术室，但焦急也没用，就走到了警察旁边。听了几句，她大致听出汪路是昨晚开车回家时，汽车突发故障，撞到了对面的车。至于故障的原因，警察也很费解——发动机突然熄火，刹车同时失灵。她当时没想太多，等到医生从手术室里出来，告诉他们汪路脱离了生命危险，她才松了口气。这口气一松，无数画面就像纷飞的书页，在她的脑海里交替滑过。

——不久前李钻风看的那份发动机原理图。

——李钻风与汪路对视的冰冷眼神。

——李钻风一进车里，就斜倒着，而她和汪路站在车外，看不到他在里面的动作。

所以她确定汪路没大碍后，立刻赶回家，想与李钻风对峙。但没想到，他没有任何迟疑地承认了，仿佛这只是一件再正常不过的事情。

"你……"怔怔过后，陈灵的怒气才升腾上来，"你为什么要这么做！"

李钻风低下头，"他喜欢你。"

"那又怎么样？所以你就要害死他吗？"

李钻风想说什么，但只张张嘴，随即点了点头。

陈灵气得手都抖了起来，说："你知不知道这样是犯法的？"

"知道，但法律只是人类对自身和他人行为过于谨慎的约束，没有法律，人类会进步得更快。"

"但如果你害死了一个人，心里不会愧疚吗！"

李钻风皱了皱眉，说："愧疚？那更是人类感情的冗余，完全没有必要存在。"说完，他直视陈灵的眼睛，"那你会报警抓我吗？"

陈灵后退一步，身子有些失去支撑。这已经是她全然陌生的李钻风了，智商高绝，掌握人类所有的知识，蔑视法理。

"神"这个字眼再次在她的脑袋里闪过。她心里一凉，随即猛咬牙——她想要的只是至尊宝，不是神；如果神出现了，那就……就弑神吧。

"从今天起，你不准出门，不准看书，不准上网！"

李钻风似乎以为听错了，问道："什么？"

陈灵一字一顿地重复了一遍。

"那我干什么呢？"

陈灵冷冷道："就待着，什么都不许干！"

为了监督李钻风，陈灵索性请了长假，陪李钻风待在家里。家里大门紧锁，书籍全部扔了，网络也掐断，手机关机，两人坐在沙发上，往往沉默很长时间。

以李钻风的体格和智力，要摆脱这种束缚当然很简单，但这次陈灵是动了真格的。他可以无视法律与道德，不在意所有"低等人类"的看法，但他无法面对陈灵难过的神情。

因此尽管"无聊"对他来说是最大的煎熬，但他还是在尽量忍着。

他们整天待在家里，唯一的消遣，就是看电视。新闻里依然充斥着各种天气异象，仿佛世界濒临瓦解。这些看久了令人压抑，后来，陈灵便找出电影资源。

他们再次看起了《大话西游》，一遍一遍地放。

李钻风对信息的提取能力早已超过了电影能表达的极限，《大话西游》又是看过无数遍的，但也只有在这个时候，他才会安静地坐下来。仿佛他那一直高速转动的大脑也终于倦怠，不再饥渴地汲取知识，隐于尘嚣，归于寂静。

后来陈灵回忆往昔，会有些难过地想：这大概是她跟李钻风相处得最安静、最舒服的时间了。

直到他们的门被人敲响。

4

"罗老师？"陈灵看着门外的人，诧异道。

门外站着的，正是之前给李钻风当家教的特级教师罗老师。但他不是……

"我被放出来了。"罗老师看出了她的疑惑，苦笑道，"因为事实证明，我的说法没错。"

"什么说法？"陈灵一愣。

罗老师说："看来你在家里待得太久了，不知道外面发生了什么。"说着朝里看了一眼，"他在家吗？"

陈灵犹豫一下，点了点头。

"世界需要他的时候到了。"

陈灵一头雾水，但还是把罗老师请进了屋。看到罗老师，李钻风站起来，却没像以前那样向他礼貌问好，只是面无表情地看着他。

罗老师也盯着他，眼角微微抽动，像是盯着一件珍宝。他看了很久，却始终没有开口对李钻风说话，而是转身对陈灵道："你打开电视吧。"

电视打开后的第一个频道就是新闻台。半分钟后,陈灵就知道,她闭门隐居的这段时间,世界真的变了。

三天前,芬兰首都赫尔辛基再次出现了天气异象。这一次比以往更加诡谲,明明太阳高照,大雪却直接从空气里结晶飘落,落到海面后,刚刚还波浪起伏的波罗的海迅速结冰——从海面到海底,整个大海都被冻成了冰块,体积因而增大,冰块高出地面几十米。城里也被波及,一切能凝固的液体都冻结了,水管迸裂,泳池成块,还有人没来得及爬出来,活生生地冻在了冰块里。当人们惊惶地跑到街上,惴惴不安时,高出海面的冰山突然从中裂开,在裂出的通道里,走出了一个外星人。

关于外星人的相貌,每个看到的人的说法都不同。有人说他看到的是一条上半截长满触手、下半截则是四条粗壮的腿的生物,仿佛章鱼和大象的结合体;有人说外星人明明没有实体,只是一个光团,在空气中移动;还有人信誓旦旦地说,外星人是类似机甲盒子的造型,六个面都长了脸……即使电视台拍到了外星人,外星人在屏幕上的样子,也是每个人之前认定的模样。

此时陈灵看到新闻画面,看到的外星人就是一团模糊的光晕,里面隐隐有个端坐的白色人影,却始终看不清。

"我看到的是浑身冒火的恶犬,"一旁的罗老师及时解释道,"每个人都不一样,不管是在现场,还是在电视前。"

但与外星人诡谲的外形相比,更令人震惊的,是祂的目的。

"人类真是个令人失望的物种。"这时祂的第一句话,落到耳里都是人们最熟悉的语言，有些人甚至听到的是方言，"我给了你们两百万年，这段时间里，科奇拉尔那星人已经走进太空，发现了联盟；02878763星人完成了自身改造，可适应所有极端环境；还有***星人领悟宇宙奥义，精神达到一统，整个种族不分彼此……只有你们，还留在如此野蛮、落后又贫瘠的阶段。"

祂的声音从四面八方响起，祂的本体笔直地穿过人群。尽管城市的每个角落都听得清，但大家都愣住了。等众人回过神后，便忘了芬兰人天生的隔阂，拥挤着追上去。

外星人随后列举了人类的种种劣迹，诸如屠杀、战争和疾病，还有人类在科技上的懒惰。等祂走到城市另一边的海边时，这种带着愤怒和不甘的控诉才停下来。

祂站在冰墙前，缓缓转身，扫视着跟过来的人群。

"你们，让我的赌输掉了。"

人们一愣，随即喧嚣四起。但每个人的声音混在一起，都压不住外星人接下来的一句话："我为我的失误付出了代价，接下来，是你们要为你们的懒惰付出代价的时候了！"

这句话犹如山呼海啸，在整座城市、整个人类世界回荡。外星人身后的冰墙瓦解成粉，城里所有冻结的冰块也爆炸开，为祂的愤怒做出了最好的注解。

随后发生的事情就没有新闻画面了。据说是各国领导紧急协商，与外星人沟通，向祂展示人类文明的种种闪光之处，艺术品、文学、绘画、物理学的最新进展……但传出来的消息是，外星人都嗤之以鼻。当然，小道消息也说，有激进组织打算对外星人进行刺杀，一劳永逸，结果自然可想而知。

陈灵拿起手机，刷了几下新闻，看到了最新进展：外星人对人类整体的文明并不满意，但提出想见最聪明的个体，如果还不满意，将毁灭整个人类。

看完后，陈灵有些恍惚，抬起头又问："这些是真的吗？"

罗老师点点头。

陈灵的恍惚消失了。她笑了笑，随即感到的，是荒诞和不真实。这真是……一个三流科幻小说都不屑于写的桥段，就这么在现实里发生了。一直以来困扰人类的天气异象，都是为外星人的出现而做的铺垫，而整个辉煌的人类文明，存亡竟在个体外星人的一念之间。

"所以现在各国都在挑选，优先从科学家群体里找，但社会人士也可以报名。"罗老师在一旁道，"本来当代公认最聪明的人是霍金，但他前几年去世了——即使他在，恐怕也不如李钻风聪明。"

陈灵下意识地摇头，"这怎么可能？"

"我没有夸张，我见过很多人，我也见过霍金本人，"罗老师一本正经道，"我深信我的判断没有错。李钻风的学习能力和大脑运算能力，已经跟普通人类不是一个层次了。所以我来，希望他去参加评选，拯救整个人类。"

陈灵看了李钻风一眼——后者依然面无表情，仿佛一切与自己无关。她想了想，问："如果去了，会发生什么吗？"

"我不知道……"

"你都不知道？"陈灵有些气急。

"外星人的来历和目的，对我们来说都是未知。祂说的赌约，也不知道具体内容。这确实很惭愧，祂对我们了如指掌，我们却对祂一无所知。如果人类选出了最聪明的个体，送到祂面前，能不能说服祂，之后会怎么样，能不能安全回来，这些我确实不能保证——但李钻风是我们最好的选择。"

陈灵说："但并不是唯一的选择。"

说完，她就露出了送客之意。罗老师也没有赖着不走，深深地看了一眼李钻风，便低头出了屋子。临走前，他又对陈灵道："你再好好考虑一下。他——他出现的意义已经远超过个体的层面，是人类整体的幸运，你把他藏在你的生活里，不是浪费，是犯罪啊。"

陈灵面色微变，但随即恢复了冷漠，关上了门。

罗老师走后，陈灵转身回到屋里。李钻风还站在电视前，目不转睛地看着画面上的外星人，天已经晚了，一片幽暗。他的脸被屏幕的光勾勒着，左边脸颊光怪陆离，右边沉在阴影里。

"啪"，屏幕熄灭。陈灵握着遥控器走过来，说："别看了。"

李钻风点点头，又坐回沙发。

接下来他们把下部《大话西游》看完了，但整个过程中，陈灵都心不在焉的，总觉得这间屋子里有什么东西已经变了。她再扭头看李钻风——他倒是一切如常，专心致志地看着电影。

"对了，"她实在忍不住，问道，"你刚才看电视里的外星人，是什么样子？"

"我。"

"啊？"陈灵一时没反应过来，"什么？"

※ 忘忧草

"我是说,我看到的外星人的形象,"李钻风转过头,与她对视,说,"是我自己。"

5

这座小城有一种奇怪的能力——不管世界怎么变化,它始终被浓重的烟火气息包围,街道里不见末日前的慌乱,依然是叫卖、吆喝和无处不在的汽车鸣笛声。陈灵在街上转了一圈,都有些疑心外星人要毁灭地球的消息是不是记错了。

但回到家,打开电视,就会知道末日的阴霾依然笼罩。

"最聪明个体"的选拔,在各国进行得如火如荼。无数科研精英被推到台前,供政府审核,由于国情不同,审核条件也千差万别。最终,有四个国家选出了代表,与外星人谈判。

德国选出的是杰出的工程师;中国选出的是中国科学院院士;美国公投出的最聪明的人,是本届总统;而英国派出的,是一名籍籍无名的精神病人,该病人平时沉默怯弱,发病时却一直念叨意义不明的话语——英国人认为,这些话里包含着能说服外星人的哲理。

这四个"最聪明个体"乘坐一架飞机,飞到太平洋上空。飞机头顶,空间裂开,露出向上攀登的台阶,供他们落脚。

随后,外星人开始提问。

"人类文明到达最终归宿的标志是什么?"

德国工程师回道:"利用人工智能,进化为机械文明。"

中国科学家答道:"进入星辰大海。"

美国总统答道:"每个人都能享受真正公平的就业和税收。"

英国精神病人笑嘻嘻地说:"脱离身体形态,思想充斥宇宙。"

短暂的停顿过后,德国工程师脚下的台阶骤然消失,他惨叫着摔落云层。其余人踏上台阶一步。随后,外星人又问:"人类文明到达最终归宿的阻碍是什么?"

中国科学家略一思索,答道:"傲慢。"

美国总统直接说:"歧视。"

英国精神病人依旧笑嘻嘻的,说:"婆媳矛盾。"

这一次,几人脚下的台阶都没消失,科学家和总统松了口气,精神病人摇头晃脑。他们同时踏上一步。

接下来,外星人不断发问,几人或快或慢地回答。爬到第七阶时,外星人问道:"人类发明的最伟大的游戏是什么?"科学家回答:"战争。"精神病人回答:"《塞尔达·旷野之息》。"而总统犹豫一下,回答:"政治。"刚说完,总统就被抛下云霄。

到第十五阶时,科学家回答错误,脚下的台阶消失;到第四十七阶时,外星人问:"人类的本质是什么?"精神病人立刻答道:"人类的本质是什么?"外星人良久地看着他,然后摇摇头,台阶缓慢消失。

"如果这四个人,是你们中的'最聪明个体',"外星人的声音响彻天际,也从每一台收看直播的电视里传出来,"那我的失望已经无以复加。"

说完,祂闭上了眼睛。

在祂闭眼的这几分钟里,哥斯达黎加、塔林、昆明三座城市被

307

突如其来的暴风雪掩埋，无人幸存。

这一幕震惊了世人。虽然屏幕上看到的是一片雪白，但纯净如纸的画面里，透着真正的愤怒。外星人的威胁并非空穴来风。

在各国领导的恳请下，外星人答应再给人类一次机会，选出真正代表整个人类智力巅峰的个体。

看到这个结果时，陈灵脑子里再次浮现罗老师的脸。她转头看着李钻风。李钻风也看着她，犹豫了一下，说："我可以……"

陈灵想起那四个堕入云霄、摔成肉泥的"最聪明个体"，下意识地摇头，说："不行！"

"哦。"李钻风闷闷地说。

过了一会儿，他又说："但我能拯救世界呀。"

"这个世界不需要你拯救，"陈灵闭上眼睛，"你要陪在我身边。"

然而，就算他们安守一隅，家里也毕竟不是水帘洞，总会有人来找到他们。不久后，罗老师再次敲开了他家里的门，但这次不同的是，他背后还站着六个黑衣服的男人。

"这是什么意思？"陈灵诧异地问。

"我从教多年，最不能容忍的，就是对一个天才的浪费。"罗老师说，"既然你不愿意让他发挥真正的作用，那我们只能硬来了。"

陈灵冷笑一声，说："你想用抢的吗？我会报警的。"

罗老师看着他，眼睛里神色复杂。"你报警吧。"他说，"然后你就会知道你面临的处境。"

陈灵不明白这句话里的意思，她转头看了眼身后的李钻风，发现李钻风的表情居然跟罗老师一模一样，眼神里交织着各种感情，最后融汇成深深的悲悯与哀伤。她不明所以，还是掏出手机报了警，罗老师和他身后的男人们没有阻止她。

但她刚拨通，罗老师身后一个高大男人的身上也响起了铃声。他接通电话，低声说道："现在你明白了吧。"

这七个字，也从陈灵的手机声筒里传了出来。

"他不只是你的男朋友，你的未婚夫，他是整个国家、整个人类的财产。"罗老师顿了顿，似乎不愿再解释，"让他跟我们走吧，别弄得太难看。"

说完，几个男人走上前，面无表情地看着她。

她后退一步，有些慌乱地看着李钻风。李钻风扶住她的肩膀，低声说："他们有很强大的势力，有坚定的意志，他们要把我从你身边夺走。"他再凑近了些，温热的气息在她的耳边流动，"我不想离开你。只要你愿意，我们可以反抗，但代价很高，高到我无法预测……"

陈灵扭头与他对视，这才明白，在罗老师带着面目冷峻的男人们来敲门时，他就看清了整个形势，知道他们要面临的，是整个世界的压力。但他沉默地站在身后，一直等着她做出决定。

"所以，要反抗吗？"他再次低声问。

陈灵点点头。

"好。"

话音刚起，李钻风已跨步移到了罗老师右边，右手重重地砍在他的脖颈上。罗老师向左倒地，挡在左边三个男人前面。李钻风原地转身，手肘扬起，击中身边一个男人的太阳穴。他们终于反应过来，怒喝惊叫皆有。李钻风面无表情，转身靠近离得最近的黑衣男人，先是提膝，黑衣男人因下体剧痛而弯腰的时候，他再双手合拍在黑衣男人的耳朵后侧。黑衣男人倒地。剩下四个男人惊恐后退，同时掏出了枪，但最右边一个刚掏出来，手便被李钻风扭住，枪落下，被李钻风接住。李钻风拉开保险，来不及瞄准了，他就近开枪击中男人的膝盖，再以男人的腋下为掩护，"砰砰砰砰砰砰"连射六枪。前三枪打在三个男人的三柄枪上，三柄枪全部飞出，后三枪则击中了三个人各自的膝盖，三个男人捂腿倒地。

而这些动作从开始到结束，不到五秒钟。

陈灵一晃神，刚才还把屋门堵得严严实实的黑衣男人们，就全都倒下了。

"你……"

"嗯？"李钻风把枪插进裤袋，逐一击打黑衣男人们的颈动脉。每一记手刀过后，都有一个男人昏迷。

"你、你学过格斗吗？"

李钻风摇头，"没学过。"见陈灵有些惊吓的样子，皱眉解释道，"并不难，只要会计算，把最合适的力施加在最合适的地方——本来可以更快的，但我想你肯定不愿意杀人。"

他们离开的时候，罗老师挣扎着爬起来，但脑袋剧痛，想说的话全变成了呻吟。"你们……"他努力抬起身子，"你们不能走啊……这世界都要毁了，你们能去哪里？"

李钻风蹲下来，近距离地盯着他。罗老师颤抖着伸出手，抓住他的衣领，他皱了皱眉，抓起一旁的厚底杯，砸在罗老师的额头。

罗老师一声不吭地倒了下去。

"走吧。"李钻风站起来,"这里肯定待不下去了。他们的人也不止这点儿。"见陈灵还愣着,又道,"既然选择反抗,就没有退路了,我们只能逃亡。"

但逃到哪里去呢?陈灵心里想。

想归想,他们还是来到停车场,陈灵刚要掏车钥匙,却被李钻风拦住了。"你的车肯定是他们的目标。"他低声说着,走到一辆白色旧车旁,用枪击碎玻璃,探身进去。

十几秒后,车门打开,他坐上了驾驶座。

"走吧。"

看样子,李钻风是要自己开车。但他什么时候学的驾驶呢?陈灵已经不想问了,默默坐上副驾驶。

车在街上穿行。开了一会儿,陈灵突然发现李钻风既不是去机场,也不是去车站,便问:"你去哪里?"

李钻风转头看了她一眼,又正视前方,淡淡地说:"机场和车站肯定有埋伏,我们去找汪路。"

"啊?"

"他是唯一肯帮你的人。"

"但你不是……"陈灵想起前一阵他还设计陷害汪路的事情,又想到汪路一直暗恋自己,自己现在却带着男朋友去向他求助,下意识地摇头,"这样不太合适吧?"

"我明白你的顾虑,但那是没必要的。理性的角度来说,我们的安全是最重要的——你让我动手的时候,就要想到这一点。"

陈灵便没再说话了。

如李钻风所料，汪路看到狼狈的他们，没问什么就让他们进屋了。屋子不小，装修很简单，但看得出是用了心的。十岁的汪乐仪正在吃晚饭，看到李钻风进来，立刻放下筷子跑过来，脆生生地说："你来啦！"

陈灵这才想起，两年前他们去泰国，李钻风和汪乐仪在机场一起玩过。但汪乐仪从八岁到十岁，依然是小孩心性，李钻风却飞速长成了现在"神"的样子。

"是啊，我来找你玩啊。"李钻风出乎意料地和善起来，蹲下来摸摸小女孩的头。

"那我们去外面踢格子吧！"

李钻风点点头。

陈灵还想阻止，一转眼，李钻风已经带着汪乐仪出了门。她是担心外面不安全，但又想，李钻风肯定比她思考得缜密，自己不用多心。但这下只剩她和汪路在家，又难免有些尴尬。

好在汪路什么都没说，只起身去给她倒茶。

她左右看看，发现客厅里挂着很多汪路和汪乐仪的照片，从汪乐仪还是婴孩，到现在长得亭亭可爱。

"你们一直一起生活吗？"陈灵打破了沉默。

"是啊，她妈妈难产去世后，一直是我在带。"汪路站在照片前，凝神看着，"十年就像一瞬间，过得好快。"

"也很辛苦吧。"

汪路低下头笑了笑，"带孩子肯定有很多艰辛的地方。"

陈灵想起李钻风出事后的那些年，自己也是咬着牙熬过来的，心有戚戚地点头。

"但有时候又想，这个过程其实也不全是为了孩子，有一部分也是为了自己。"他转过身，"如果没有乐仪，这些年我也撑不过来。为人父母就是这样的，既是奉献，又是自私的，也很难说是孩子更需要我，还是我更需要孩子。"

陈灵一怔。这几年生活的画面像幻灯片一样在她脑海里一幕幕滑过。是啊，她总以为自己是在赎罪，是牺牲者，但如果没有李钻风，自己也是熬不下去的。

汪路没留意到她的神色，把茶递给她。

陈灵怔怔地接过茶杯。

"不过孩子总是要长大的，"汪路自嘲地笑笑，摇了摇头，"再自私也不能把她一直留在身边——也留不住。"

陈灵手一软，杯子掉在地板上。水渍和茶叶流了一地。

"怎么了？"汪路吓了一跳。

"没什么……对不起……我去看看李钻风。"陈灵心不在焉地道着歉，往门外走去。她跌跌撞撞地下了电梯，来到小区花园，李钻风和汪乐仪就在不远处踢着格子。

斜阳被高楼切割，铺下来棱角分明的影子。他们是在阳光下画的格子线，踢格子的时候，身上总笼罩着淡淡的光辉。陈灵则站在阴影里，有风，身上还有些凉。

陈灵向他们走过去，但走到高楼影子的边缘，又站住了。

在她的视线里，李钻风高大的身子跳来跳去，脸上却一直没有表情。他真的跟那个在电影厅里追自己的男生不一样了。那是两个无法重合的形象。她希望他再长大，成为自己的男朋友，但现在，他成了她的孩子。

汪路的话又在耳边响起。

她迈起步子，又停下了。影子缓缓移动，她站着不动，却在阴影里越来越深。过了很久，她转身，离开了这个小区。

在三条街之外，陈灵看到了正到处搜寻的黑衣男人。她深吸口气，迎面走了过去。

6

没有李钻风在身边的日子，陈灵颇有些不适应。她没去上班，天天守在电视机前，追着选拔"最聪明个体"的进程。在众多竞争者中，她看到了李钻风的身影——罗老师他们把李钻风带走后，让他参加了这次选拔。

而这一次的选拔，完全由人民做主。每个人都有投票权，而对"最聪明个体"的选拔，全程有电视直播。由于海选没有限制，这次参与的人超过了历史上的任何一次选拔，凡认为自己有一技之长的，都报了名——其所长从天文到地理再到生物学，无所不包，职业从导演到保安再到民工，无一落下。

但在近亿人中，李钻风还是很快脱颖而出。在一对一或一对多的知识对抗环节，他永远冷着一张脸，然后在听完题目后的一秒内开始陈述答案。无论哪个学科，无论艰深还是浅薄，他都答得上来。

事实上，由于他回答得过快过准，观众们都开始质疑他是不是作弊了，还专门为李钻风设置了随机提问环节。当然，李钻风用冷峻的脸和平静的语气，让他们的疑虑转化为惊叹。

很快，李钻风通过了一层层选拔，成为中国区"最聪明个体"。随后他被送往联合国，跟其他国家"最聪明个体"待在一起。一天后，其余人全部退出。

最后去见外星人的，只有李钻风。

而李钻风刚走出会议室，他面前的空气就开始变形，涌现了许多奇诡的颜色，汇聚成外星人的形象。说明不只是人类在关注这场声势浩大的选举，外星人也在留意着。祂停在李钻风身前，仔细地打量他，李钻风则冷冷地对视着。

陈灵在电视前看到这一幕，突然想起李钻风说过，他看外星人的形象，是他自己。那么，此时他是不是像站在镜子前，与自己对视？

"你跟他们都不一样，"外星人说，"来吧，让我看一下人类进化的巅峰。"

李钻风点了点头，又摇头道："但不是在这里。"

"你想去哪里？"

"你最初来到地球的地方。"

"也好，我希望最初和最终，都在那里。"

有关整个世界存亡的最终考验，没有像前一次那样在海上进行，而是挪到了戈壁滩——位于中国新疆，一个叫至元村的地方，晴天闪电最先出现之地。

外星人听到后，身影立刻溃散，下一刻便出现在至元村的荒漠上空，安静地飘浮着。李钻风则由专机护送，一路横跨大陆海洋，将在十个小时后，也到达戈壁滩。

而这十个小时里，国内的媒体早已做好准备，几十架无人机在围着外星人旋转，没有丝毫拍摄死角。地面也会聚了众多来看热闹的人，脑袋挤在一起，像是黄沙成海，上面长了一大丛漆黑海藻。海藻还有越长越大的趋势。

人们仰着头，人们围在电视机前，人们祈祷或诅咒。所有人都在等着李钻风直面外星人的时刻。

而对陈灵来说，这份等待更加煎熬。这些天她一直待在家里，守着电视，看李钻风从一轮轮选拔中脱颖而出。而电视里的李钻风休息时，她又会打开回放，重看几遍他的表现。只有这样，她才会心安。因此这么多天来，她都睡得很少，眼里布满血丝，脚边全是速食包装袋。她全身心都在电视屏幕上，连手机一直振动都没有留意到。

等到李钻风上了飞机飞往新疆时，她的身体已接近极限。但她依然看着空中网络传过来的直播。在临近最终考验时，他依旧冷静如前，端坐在有着豪华内饰的客舱沙发上，面对镜头，脸上一点表情都没有。

整个直播，他都是这样一副表情。画面里只有他的脸，与电视前的陈灵对视着。她这样长久地看着屏幕，脑袋里掠过无数往事……

直到敲门声响起。

她以为是罗老师又来了,便坐着没理会,任由敲门声一声声响着。一分钟后,敲门声停了,寂静持续了一分钟,她的手机又振动起来。她拿起来一看,发现上面有几十个未接来电,都是汪路打来的——最早的是几天前,最近的是刚才。

她拨了回去,铃声自门外响起。她一愣,便走过去,打开门。

汪路在门外站着,握着手机。

看到她,汪路也愣住了,说:"你气色怎么这么差?"

陈灵转身坐回沙发,呆滞地看着电视。汪路艰难地在速食包装袋间寻找落脚处,走了进来,又叫了陈灵一声,见她没反应,便小心地将手搭在她额头上。

只碰了一下,他皱起眉头,"你发高烧了!走,我们去医院!"

陈灵这才意识到,自己眼前早已出现了无数黑点和光圈。电视里李钻风的脸都变得模糊了。但当汪路来拉她时,她还是一把推开,说:"马上就到……他要面对外星人了,我帮不了他,但我要看着……"

"你这样根本撑不到那时候!"汪路的声音有些急,"你看你过的是什么日子!他要是平安回来,你却撑不住了,那你这几年就太不值了!"

但陈灵咬着牙,任汪路怎么劝都不动摇。汪路叹息一声,只得下去买药,冲好了给她服下。在她喝完药又继续盯着的时候,他找出扫把,开始打扫家里,把垃圾清掉,拖了地,打开窗子,让空气涌进来。

☀ 忘忧草

汪路在家里前后忙碌着，在陈灵眼里，他的身影很淡，很模糊，像是虚影一样在她视野的边缘上进进出出。她睁大眼睛，抗拒着体内的睡意，但脑子越来越昏沉。喝下药后，睡意更明显了，像是海潮一样在她的身体里起伏涌动，每一次潮水拍打，她的眼睛都沉重一分。到最后，上眼皮成了磁，下眼皮成了铁，拼命地想合上，而她则拼命地撑着。

终于，电视里的画面有了变化，飞机在缓缓降落，李钻风下飞机后被接上了车，开往至元村。直播画面由跟随在车后的无人机拍摄，因此，陈灵只能看到一行车队在荒漠里穿行，掀起的黄沙遮住了车窗里的李钻风。

沿路上，无数人在围观。有些人甚至驱车跟随，有人从车窗里探出身子，向李钻风大声地喊着什么。尽管喊声被风沙和引擎轰鸣撕得粉碎，陈灵还是能从那些狂热的表情上看出来，他们把李钻风当作英雄，当作救世主。

她的心里一阵苦涩——李钻风明明是她的至尊宝，现在却成了其他人的孙悟空。

很快，李钻风就到了目的地。那是一处立在戈壁滩上的小镇，人烟稀少，一边是废旧的老房子，一边是新建的特色旅游区。镇子尽头还有一面残破的墙壁，写满了标语。

李钻风下了车，走向墙壁。他周围会聚了无数人，跟着他移动，但靠近墙壁时，另一堵无形的墙出现了，人们和无人机被挡住，只有李钻风能穿过凝成实质的空气，慢吞吞地爬上标语墙。

正是下午已过，傍晚未到，一轮太阳斜在天边，将他的影子拉得很长。起风了,他的头发凌乱,衣服猎猎抖动。他没有看身后的人群,在墙壁边缘站了一会儿,突然往前一步。

人们发出惊呼,正以为他要摔下去时,他的脚却结结实实地踩在空气上。他再踏一步,踩得更高,仿佛走在透明的台阶上。

这一幕很熟悉,人们抬起头,果然,外星人的身影出现了。

祂俯视李钻风。李钻风却低着头,一步步踩上去,走到离地近百米的高空时,才停下来。

由于无人机不能靠近,直播画面只是远景,陈灵只能看到李钻风孤零零地站在高空,风想必更大了,他的衣服和头发都在向后飞起,似乎随时会摔下来。

汪路也停下忙碌的身影,站在她身边,紧张地看着电视。

画面中,李钻风直视外星人,外星人的身体却渐渐庞大,遮住斜阳,投下的巨大阴影笼罩了李钻风。"你,"祂雄浑的声音再次响起,"你准备好了吗?"

所有人都盯着李钻风。无人机的摄像头被调到最大精度,对准李钻风的脸。这一刻,全球所有人都看着他,如果视线有温度,那他的脸一定成了太阳。

顿了顿,他点点头。

下一瞬,外星人的身体开始无限扩大,有形而无质,像是烟幕弹骤然炸开,斜阳的光辉立刻暗淡。而这一瞬间,陈灵也看清了外星人在她眼中的样子——笼罩在外星人身上的光晕膨胀后,里面端坐的白色人影也变得清晰,竟神似莲座上的观音大士,手托宝瓶,法相庄严。

※ 忘忧草

  观音大士……陈灵脑子里突然掠过《大话西游》里的一幕——至尊宝死后，在水帘洞里皈依醒悟，提点他的人，正是观音大士。
  一股不祥的预感涌起，她只觉眼前一黑，便昏了过去。

  我知道有一天，他会在一个万众瞩目的情况下出现，身披金甲圣衣，脚踏七色云彩来娶我。

  诡云低压，群魔乱舞，陈灵身穿婚袍，安处于无数狰狞妖物间。处处挂着红灯，鬼影乱舞，魔王抓着她的头发，流涎而笑，"拜过祖师爷，喝过合亲酒，你就是我的人了！"
  广场上，群妖狂啸，火焰高涨。阴云压得极低，也极暗，仿佛末日将至。
  陈灵眼角滑泪，无助地垂下头。
  云层上响起了隆隆声响，仿佛战车碾过。她抬起头，眼睛睁大，犹有泪光闪烁。云开始变色，由灰暗迅速成为七彩，并卷起旋涡。旋涡的最下端，一个闪着金光的人影缓缓降落。是李钻风。他以天神的姿态出现，大笑着冲入满地的妖魔鬼怪中。
  妖怪惨叫奔逃，魔王狂吼，但也被打得落花流水。
  陈灵笑了，抹掉眼角泪痕，跑到他身边，眼泪又迸出来了。"至尊宝，你终于回来了！"她说。
  但他的眼神里，却满是陌生。
  "姑娘，你认错人了。"

陈灵从梦里惊醒，一下子坐起来，满头大汗，大口喘气。她睁眼环顾，发现四周墙壁雪白，床旁还有一排医疗仪器。这是在医院。

她怔了怔，觉得哪里不对，这时病房的门被推开，汪路走了进来。她突然想起李钻风，一个激灵，不顾身上还插着输液管，挣扎着爬起来。

汪路连忙拦住她，说：“你要做什么？”

"李钻风……他还在回答外星人的问题，我要看……"

汪路看着她，"你不知道自己昏迷了多久吗？"

陈灵迟疑了一下，看向窗外。天已经黑了，外面的高楼都亮起灯火，如同发光的蜂巢。车流声透窗传来。

"我直接昏到晚上了？"她喃喃道。

"你昏到了第三天的晚上。"汪路指了指输液管，"所以才要给你输液。"

"那李钻风……"

"他赢了。"

这三个字说出来，陈灵像是抽去了一直钉在骨头里的刺，松倒在床头。是啊，外面的城市依旧喧嚣，世界并未毁灭，一切都在暗示着李钻风最后说服了外星人。

"那他回来了吗？"她问，"过了三天，应该能到家了吧。"

汪路扭过头，再转回来，笑了笑道："你先调养好身体。"

"怎么了？"见他表情不对，陈灵的心中再次掠过一丝不祥，问，"他怎么了？是不是外星人伤害他了？"

汪路坐在床边的椅子上，给她把被子掖好，才慢慢吐出三个字，

❋ 忘忧草

"他走了"。

"很好,虽然人类的整体文明不值一哂,但居然有个体达到甚至超过了联盟标准智力。"在回放视频画面里,外星人缓缓地在李钻风周围飘浮,打量着他,语气也不再愤怒,"那我的打赌虽不至全胜,至少也是平局了。"

所有人都松了口气。但云端之上的李钻风,脸色还是冷峻沉郁,不知道在想什么。

"好了,你回去吧。"

外星人说完,一条向下的透明台阶出现在李钻风脚下,逐级延伸至地面。

但李钻风没有动。

外星人有些诧异,又说了一遍:"你可以回去了。你放心,人类文明依然可以延存。"

"我知道。"李钻风停顿了一下——由于镜头太远,他的声音很小,但电视台根据他的口型配出了字幕,"但那跟我没有关系。"

外星人停止旋转的身体,飘到他跟前。风更大了,祂的光晕似乎要被吹散,云朵也被撕成碎片,流丝一样从他们中间掠过。

"你问了我那么多,我也有些问题想问你。"

"你说。"

"你提到的赌约,是跟谁打的?"

"我不能告诉你。"

"具体内容是什么?"

"我不能告诉你。"

李钻风点点头，又问："你来自哪里？"

"我不能告诉你。"

"宇宙中，是不是还有很多像你这样先进的文明是不能告诉我的？"

"我不能告诉你……"外星人顿了顿，又说，"你很狡猾。"

"那请你带我走。"李钻风抬起头，脸上第一次有了表情——那是融合了狂热和诚挚的复杂神色，"带我去见识那些神奇的文明，带我去了解伟大的知识。我请求你。"

外星人的身影胀大，与李钻风贴得极近。祂紧紧地盯着他，说："你知道你在说什么吗？"

"如果我不知道，我也不会站在这里。"

外星人似乎明白了，"所以这才是你来见我的目的？"

"是的，我对拯救人类没什么兴趣，我回答你的问题，是要证明我自己，再提出请求。"

"你真的跟他们……不一样。"外星人缓缓向前，穿透他的身体，点点头，"你的大脑有二次发育。我答应你，我会让你见到你无法想象但能理解的知识，我还会送你回来，让你将知识传授给他们。但你要明白这样的代价，如果你要跟我走，你身上要改造的地方会更多，你会偏离'人类'更远。还有时间——尽管我可以照顾你此前的时间观念，但文明之间的距离无法忽略。这是漫长的旅程，五年十年不可能结束，几十年，也不可能。你最快回来，也要在数百年后。"

"我想过，我能接受。"

外星人说："那我们可以走了，你不用收拾行李。"

"收拾了也没用。"

"还有需要告别的人吗？"

听到这句话，李钻风微微抿了下嘴，转过头，看向摄像头的方向。他的目光穿过云丝，穿透屏幕，落在了陈灵的身上。他长久地看着，嘴唇翕动。

字幕上显示那是三个字的唇语——对不起。

过了好一会儿，李钻风才转回头，神色如常，说："我们走吧。"

画面随即变得漆黑，成了一面模糊的镜子，倒映出陈灵流泪的脸。

尾声

外星人离开后，人类社会长舒了口气，人们的焦点不再是恐惧，而是那个拯救了地球的年轻人。李钻风虽然远走异星，但他掀起的热潮才刚刚开始。许多人成了他的崇拜者，很长一段时间里，他都占据着网络搜索的榜首。微博，公众号，还有实体传媒——他的名字无处不在。

在这样的形势下，他的过往不再是秘密，陈灵也被牵连进来了。

采访、通告邀请和官方调查，纷至沓来，将她的生活彻底颠覆。还有粉丝聚在她家门口，整夜不走。几家影视公司打听到了她和李钻风的故事，想以此拍摄电影，看到陈灵五官精致，气质上佳，甚至直接邀请她本色出演。

陈灵疲于应对。她和李钻风的往事，是蛰伏的伤，每提起一次都会痛一次。但那些人偏偏要一次次揭开，网络又是谣言流传和发酵的培养基，很快，她和李钻风的往事有了无数版本，善意的，也有恶意的。

她拒绝了所有采访，关掉手机，闭门不出。但不久之后，还是有人敲开了她的家门。

是几个美国人。

"我不接受采访了，那些事也不想再提，你们走吧。"陈灵疲倦地对他们说。

领头的美国人须发皆白，推了推眼镜架，用英文说："我们知道你的处境，我们来这里也不是要增加你的困扰，是李钻风让我们来的——准确地说，是他离开地球之前，让我们来的。"

原来李钻风离开前，给这家致力于研发人体休眠技术的工作室发了一封邮件。邮件正文里，李钻风分析了他们技术上的误区，而在附件的文档中，他又给出了所有问题的解法。当时工作室里的专家很吃惊，虽然他们研发人体休眠技术已经很久，但一直没有发布成果，邮件里提到的内容都是绝密的。他们下意识想报警，但看过附件后，又都怔住了。

"那的确是非常高明的解决办法，尤其是在冷却液的制取上，规避了我们此前的误区。对人体细胞在低温下的保护，他也有更好的见解。但我们还需要时间验证他的理论，所以马不停蹄地做了实验，当然，结果毋庸置疑。"美国人道，"感谢他，一封邮件，让我们省掉了至少二十年的科研时间。"

陈灵看着他，等着他后面的话。

"这样慷慨的馈赠，他没有收取回报，只在邮件结尾里提到——如果我们验证了他理论的正确，让我们来找你。"

陈灵明白了李钻风的意思，心里像是掠过了一阵凉风。

美国人显然也知道了前情，见她迟疑，又说："虽然是初步验证，只做了几例实验，但我可以保证，我们的技术能够让你在冷冻箱里休眠至少五百年的时间——实际上可能更长。这不会对你的身体有丝毫损害。至于费用，你不用担心，李先生的赠予值得我们永久回报，而我们工作室背后的投资者是美国最大的财阀集团，绝不会出问题。"

陈灵愣愣地听着，"五百年……"她喃喃道。

"是觉得很久吗？"美国人连忙说，"但在休眠技术下，你只会感觉像是睡了一觉，不会有时间的流逝感！"

陈灵摇头说："可能你不明白五百年的意义，不是因为久，而是……"见到美国人眼睛里的困惑，她低头笑了下，"算了，让我考虑一下吧，你们明天再来。"

李钻风的意思不言自明——等我。

等我五百年。

他去了异星，那里与地球截然不同，或许能将他改造成永生，或许那里的时间流动也不一样，五百年对他不过是弹指一挥。但陈灵留在地球，所以他留下了休眠技术，让她可以在休眠中等他，等他归来。

可以想见，他再回来时，会带来崭新的科技，推动人类新一轮的进步。他会脚踩七色云彩，身披金甲圣衣，是所有人心里的盖世英雄——但他已舍弃了七情六欲。

她的至尊宝，终于成了别人的齐天大圣。

第二天，美国科学家再次敲响陈灵的家门，但久久没有回应。他们对视一眼，等到天黑后，报了警。警察强行打开门，看到屋子里一切如常，却再也没有了陈灵的身影。

陈灵搬了家，辞了工作，恢复了孑然一身的状态。她先回了趟老家，待了几个月，等风声渐渐平息后，便背起行囊，到处旅游。

她去了很多地方，走了很多路，走路时不会想很多。仿佛只要她走得足够快，迎面刮来的风就能吹散往日迷雾。等到她终于忘掉很多事情的时候，她发现又来了普吉岛的海边。那正是傍晚，海边会聚了很多人，她走过去，有人叫住了她。

她转过头，看到了汪路。汪路穿着宽大的沙滩衫，露出的肌肤已经晒成了古铜色，他手里还牵着一个女孩。陈灵见过，是汪路的女儿汪乐仪。

"你们也来这里玩吗？"陈灵问。

"我们是来——"汪乐仪嘟着嘴大声地说，但没说完，就被汪路轻轻扯了扯发尾。她便不说话了，走过来，拉着陈灵的衣摆。

"是啊，我们过来玩。"他说。

他们走在沙滩上。傍晚的阳光很好，天边像铺着一层流动的黄金，脚下的沙子也不再炙烤，踩在上面，感觉温热绵软。他们每一步都陷进沙子里，因此走得很慢，影子也慢慢拉长。

"饿了吗？"汪路突然问。

汪乐仪使劲点头。陈灵犹豫了一下，也"嗯"了声。

"那我们去吃饭吧，"汪路说，"我们还有一顿饭，一直没吃。"

"我记得。"

汪路牵起汪乐仪，汪乐仪又拉着陈灵的手。陈灵被她小而肉的手捏着，犹豫了下，没有挣开。斜阳融金，从天上流进海里，碎成波光点点。汪路低下头，笑了笑，说："那走吧。"